LES 5 CLÉS DU COMPORTEMENT

Construire soi-même son optimisme

Pr. MICHEL LEJOYEUX

LES 5 CLÉS DU COMPORTEMENT

CONSTRUIRE SOI-MÊME SON OPTIMISME

Nouvelle édition mise à jour

PLON

Note de l'auteur

Une première version de ce livre a paru en 2011, sous le titre *Les secrets de nos comportements*[1]. Au fil des réactions des lecteurs, des questions qui m'ont été adressées lors de présentations publiques, de conférences ou de consultations, j'ai eu envie de faire évoluer ce texte. Cette nouvelle version est devenue un nouveau livre. Elle se veut – et j'espère qu'elle arrivera à l'être – plus pratique et plus directement orientée vers les attentes des lecteurs. Certaines explications ont été résumées, les résultats des études plus récentes ont été intégrés. Enfin et surtout, le livre contient de nouveaux exercices, des exemples, pour aller encore plus loin dans la compréhension de nos comportements. Sans être trop directif, il donne des pistes faciles à mettre en œuvre à celles et ceux qui veulent partir à la conquête ou la reconquête d'un optimisme raisonnable.

Couverture : Studio LGF/Shutterstock

ISBN : 978-2-253-00211-6

1. M. Lejoyeux, *Les secrets de nos comportements : pourquoi les optimistes vivent-ils plus longtemps, sont-ils plus riches et chantent-ils plus juste ?*, Le Livre de Poche, 2011.

SOMMAIRE

Introduction

CINQ QUESTIONS ET CINQ RAISONS D'ÊTRE OPTIMISTE

Mon métier de psychiatre consiste à rencontrer des hommes ou des femmes qui essaient de se comprendre et d'échapper à leurs complexes. Nous recherchons ensemble ce qui les détermine, les motive ou les angoisse, dans les différents domaines de la vie. C'est en découvrant ce qui nous influence que l'on peut décider de changer ce qui nous gêne le plus et affermir notre identité, notre bonheur et nos projets. Beaucoup de traités de psychologie se présentent comme des aides au développement personnel. Mais avant de « développer » sa personnalité, il faut la connaître, savoir ce que l'on doit au passé, à l'expérience, à l'instant présent et à son cerveau.

Comment se passe cet « auto-examen » des comportements ? Je me suis aperçu que cinq questions reviennent presque toujours quand on essaie de se découvrir. Il me semble que si vous vous les posez honnêtement et si vous n'avez pas trop peur des réponses, vous aurez fait un grand pas dans la découverte de vous-même.

Où en suis-je avec mon passé ?
Ai-je fait la paix avec lui, y suis-je encore collé, suis-je toujours en guerre contre lui ?

La sagesse biblique apprenait déjà que les fautes des parents – et aussi leurs bonnes actions – peuvent retomber sur leurs enfants pendant plusieurs générations. Les psychanalystes ont bien repéré le besoin inconscient de répéter l'histoire de ses parents en croyant s'en démarquer. Celui qui cherche à oublier son passé, écrit justement Elie Wiesel, se condamne à le revivre à perpétuité. Les travaux scientifiques les plus récents illustrent de multiples manières la contrainte du passé sur le présent. Nos expériences marquantes s'accumulent dans le cerveau sous la forme d'une « bibliothèque mentale ». Les souvenirs, authentiques ou inventés, parasitent tant les actions quotidiennes que certaines thérapies se spécialisent dans l'oubli ou le dépassement volontaires. Ces thérapies de la mémoire enseignent une nouvelle manière de ranger ses pensées et émotions. C'est par l'enfance que tout a commencé et c'est par la visite de son passé que se reconstruit une vie d'adulte.

Comment puis-je faire la différence entre les bonnes et les mauvaises habitudes ?

L'habitude n'est pas seulement une seconde nature. Elle enferme les dépendants dans l'alcool, le tabac ou la drogue. Au-delà de ces formes d'habitudes maladives, elle oblige à répéter les mêmes rituels, les mêmes loisirs ou, pire, les mêmes échecs sentimentaux ou professionnels. L'habitude fait aussi persister dans leur conduite celles et ceux qui dépensent leur argent dans des objets inutiles, jouent au casino ou font du sport jusqu'à l'épuisement. Le centre cérébral du plaisir ou du désir crie famine quand il ne reçoit plus sa dose de drogue ou de passion. C'est en faisant l'inventaire de ses marottes, de ses manies, de comportements en apparence banals, mais dont on ne peut se passer, que l'on accède le plus directement à la connaissance de sa personnalité. C'est en changeant une tendance à la répétition de ce qui nous met en échec que l'on peut facilement améliorer sa qualité de vie.

Suis-je convaincu des bienfaits de l'optimisme ?

L'humeur est un thermostat hypersensible dont les secrets commencent à être dévoilés. Elle donne à chaque situation une tonalité agréable ou désagréable et détermine une perception positive ou négative de l'avenir. Elle fluctue sans raison ou au gré des échecs et des réussites. L'optimisme et le pessimisme sont l'expression la plus spectaculaire de ces variations. Il y a une vraie inégalité entre les optimistes et les pessimistes. Les optimistes résistent mieux au stress et aux maladies physiques. Définitivement, il vaut mieux être optimiste pour protéger son cœur et même guérir d'un infarctus. On peut, et nous en verrons bien des manières, s'entraîner à l'optimisme raisonnable. Le pessimisme, à l'inverse, est un état d'esprit que l'on peut comprendre et mettre progressivement à distance.

Comment puis-je résister à la pression d'Internet et des mauvaises nouvelles diffusées en permanence ?

L'information délivrée en permanence par les médias classiques et les sites Internet crée, propage et entretient des angoisses collectives. Elle déclenche par exemple, quand elle annonce une nouvelle épidémie, le besoin de se protéger des nouvelles maladies dont on parle à la télévision ou à la radio. Certains sont si réceptifs aux menaces collectives qu'ils se sentent déprimés quand les sondages leur apprennent la chute du moral des ménages. Ils substituent à leur vie émotionnelle personnelle les angoisses de l'actualité. On peut résister à cette névrose médiatique et réapprendre à privilégier l'intime, concurrencer le virtuel par un retour sur soi et sur l'instant présent. Sinon, vous cédez à tous les experts en pessimisme qui vous expliquent doctement que le monde court à sa perte... et vous avec.

Quelles sont mes croyances ou pensées automatiques ?

La manière dont on réagit aux situations nouvelles dépend d'un stock de croyances, appelées « pensées automatiques ». Ces pensées, plus fortes que de simples opinions, échappent à notre volonté. Elles se déclenchent malgré nous et font parfois raisonner de travers. Transmises par la famille ou nées d'expériences antérieures, elles nous programment comme le ferait un logiciel. La personnalité de chacun s'exprime par ses croyances. Certains, par exemple, sont plutôt timides.

Face à un groupe, ils se croient observés ou en danger. Les méfiants ont une pensée automatique les conduisant à rechercher... et à trouver des menaces dans les paroles les plus banales. Leurs croyances automatiques les font agir en procureurs ou en détectives privés. D'autres sont obsédés par le besoin de séduire ou de laisser une forte image d'eux-mêmes, et quand ils ne séduisent pas, ils ont peur d'être abandonnés. Ces raisonnements incontrôlables déterminent aussi le choix du pays dans lequel on vit, de son métier et de ses amours. Il existe aujourd'hui des techniques pour reconnaître et modifier les croyances automatiques les plus gênantes et les plus fausses. J'en fais régulièrement l'expérience dans ma pratique de thérapeute.

Pourquoi nous ne pouvons pas changer si facilement ce qui détermine nos comportements

En 1809, Goethe décrivait dans *Les Affinités électives* l'amour comme une réaction chimique immédiate et indépendante de la volonté. Les hommes et les femmes se croisent, s'entrechoquent, s'unissent et se lient comme des molécules. Ils ne répondent qu'à des polarités et des attractions aussi déterminées que celles qui régissent les atomes. Les uns se rencontrent comme les liquides bons amis que sont l'eau et le vin. Les autres restent ennemis, étrangers l'un à l'autre, comme l'eau et l'huile. La théorie de l'amour moléculaire selon Goethe n'a pas dépassé le champ de la littérature. On n'a pas pris au sérieux les rêves du poète qui, il est vrai, croyait aussi aux pouvoirs des couleurs, de l'alchimie et de la magie...

Il est plus rassurant et plus élégant socialement de se croire libre de ses sentiments, de ses désirs, de ses pulsions plutôt que prisonnier d'un destin biologique ou d'une polarité déterminée une fois pour toutes. Dans un siècle qui a érigé l'épanouissement de l'individu en règle universelle, les contraintes et les influences sont un scandale. Une vie « réussie », au sens moderne du terme, est sans contrainte et sans limites. Elle échappe à l'exemple et à l'expérience des parents, aux chromosomes et même aux faiblesses normales du corps, telles que la fatigue, la maladie ou la vieillesse.

L'illusion selon laquelle nous serions complètement maîtres de nos comportements intimes et de notre destin est séduisante. Dommage qu'elle soit fausse ! Elle ne résiste pas aux progrès de la biologie du cerveau ni à ceux de la psychologie des individus ou des groupes. À l'heure où les pensées, les neurones et les chromosomes commencent à livrer leurs secrets, de nouveaux modèles expliquent en partie les goûts, les choix, les décisions dans les domaines les plus divers... Relation à l'argent, manière d'aimer et de désirer, de chercher ou de fuir les fêtes, besoin de travailler ou de faire du sport ; dans tous ces domaines, nous suivons les étapes d'un programme qui nous a été légué à la naissance ou que nous avons construit au fil des expériences les plus marquantes.

Ce constat n'a rien de décourageant. Bien au contraire ! En parcourant ensemble les cinq grands déterminants de nos comportements, en répondant aux cinq questions que nous venons de nous poser, nous ne faisons pas un constat d'échec. Nous allons, si vous acceptez de me suivre sur ce chemin, essayer de trier parmi toutes les influences celles qui nous construisent et celles qui nous enchaînent. Nous verrons comment modifier au passage les plus encombrantes. Chaque étape dans la connaissance de soi donne des raisons d'être optimiste sur ses capacités à évoluer et à vivre mieux ou plus pleinement. Quoi que nous en pensions, le passé, les croyances, les habitudes, l'actualité et le pessimisme nous modèlent, mais ce modelage n'est pas une fatalité. Alors, autant apprendre à connaître ces fils modernes, pour ne pas être une marionnette sans le savoir. Notre libre arbitre n'a pas disparu. Il faut faire un peu de chemin pour le reconquérir grâce aux dernières avancées de la psychologie. C'est de cette manière que l'on construit soi-même son optimisme.

1re partie

FAIRE LA PAIX AVEC SON PASSÉ

« Combien de sommeillantes princesses, nous portons en nous, ignorées, attendant qu'un contact, qu'un accord, qu'un mot les réveille. »
André Gide, *De l'influence en littérature*.

GUÉRIR DU PASSÉ PAR L'AMOUR

Il devient de plus en plus rare de rencontrer des hommes ou des femmes qui ne se plaignent pas de leur passé. Il y a ceux qui ont subi des traumatismes et qui cherchent des moyens de continuer à vivre après une agression ou une jeunesse sans amour. Ils veulent venger ou consoler l'enfant maltraité qu'ils ont été. Ils peuvent même justifier leurs malheurs actuels comme le résultat d'une faiblesse acquise à jamais. À l'inverse, ceux qui ont vécu un passé sans souci en gardent un sentiment de nostalgie. Ils essaient de revivre ou de faire durer ce qu'ils regrettent de ne plus être. Adultes, ils poursuivent leurs crises d'adolescence, se conduisent parfois comme des enfants vieillissants, continuent à courir après des envies impossibles à satisfaire.

J'aurais très envie, mais j'y résiste, d'envoyer tous « les malades du passé » voir *La Maison du docteur Edwardes*, d'Alfred Hitchcock. Les réalisateurs de films policiers, à commencer par le plus illustre d'entre eux, connaissent depuis longtemps le contrôle exercé sur nous par le souvenir et, en la matière, Hitchcock est un psychologue professionnel, devenu cinéaste par accident.

Nous sommes au temps du noir et blanc, des grands sentiments et des musiques symphoniques accompagnant de belles images. Précédé par la renommée de son livre *Le Labyrinthe du complexe de culpabilité*, un élégant psychiatre (le rôle est tenu par Gregory Peck, éclatant de séduction) arrive dans une clinique spécialisée dans les maladies de l'âme. Le plus jeune médecin, Constance Petersen (Hitchcock nous gâte en donnant le rôle à Ingrid Bergman) tombe immédiatement amoureuse du Dr Edwardes, tandis que les autres psychiatres, intrigués par le comportement du nouveau venu, se demandent s'il est vraiment celui qu'il prétend. Lors du premier déjeuner à la clinique, ils le surveillent du coin de l'œil pendant que Constance est déjà sous le charme. Parlant des travaux prévus dans la clinique, Constance dessine avec une fourchette sur la nappe blanche le plan de la future piscine. Le Dr Edwardes regarde les traits sur la nappe et, sans savoir pourquoi, se met à trembler. Au bord de l'évanouissement, il tente d'effacer les traces de fourchette. À l'évidence, ces lignes lui rappellent un souvenir ancien... et troublant. Constance Petersen va jouer pour lui le rôle de la « mère suffisamment bonne » dont parlait le pédiatre et psychanalyste Donald Winnicott : elle va l'aider à comprendre son passé et à le dépasser.

Pour cela, Hitchcock a l'idée d'une thérapie peu orthodoxe mais efficace. Constance guérit son collègue en s'approchant au plus près de lui et en lui faisant une sorte de « transfusion d'amour ». Elle lui offre une parole bienveillante, elle explique et encourage : « L'amnésie est une ruse de l'esprit pour ne pas devenir fou. On conserve la raison en oubliant ce que nous trouvons horrible dans notre vie. Il faut ouvrir cette porte... Essayez encore de vous souvenir. Faire ressurgir un souvenir peut faire revenir tous les autres... Le secret de votre identité et de votre fuite face à vous-même est enfoui dans votre cerveau, mais vous ne voulez pas le voir. L'homme ne veut pas connaître la vérité sur lui-même car il croit que cette vérité le rendrait malade. Du coup, il se rend encore plus malade en cherchant à oublier[1]. » Au passage, Constance pointe l'importance des rêves comme voie d'accès au passé oublié : « Les rêves révèlent ce que vous cherchez à dissimuler. Mais ils vous racontent le passé dans le désordre, comme les pièces d'un puzzle qui ne s'emboîtent pas. Le rôle du psychanalyste est de décrypter ce puzzle, de remettre les souvenirs au bon endroit et de découvrir le passé[2]. »

À la fin du film, Hitchcock nous expliquera que les lignes sur la table, qui troublaient tant le Dr Edwardes, lui rappelaient des traces de ski dans la neige et la mort accidentelle de son frère, dont il se croyait responsable.

Que nous apprend Alfred Hitchcock sur la manière de guérir de l'angoisse ?

Même si l'histoire du Dr Edwardes est romancée et romantique, elle porte sa part de vérité. Nous dépendons de notre passé plus que nous ne voulons bien nous l'avouer. Les mauvais souvenirs que l'on n'a pas soldés freinent la vie professionnelle, les émotions, la capacité à aimer, à s'engager ou à se révolter. C'est vrai pour les peuples qui ont souffert sur le plan collectif et encore plus pour les hommes et les femmes atteints sur le plan individuel. Il existe, qu'on le veuille ou non, des névroses familiales qui marquent encore le comportement plusieurs générations plus tard.

---

1. *La Maison du docteur Edwardes*, film d'A. Hitchcock, 1945.
2. *Ibid.*

Une autre leçon de Hitchcock est notre préférence pour les souvenirs les plus tristes. Nous sommes toujours prêts à assombrir notre histoire. Quand nous manquons de motifs de culpabilité, nous en inventons, comme le Dr Edwardes qui s'accuse à tort d'avoir tué son frère. Nous avons bien une inclination naturelle, contre laquelle la psychologie moderne apprend à lutter, à charger notre mémoire de fautes que nous n'avons pas commises. Nous préférons nous souvenir des erreurs et des échecs que des bonnes actions et des réussites. Le pessimisme, nous le redirons souvent au fil de ce livre, est « de nature », alors que l'optimisme est une affaire de volonté. Hitchcock dit encore que les souvenirs tristes, vrais ou faux, et les images les plus angoissantes sont les mieux accrochés au cerveau. Ils conditionneront le présent jusqu'à ce que nous ayons pu leur donner leur véritable place. Pour le dire autrement, on se souvient plus fortement et plus longtemps de ses échecs que de ses réussites.

Alors, comment se libérer de son passé et surtout de ses mauvais souvenirs ? Par l'amour, répond Hitchcock. Et pourquoi pas ? Il réhabilite l'idée (qui me plaît beaucoup) selon laquelle on a besoin de confiance, d'affection et d'encouragements pour aborder ses souvenirs et, en premier, ceux qui sont chargés de culpabilité. La psychologie actuelle dit à peu près la même chose. Il faut, selon le psychothérapeute Irvin Yalom, regarder par la fenêtre de l'autre, se mettre à sa place sans quitter la sienne. Le psychothérapeute efficace et/ou authentique a compris qu'il a le droit, j'ai même envie d'ajouter *le devoir*, d'être souriant, empathique, en un mot : humain. C'est à cette seule condition que l'homme ou la femme traumatisé(e) par son passé pourra accepter l'idée que le refoulement ne fonctionne jamais parfaitement et qu'il est utile de regarder « là où ça fait mal ». Le mécanisme de défense qu'est l'oubli du passé finit par devenir un symptôme qui contamine le présent.

Mieux vaut des bagages trop lourds que pas de bagage du tout

Nous n'avons pas que des souvenirs agréables, mais à tout prendre, mieux vaut avoir une mémoire chargée que pas de mémoire. Les souvenirs, même douloureux, sont une de nos richesses ou, pour le moins, une de nos qualités que l'on ne pourra pas nous enlever. Pour mieux comprendre les effets de la mémoire sur le présent, il faut relire une pièce classique du XXe siècle, *Le Voyageur sans bagage* (1937). Son auteur, Jean Anouilh, a été un peu oublié – un comble pour un spécialiste de l'amnésie ! Sa cruauté dérange encore. Il est trop misanthrope, trop provocateur et politiquement incorrect pour le Panthéon des classiques. Il est en même temps bien trop bourgeois et conservateur pour intégrer le club des génies maudits. *Le Voyageur sans bagage* commence quinze ans après la fin de la Grande Guerre dans une maison de province cossue. Les familles françaises ont presque toutes perdu qui un enfant, qui un frère, qui un neveu. Les corps de ces soldats n'ont pas toujours été retrouvés. Dans le même temps, les asiles sont remplis d'amnésiques qui ont perdu leur mémoire au combat. Il arrive qu'une famille endeuillée croie reconnaître parmi eux le parent que la guerre leur a pris.

L'un de ces hommes sans mémoire sort de l'asile pour rendre visite à des familles qui pourraient avoir été la sienne. Le voilà dans la propriété de la duchesse Dupont-Dufort. La duchesse voudrait qu'il remplace son enfant disparu. Gaston (c'est ainsi qu'on l'appelle), sensible à la gentillesse de la duchesse, se laisse faire. Pourquoi ne pas quitter l'asile et gagner tout à la fois un présent, un passé et un avenir ? Un titre, une famille et des richesses ? Mais plus il y réfléchit, plus Gaston finit par trouver que le passé qu'on lui propose ne lui va pas. Il est trop grand pour lui, trop apprêté, trop glorieux. Gaston n'est pas prêt, par exemple, à accepter d'avoir été chasseur. Et il se demande comment il pourrait se souvenir d'avoir été amoureux dans sa jeunesse d'une femme qui aujourd'hui ne lui plaît pas du tout...

La duchesse le presse d'enfiler ses nouveaux souvenirs. Un médecin tente même de lui faire retrouver la mémoire avec une piqûre. Peine perdue, Gaston résiste et persiste dans son amnésie. Il préfère encore l'oubli et l'asile aux faux souvenirs, et il finit par quitter la duchesse. Gaston ne quittera pas son prénom et son histoire. Il ne jouera pas le rôle de Jacques Renaud, le fils de la duchesse : « Je ne suis pas Jacques Renaud. Je ne reconnais rien ici de ce qui a été à lui. Un moment oui, en vous écoutant parler, je me suis confondu avec lui. Je vous demande pardon. Mais, voyez-vous, pour un homme sans mémoire, un passé tout entier, c'est trop lourd à endosser en une seule fois... Vous avez tous des preuves, des photographies ressemblantes. Je suis un homme et je peux être, si je veux, aussi neuf qu'un enfant ! C'est un privilège dont il serait criminel de ne pas user. Je vous refuse. Je suis un amant qui ne connaît pas l'amour de sa maîtresse – un amant qui ne se souvient pas du premier baiser, de la première larme –, un amant qui n'est le prisonnier d'aucun souvenir, qui aura tout oublié demain. Cela aussi, c'est une aubaine assez rare. J'en profite[1]. »

L'amnésie est une plus grande maladie que le souvenir

En s'inspirant de J. Anouilh, la médecine décrit « le syndrome du voyageur sans bagage », appelé aussi « amnésie d'identité », pour qualifier l'état d'une personne qui perd brutalement tous ses souvenirs. Un homme, souvent bien installé dans sa vie professionnelle et familiale, oublie brutalement qui il est. Il ne se souvient plus de son nom, de son adresse, de son métier. Il ne sait plus s'il est marié et s'il a des enfants. Il observe les paysages, les rues et les boutiques, mais ne reconnaît rien. L'espace qui l'entoure n'a pas de sens, faute de pouvoir être comparé à ce qu'il a déjà vécu. Souvent, les voyageurs sans bagage finissent leur périple dans les urgences d'un hôpital, accompagnés par la police ou un passant compatissant. À la recherche de leur passé, certains parcourent de longues distances à bord de trains pris au hasard. D'autres retrouvent à tâtons l'endroit où ils sont nés, ou retournent dans leur ancien collège.

Cet état ne dure que quelques heures. À la fin de sa crise, le voyageur sans bagage retrouve les deux valises qu'il avait laissées à la consigne de l'amnésie : son passé et son présent. On discute encore beaucoup les causes de cette suspension de la mémoire. Parfois, elle est un mécanisme de protection ultime. Pour échapper à une situation insupportable, la seule solution est de s'oublier, de se mettre

1. J. Anouilh, *Le Voyageur sans bagage*, Gallimard, 2007.

entre parenthèses. Le voyageur sans bagage déshabite un présent qu'il ne veut pas ou ne peut pas vivre. Sans aller jusqu'à d'aussi grandes amnésies, il arrive à beaucoup d'entre nous d'oublier ce qui dérange ou fait honte.

La technique du voyageur sans bagage

Je propose souvent cette technique à ceux qui luttent contre un passé douloureux. Ils peuvent voir ce qu'ils ont vécu comme le germe d'une identité à reconstruire, une promesse de nouvelles émotions positives. Nous travaillons ensemble à partir de trois questions :

- Quels sont les souvenirs qui agissent le plus sur mon identité actuelle, mon moi d'aujourd'hui ?
- Que m'empêchent-ils de vivre, quelles angoisses entretiennent-ils ?
- En quoi mes souvenirs désagréables ou traumatisants m'ont-ils, malgré tout, permis de me construire ? Quelles résistances m'ont-ils données ? Quelle envie de revanche, finalement motivante, puis-je en tirer ?

Nous nous apercevons que ces mauvais souvenirs, quand ils ne nous abattent pas, sont une étonnante source d'énergie et de motivation. Le philosophe allemand Friedrich Nietzsche écrivait que ce qui ne nous tue pas nous rend plus forts[1]. J'ai envie d'ajouter que le souvenir de ce qui ne nous a pas tués nous rend plus confiants dans nos capacités de résistance.

1. F. Nietzsche, *Le Crépuscule des idoles*, Flammarion, 1985.

OÙ EN ÊTES-VOUS ?

Où en êtes-vous avec votre passé ?

Vos amis et vos amours sont-ils toujours les mêmes ? Sont-ils des choix anciens que vos parents auraient approuvés ?

Préférez-vous, pour les vêtements ou les appareils technologiques, le classique ou le dernier cri ?

Exercez-vous le métier choisi dans votre enfance ou aimez-vous changer souvent d'activité ?

Votre rêve : être un voyageur sans bagage ou un conservateur du temps passé ?

Voyez-vous le passé comme un poids ou un trésor perdu ?

LE SECRET DES TROIS MÉMOIRES

Faites l'expérience à la sortie du cinéma : il y a ceux qui peuvent vous raconter le film en détail, avec toutes ses anecdotes, ses rebondissements, et il y a ceux qui ne gardent que des émotions, des scènes fortes. Les premiers ont une mémoire objective et les autres une mémoire subjective. De manière analogue, je vois se mettre en action l'une ou l'autre de ces mémoires quand celui qui est en face de moi me raconte sa vie. Certains de mes amis ou de mes patients m'offrent un roman d'aventures avec de grands moments de tristesse ou de gaieté. Ils voient des scènes défiler devant leurs yeux et ils ont bien du mal à reconstituer le fil des événements. D'autres sont au contraire des chronologistes, des conteurs et des compteurs de dates. Ils se souviennent moins des couleurs, des émotions que d'une suite d'étapes rangées dans le bon ordre.

Les dernières expériences sur le cerveau confirment l'existence de plusieurs mémoires portées par différents neurones. Elles déterminent la manière dont nous vivons nos émotions, nos croyances, nos comportements quotidiens. Elles sont aussi la base de notre personnalité :
- la mémoire explicite ou objective des historiens ;
- la mémoire implicite ou subjective des passionnés ;
- la mémoire autobiographique qui est un mélange des deux.

Êtes-vous un journaliste ou un poète de votre propre histoire ?

Albert Londres, pionnier des reporters d'investigation, se servait de son cerveau comme d'un appareil photo. Il avait une telle mémoire des détails que ses lecteurs croyaient partager la cellule d'infortune des malheureux bagnards ou prisonniers qu'ils voyaient vivre, souffrir et mourir sous sa plume. Ses textes[1] restent encore aujourd'hui des exercices de mémoire objective. C'est cette même mémoire des détails qui est prise en défaut quand nous oublions le code d'une carte de crédit, un numéro de téléphone ou toute autre information pratique.

André Malraux n'a pas ramené de ses batailles et ses voyages des détails aussi exacts que ceux de A. Londres. Dans *La Condition humaine*[2] (1933), il nous fait plutôt partager les émotions des révolutionnaires de Shanghai en 1927. Son livre est noyé dans un brouillard poétique. On le suit mais à tâtons, et l'on est plus dans une fiction que dans un reportage. Malraux sollicite surtout sa mémoire implicite. Peu lui importe que les historiens l'accusent de ne pas avoir rendu compte de toute la vérité. Il retrouve, en plus des événements, les sensations qui les ont entourés, le plaisir, la peur, le désir, la douleur. Il ajoute sa touche personnelle et subjective.

La mémoire autobiographique est le troisième lien avec le passé. Mêlant souvenirs explicites et implicites, elle regroupe tout ce que nous gardons de notre histoire, des grandes étapes de la vie aux plaisirs furtifs, des accès de culpabilité aux petits bonheurs. Cette mémoire enregistre

1. A. Londres, *Œuvres complètes*, Arléa, 2007.
2. A. Malraux, *La Condition humaine*, Gallimard, 2011.

les éléments phares de notre chronologie personnelle (mariage, naissance d'un enfant, étapes professionnelles importantes...), mais elle laisse aussi place aux rendez-vous qui se répètent. Elle se souvient que tous les dimanches, pendant plusieurs années, je suis allé déjeuner dans le même restaurant. C'est à elle que l'on fait appel quand on se raconte aux autres, que l'on parle objectivement de sa vie, de ses opinions, de son métier, de son enfance. La mémoire complète est un mélange de souvenirs implicites ou explicites, de faits objectifs et d'émotions, sans négliger l'autobiographie, qui donne à l'ensemble sa cohérence.

Dis-moi comment tu te racontes, je te dirai qui tu es

À la manière dont nous nous souvenons de notre vie, on peut deviner notre type de personnalité. Les plus obsessionnels d'entre nous s'appuient sur leur mémoire explicite. Ils déroulent leur vie sur le mode de la liste. Ils espèrent faire naître une image parfaite de l'accumulation de détails. Ils ont peur de ce qui pourrait les émouvoir, leur faire perdre le fil exact des dates. Les personnalités plus émotionnellement instables – on pourrait les dire hystériques ou narcissiques si l'on ne craignait pas de les fâcher – ont le cerveau plein d'émotions, de scènes-chocs et de grands frissons. Elles décrivent leur passé comme une suite de moments forts qu'elles ne savent pas toujours relier ou classer selon un ordre chronologique.

Dopez votre mémoire grâce à un mélange de détails et d'émotions

Les grands moments d'émotions agréables ou désagréables sont des temps que l'on n'oublie pas. Bien des années plus tard, nous savons encore où nous étions, et ce que nous faisions, le jour où nous avons appris une bonne ou une mauvaise nouvelle. C'est par leur persistance dans notre mémoire que l'on mesure le poids émotionnel d'une réussite, d'une perte, d'un deuil ou d'une déception. Les supporteurs de football se souviennent des buts qui ont fait gagner leur équipe préférée. Alors que les listes qui ne nous intéressaient pas et que l'on a dû absorber le temps d'un examen se sont envolées depuis longtemps. Les études de médecine donnent à qui les a suivies un bon exemple du poids des émotions sur le cerveau. Je connais bien peu de collègues – et je ne fais pas partie de ceux-là – qui soient capables de réciter les formules de chimie ou de physique apprises au début de leurs études. Par contre, chacun de nous se souvient des malades qui l'ont le plus ému, séduit ou agacé. Qui a oublié le jour où il a appris qu'il était reçu à un concours ? Un enseignant qui espère transmettre durablement des connaissances se doit de faire passer, en plus d'explications objectives, des moments d'émotion. J'en fais à chaque fois l'expérience quand des étudiants, qui ont depuis longtemps oublié le fonds de mes cours, se rappellent une anecdote qui les a marqués.

Débarrassez-vous des fausses réponses imposées par le passé

Il est des réponses inadéquates au passé. On peut les découvrir et y mettre un terme. Ce sont des croyances ou des comportements qui passent pour des réponses « obligatoires » à ce que l'on a vécu. En voici quelques exemples, les plus fréquents, les plus banals et peut-être aussi les plus gênants.

La justification et l'explication

Je suggère aux malades de la mémoire de ne pas transformer celles et ceux qu'il croise (leurs collègues, leurs amis, leurs amours) en confidents. Ils n'ont pas besoin de raconter tout, à tout le monde, et encore moins de s'expliquer ou de se justifier.

Le reproche permanent

Ce n'est pas parce que l'on a été victime de violence ou d'une injustice qu'il faut continuer à se venger des années plus tard, auprès d'hommes et de femmes qui ne vous ont pas fait de mal. Rien ne sert d'essayer de régler des comptes avec celles et ceux qui ne sont pas concernés. C'est une vengeance aussi injuste qu'inutile, car elle ne fait qu'isoler et nourrir le pessimisme.

Le sentiment de supériorité

Certains traumatismes donnent à leur victime la certitude qu'ils sont devenus des héros à jamais. Ils ont tant souffert qu'ils méritent l'admiration. Et quand on ne les apprécie pas assez, ils deviennent exigeants, se mettent en colère, se fâchent et se sentent méprisés. Ces héros se fatiguent et fatiguent celles et ceux qui les approchent.

OÙ EN ÊTES-VOUS ?

Laquelle de ces relations au passé vous correspond le plus ?

- La fidélité : une envie de conserver les goûts et les normes anciennes, l'obsession de la loyauté.
- L'opposition : faire l'inverse de ce que vous avez fait avant, changer le plus souvent possible de valeurs et d'opinions.
- L'oubli volontaire : agir comme si tout recommençait chaque jour. Cultiver l'indépendance face aux influences. Vouloir... et réussir (parfois) à oublier votre enfance et votre passé.

Le refus de parler, de créer de nouvelles relations et de montrer ses émotions

« On ne m'y reprendra plus » ; « Après tout ce que j'ai subi, je me méfie », voilà une croyance et un comportement qui rendent le présent bien difficile et le passé impossible à dépasser.

Ne plus rien prendre au sérieux, entre pessimisme et cynisme

« Après ce que j'ai vécu, rien n'est important » ; « Tant pis pour celles et ceux qui ne me comprennent pas et ne se mettent pas à ma place » ; « Je préfère rester seul avec mes vieilles souffrances ». Une fois de plus, cette réaction inadéquate enferme dans le souvenir, la solitude et même la répétition des échecs ou des traumatismes.

RÉVEILLER SES TROIS MÉMOIRES

Entraîner ses trois mémoires

Les trois mémoires (explicite, implicite et autobiographique) ne sont pas sous le contrôle des mêmes zones du cerveau.

La base cérébrale de la mémoire explicite est l'hippocampe. Cette zone profonde du cerveau est l'une des plus riches en connexions. Elle fait communiquer tous les lobes du cerveau. Contrairement à une ancienne théorie – un peu décourageante et heureusement inexacte – selon laquelle nous serions condamnés à voir le nombre de nos neurones décliner avec le temps, les analyses de l'hippocampe montrent une structure en perpétuelle évolution. Elle se régénère à tout âge et établit sans cesse de nouvelles synapses, ces endroits où les neurones se rencontrent et dialoguent en s'échangeant de la sérotonine ou de la dopamine. Vous voulez régénérer votre cerveau ? Amusez-vous, rencontrez des amis, osez des expériences nouvelles. Tout cela est bon pour les émotions, le moral et la mémoire. Le cerveau peut même fabriquer de nouveaux neurones quand la mémoire travaille. L'hippocampe, comme bien d'autres zones du cerveau, ne s'use que si l'on ne s'en sert pas.

Nombreux sont ceux qui passent du temps à courir pour entretenir leur souffle. S'attachent-ils autant à maintenir intacte leur capacité d'émerveillement et d'étonnement ? J'ai envie de leur prescrire un quart d'heure par jour de rire, de découvertes, d'émotions fortes et de contemplation des souvenirs heureux. Il faut du plaisir et de la surprise pour muscler son hippocampe. À vous d'imaginer un nouveau loisir, un amour ou une amitié, un nouveau livre qui saura réveiller votre hippocampe !

Les souvenirs de la mémoire implicite ou subjective viennent de l'amygdale, une autre zone profonde du cerveau. Cette mémoire implicite stocke des données plus colorées affectivement, elle garde la trace des chagrins, des coups de foudre et autres grands moments. N'ayez pas honte de tenir une liste de vos réussites et de vos bonheurs, petits ou grands. Je crois vraiment qu'il faut passer régulièrement en revue ces images qui nourrissent l'estime de soi. Les mauvais souvenirs, les échecs, ceux-là reviennent tout seuls sans que nous nous forcions. Pourquoi ne pas aussi revoir vos vieilles photographies ou vos vidéos d'un autre âge ? Elles empêchent la mémoire implicite de s'étioler et redonnent un coup d'émotion positive.

La mémoire autobiographique est rangée sous notre front, dans le lobe frontal. Ménageons-la. L'histoire de sa vie est une grande aide face aux embûches du destin. Se souvenir de ce que l'on a été aide à mieux supporter les petites ou grandes frustrations du présent, et à ne se laisser emporter ni par un optimisme injustifié ni par le défaitisme. La mémoire autobiographique évite de s'emballer, elle protège des excès d'euphorie ou de culpabilité car grâce au passé, nous acceptons de relativiser les échecs et les succès. Comme dans le célèbre poème de Rudyard Kipling, « Si » (1910), nous accueillons ces deux menteurs que sont la victoire et la défaite. L'importance de cette mémoire se démontre aussi *a contrario* : une recherche conduite en 2008 par Miri Arie, psychiatre à Tel-Aviv, a pointé les dangers d'une faible mémoire autobiographique. Les hommes et les femmes qui ont une vision incomplète de leur enfance et de leur passé sont plus exposés aux dépressions et aux idées de suicide quand ils traversent des événements difficiles. Ils ne peuvent utiliser ce qu'ils ont été pour supporter ce qu'ils sont devenus.

LE SAVIEZ-VOUS ?

Le chewing-gum est bon pour la mémoire

Si l'on demande à des personnes en pleine santé de se rappeler une liste de mots, et que l'on compare leurs performances quand ils mâchent ou non du chewing-gum, il apparaît que celui-ci augmente leur mémoire. Les mâcheurs se souviennent également mieux de listes de chiffres ou de faits historiques.

L'une des hypothèses est que la mastication augmente les capacités d'attention et de concentration. Lorsque nous mâchons, le taux de sucre dans le cerveau augmente. Les analyses cérébrales réalisées par IRM fonctionnelle (imagerie par résonance magnétique) montrent que le débit sanguin dans le cerveau change quand on prend une gomme. Le cortex frontal (à l'avant du cerveau) est plus irrigué, et d'autres zones du cerveau (l'hippocampe et le thalamus) sont activées.

Faudra-t-il un jour proposer aux patients en psychothérapie de prendre un chewing-gum quand ils abordent des événements particulièrement refoulés de leur existence ?

Pratiquer l'auto-histoire positive

Les entreprises s'offrent de plus en plus souvent les services d'un historien, d'un communicant ou d'un écrivain pour écrire leur histoire et au besoin l'enjoliver. Chacun de nous pourrait – et devrait – faire de même et établir son autobiographie positive. Nul n'est besoin pour cela d'être un grand auteur : le travail consiste à établir la liste de ses réussites, de ses grandes dates, de ses succès attendus ou imprévus. On peut rajouter aux événements marquants quelques anecdotes, les instants où l'on s'est « étonné en bien ». Ce travail permet de contrer cette tendance bien trop naturelle à n'être l'historien que de ses échecs. Les mauvaises passes, les petites et grandes hontes, tous ces moments viennent sans mal à la mémoire[1]. C'est l'autre partie de la mémoire qu'il faut encourager à s'exprimer. Faut-il écrire, me demandent celles et ceux qui font cet exercice, les mauvais souvenirs les plus envahissants ? Où les mettre ? Faut-il les effacer ? Je ne conseille pas le déni, mais j'invite à ne leur laisser qu'une place limitée, quelques lignes qui ne pourront pas assombrir le tableau global. Je propose aussi de limiter à quelques minutes (quinze au maximum) le temps consacré à l'inventaire des mauvais souvenirs. Pour les bons, par contre, vous pouvez prendre tout votre temps pour les illustrer, les détailler et même, si vous vous prenez au jeu, les enjoliver un peu.

1. Voir p. 23-24.

Sortir de l'amnésie volontaire

La création est un mélange d'inspiration personnelle et d'imitation du passé. Celui qui ne se souvient pas de sa vie est moins créatif. Toute invention procède en effet d'un travail sur des souvenirs, des impressions ou des idées anciennes que l'on transforme et adapte. Il faut en passer par son passé avant d'inventer quoi que ce soit de nouveau. Je rencontre chez les dépendants d'Internet cette envie un peu folle de faire table rase du passé, et de ne pas s'intéresser au futur. Les internautes les plus frénétiques sont aussi les plus amnésiques. Ils ne veulent pas savoir qui ils sont et encore moins qui ils ont été. C'est en les reconnectant avec leur histoire que je les aide à sortir de leur monde sans frontières et sans limites temporelles. Ils passent du pseudo à leur vrai nom et des relations en ligne aux rencontres dans la vie réelle.

Pourquoi le stress fait-il perdre la mémoire ?

Avant un examen, deux types d'étudiants sont en danger : ceux qui, par indifférence, ne mobilisent pas assez leur mémoire et ceux qui, trop tendus, bloquent leur cerveau. Dans un autre domaine, chacun de nous a fait l'expérience de l'angoisse sidérant la mémoire. Vous essayez de vous souvenir d'un nom ou d'un code qui vous échappe, vous vous acharnez en vain pour le retrouver et, plus vous faites d'efforts, moins vous y arrivez… Vous pouvez même vous croire atteint d'un début d'alzheimer. Le lendemain, détendu, alors que vous ne le cherchez plus, vous voyez réapparaître dans votre esprit le nom, le code ou tout autre souvenir qui semblait perdu.

CONSEIL PSY

Travaillez l'indépendance des mémoires

Les pianistes s'entraînent à l'indépendance des mains et des doigts. À leur image, chacun de nous peut apprendre à faire fonctionner ses mémoires, celles des détails, des émotions et de la vie. Tout travail sur soi, qu'il passe par une psychothérapie, une méditation ou une simple réflexion, ne saurait se limiter à l'ici et maintenant. On ne comprend ce que l'on est qu'en retrouvant ce que l'on a été, ce qui nous a séduits, fait plaisir ou peinés. Vous trouvez ce retour vers le passé difficile ? Rien de grave. Vous allez y accéder par étapes :

- Réveillez votre mémoire subjective en recherchant les émotions passées, les grands moments de bonheur.
- Rapprochez-les de la mémoire autobiographique en les datant. Travaillez vos chronologies et placez sur une ligne les dates qui vous ont marqué entre votre naissance et maintenant. Les psychologues appellent cet exercice la « technique du graphe ».

Vous pouvez faire le même exercice avec un film ou un livre : retrouvez ce qui vous a ému et reconstituez en même temps les étapes de l'histoire.

Les plus « intellectuels » pourront appliquer cette expérience à la philosophie : choisissez un penseur qui vous plaît, et essayez de comprendre la manière dont il arrive à ses conclusions.

- Faites de la mémoire des détails votre alliée pour donner un autre sens à ce qui vous apparaît comme des échecs ou des motifs de culpabilité. Avez-vous vraiment gardé à l'esprit tous les aspects de cette situation que vous vous reprochez tant ? Étiez-vous, comme vous le dit votre souvenir, le seul coupable ? Ne peut-on pas trouver des indices qui vous donnent raison ? N'avez-vous pas oublié quelques arguments plaidant en votre faveur ?

CONSEIL PSY

Comment préparer sa mémoire pour un rendez-vous important ?

Vous espérez donner le meilleur de vous-même à l'occasion d'un rendez-vous important ? Passez du temps à préparer l'épreuve, mais réservez-vous aussi un moment de détente. Vous serez plus convaincant, face à un employeur ou un jury, si l'angoisse ne sidère pas votre mémoire. Un peu d'activité physique, une promenade ou une course tranquille fortifient plus la mémoire qu'une nuit blanche passée à bachoter. La relaxation agit sur la mémoire par la détente du corps et de l'esprit. On est souvent surpris par les capacités de sa mémoire quand on ne l'emprisonne pas dans une trop grande préparation.

GUÉRIR DU PASSÉ EN LE REGARDANT EN FACE

Un prisonnier du passé m'a raconté son sentiment de culpabilité suite à un accident de voiture. Il se reproche son imprudence et l'instant d'inattention qu'il croit être à l'origine de l'événement. Celui-ci a eu lieu il y a dix ans, mais il en revoit encore les images au milieu de la nuit. Il ressent des impressions de chaleur qui courent sur son cou et dans son dos. Quand il a réussi à me parler sans trop d'angoisse de ce moment qu'il essayait d'oublier, tout s'est détendu. Nous alternions des séances où il se relaxait et d'autres où il essayait de retrouver ses souvenirs. Il a cessé de chercher à se défendre en luttant, en poussant en vain dans l'oubli un passé impossible à solder. Je crois bien que son hippocampe s'est remis à fonctionner. Retrouvant la mémoire, il s'est aperçu qu'il n'était pas le seul fautif. Il a guéri en même temps de son passé et de son présent.

Il n'y a qu'un voyage dans son histoire personnelle qui remette en place le cercle vertueux de la mémoire. Les souvenirs qui étaient inaccessibles reviennent et peuvent être dépassés. Les drames, quand on les regarde en face, sans le flou de la honte, sans essayer de les oublier, ne sont pas aussi graves qu'on le croyait. Rapidement, le taux d'hormones du stress retombe, et les émotions agréables du présent retrouvent leur place.

Patience et souplesse sont les deux piliers du bonheur

Pour aborder les traumatismes anciens, il faut de la prudence, de la patience et de la souplesse.

La patience est une qualité essentielle. Il n'y a qu'au cinéma que les angoisses durent seulement le temps d'une séance. Le travail sur soi est plus lent que ce que nous montre Hitchcock. La psychologie moderne se méfie de la *catharsis*, du déchaînement de pulsions ou de passions qui serait capable de libérer, en quelques minutes, d'un traumatisme ancien. C'est trop beau pour être vrai et en plus c'est dangereux.

Il faut aussi de la souplesse pour respecter la manière dont chacun « se débrouille » avec son histoire. Je rencontre chaque jour des amnésiques heureux. Ils ont fait de l'oubli, du refoulement une vraie défense. Inutile de les obliger à revivre ce qu'ils ont réussi à dépasser à leur manière. Le travail sur la mémoire n'est justifié que pour ceux qui en souffrent. Sinon, laissons à chacun sa manière personnelle de gérer les accidents de sa vie : en en parlant ou en les cachant, en les racontant ou en les oubliant. Il n'existe en l'espèce pas de norme, seul compte le résultat – la capacité que l'on a ou non de faire la paix avec sa vie antérieure, son enfance, ses petites et grandes hontes.

Les souvenirs s'améliorent avec le temps et la bonne humeur

Nous ne racontons pas notre enfance de la même manière aujourd'hui qu'il y a dix ans. Et l'image que nous avons de notre passé va continuer à évoluer. Il y a des événements que nous trouvions importants et qui s'éloignent avec le temps, tandis que d'autres prennent de plus en plus de place. Pensez aux rencontres que vous avez faites depuis l'adolescence. Il est des hommes et des femmes qui paraissaient inoubliables et auxquels on ne pense plus guère, alors que d'autres, à peine croisés, reviennent sans cesse à notre esprit.

L'humeur agit aussi sur les souvenirs. Autant le savoir, ne pas s'en inquiéter et considérer le regard que nous portons sur hier comme un indice de la manière dont nous nous sentons aujourd'hui. J'en fais l'expérience dans ma vie privée et en consultation. Celui qui est content de vivre voit remonter à sa conscience ses bons moments, ses réussites. Qu'un vent de tristesse l'accable et ce sont tous ses échecs qu'il croyait oubliés qui reviennent. Pour le dire autrement, nous cherchons dans ce que nous avons été une justification de ce que nous sommes maintenant. Il ne sert à rien de chercher à convaincre celui qui s'accuse de tous les maux qu'il a tort.

L'expérience de la clé au soleil

Quelques années avant Freud, le psychologue français Théodule Ribot a décrit la mémoire comme une machine à enregistrer qui conserve les souvenirs, les reproduit et les localise dans le passé. Il compare la mémoire à un appareil photographique gardant sans erreurs la trace des dates et des pensées. T. Ribot donne un exemple de l'action photographique de la mémoire : posez une clé sur une feuille de papier blanc, exposez-la en plein soleil, puis conservez ce papier dans un tiroir obscur. Au bout de quelques années, l'image de la clé y sera encore visible. Dans cette vision de la mémoire comme une machine, tout paraît simple, objectif, indiscutable.

Cependant, en mesurant le poids des émotions sur les souvenirs, il a bien fallu accepter que la situation est plus compliquée que ne veut bien le dire T. Ribot. La mémoire n'est pas un simple disque dur ou une boîte à archives. Le cerveau n'est pas seulement « impressionné » comme une pellicule photographique. Quand nous pensons à notre vie, nous ne nous représentons pas une chronologie linéaire, avec un début et une fin. La mémoire mélange facilement ce que nous avons fait enfants et ce que nous avons ressenti il y a un mois. Et c'est ce mélange qui crée notre identité et agit sur notre présent.

Il y a, dans ce désordre apparent de la mémoire, un message optimiste. On peut revisiter ses souvenirs et même les modifier, les compléter, les améliorer. Aucun traumatisme n'est inscrit pour toujours dans les neurones ou les émotions. La plupart des techniques ou des théories psychologiques proposent une manière d'aborder son passé. Encore faut-il comprendre comment agissent ces deux menteurs que sont le déni et le refoulement.

COMPRENDRE ET DÉPASSER LE REFOULEMENT ET LE DÉNI

Les caprices de l'hippocampe

Revenons au Dr Edwardes, dont le cas a été étudié plus haut[1]. L'angoisse et la culpabilité l'empêchaient d'accéder à son passé et de s'apercevoir qu'il n'était pas responsable de la mort de son frère. Son oubli l'avait protégé, puis empêché de se souvenir de ce qui s'était vraiment passé. L'oubli est bien une protection paradoxale : il apaise, mais fait obstacle à la découverte des causes de son stress.

Les causes de cette amnésie produite par l'anxiété commencent à être connues. Comme nous l'avons vu[2], l'hippocampe stocke au plus profond du cerveau les émotions et les sensations fortes. Les souvenirs traumatisants, les accidents, les situations désagréables de l'existence activent les hormones du stress et empêchent l'hippocampe de travailler normalement. Tout se passe comme si le cerveau apeuré perdait la mémoire. Les cellules de l'hippocampe s'atrophient et peuvent même mourir d'un excès de stress. Les mauvais souvenirs, ceux que l'on n'arrive pas à oublier, agissent comme des toxiques

1. Voir p. 21.
2. Voir p. 36.

pour le cerveau. Un cercle vicieux se met alors en place. Le souvenir d'un traumatisme dont on n'a pas pu parler empêche la mémoire de fonctionner normalement, et comme la mémoire est bloquée par le stress, nous ne pouvons pas trouver ce qui a provoqué l'angoisse.

Les recherches sur l'imagerie du cerveau confirment ce cercle vicieux du stress et de la mémoire prisonnière. Les hommes ou les femmes souffrant de stress post-traumatique ont un cerveau sidéré par leurs souvenirs. Ils ont été victimes ou témoins d'agressions, d'accidents ou de violences. Pour se protéger, ils ont refoulé leur passé. Leurs souvenirs ne réapparaissent que sous forme de cauchemars. Parfois, ils voient passer devant leurs yeux des images de guerre ou de violence. Ils vivent en permanence sur le qui-vive, dans l'attente d'un retour du passé. Prompts à la colère, ils sursautent facilement ou paraissent rêveurs ou absents, désinvestis du présent. Si l'on examine bien leur cerveau, il apparaît que le volume de leur hippocampe a diminué et que leur mémoire est moins efficace. La seule manière pour eux de sortir de ce cercle vicieux est d'oser regarder en face les souvenirs qu'ils veulent fuir. Ainsi, ils libèrent leurs émotions et redonnent de l'énergie à leur hippocampe.

Le refoulement et le déni

Le pauvre Dr Edwardes dépense presque toute son énergie vitale à essayer d'oublier la mort de son frère. Comme tous les anxieux du passé, il use de subterfuges pour ne pas se retourner sur son histoire : il a même écrit un livre sur le complexe de culpabilité pour ne pas parler de son propre sentiment de culpabilité.

Le refoulement : cacher sans le vouloir ni le savoir ce qui nous gêne le plus

Face aux difficultés, certains n'ont qu'un mode de défense (qui d'ailleurs ne les défend pas bien) : l'oubli involontaire ou le refoulement. Dès l'enfance, ils se cachent ce qui leur fait trop mal. Comme ils ont peur de réfléchir sur eux-mêmes ou de douter, ils cèdent à des jugements à l'emporte-pièce et raisonnent en « tout ou rien » : « J'ai parfaitement raison ou complètement tort. » Ils ne prennent pas le temps de réfléchir et d'évaluer le présent à la lumière du passé. La première opinion qui passe est la bonne. À chaque échec, ils sont aussi désemparés qu'un adolescent en proie à son premier chagrin d'amour. Leur réponse au moindre stress est irréfléchie, trop rapide ou trop violente. Les adolescents impulsifs manquent eux aussi de mémoire. Le rebelle en guerre contre son passé et son présent ne garde en lui aucune trace de réussite qui pourrait le convaincre que le destin ne lui a pas toujours été défavorable.

Le refoulement repousse dans l'inconscient ce qui dérange le plus. Cet étrange oubli, qui prétend faire disparaître ce qui déplaît, ne fait que cacher la poussière sous le tapis et camoufle les angoisses sans les guérir. Il ne consiste pas à cadenasser une porte une fois pour toutes, mais à maintenir de force fermée une porte qui ne cesse de s'ouvrir. On s'épuise à retenir un secret qui cogne et se faufile au moindre moment d'inattention. Le refoulement, bien sûr, n'est pas toujours aussi dramatique que chez le Dr Edwardes. Nous pouvons refouler des événements ou des pensées moins chargés de culpabilité que la mort accidentelle d'un frère. Le refoulement est même parfois utile. Il aide à vivre avec des souvenirs difficiles. Il permet aux écarts de conduite, aux erreurs de jugement, aux souvenirs qui nous peinent ou nous font honte, de ne pas envahir en permanence notre esprit. Nous avons manqué un rendez-vous important, nous avons souffert d'un échec amoureux ou professionnel : le refoulement est là pour nous éviter de revoir en permanence nos échecs. Il fait disparaître les aspérités de la vie derrière une tranquillité factice et reposante à la fois. À petite dose, il protège, mais il devient un symptôme lorsqu'il empêche d'autres émotions de s'exprimer.

Le déni : « Cela ne me concerne pas, ce n'est pas mon histoire »

Une deuxième forme d'oubli inconscient du passé est le déni. Lorsque le Dr Edwardes refuse de se sentir personnellement concerné par ce que Constance essaie de lui révéler, il est en plein déni. Il est incapable d'admettre que des lignes sur une nappe le mettent mal à l'aise. Les psychothérapeutes sont familiers de ces réactions. Ils entendent celui ou celle qui leur a raconté un rêve leur dire juste après : « Je vous parle de tout cela, mais je ne suis pas vraiment concerné... » ; « Ce fantasme apparaît dans mon rêve, mais ce n'est pas vraiment le mien ». En déniant une émotion, nous acceptons sa présence, mais nous en minimisons l'importance.

Je pourrais écrire une anthologie du déni et recueillir toutes les manières que l'on a de ne pas parler de soi. Il m'arrive de passer plusieurs consultations à entendre, comme des gammes sur un piano, des variations autour du déni. Certains minimisent leurs problèmes personnels en les généralisant : « Tout le monde est angoissé, tout le monde a honte ou se sent triste... et moi aussi, bien sûr. » D'autres dénient en intellectualisant : ils transforment leurs pensées intimes en un débat qui ne les atteint pas directement. Ils m'entretiennent de leurs émotions comme d'un fait divers de l'actualité, ou un dossier scientifique. « La mort, la maladie, je vous en parle, mais je ne me sens pas vraiment concerné... » Plusieurs mois après une défaite politique, les hommes de pouvoir, experts en déni, continuent à expliquer qu'ils n'ont pas été déçus et que, finalement, tout est pour le mieux. L'un d'entre eux (oublions son nom par charité) avait dit après une grande défaite : « Je vous conduirai vers d'autres victoires. »

Comme souvent en psychologie, le plus dur est le premier pas. Ceux qui commencent à regarder dans leur mémoire sans se mentir y trouvent une telle énergie et un tel apaisement qu'ils n'ont plus envie de s'arrêter.

Une expérience de pleine conscience inventée par Proust

La technique de la pleine conscience consiste à se détendre et se concentrer sur l'instant présent, dans le but de retrouver des images ou des sensations passées qui semblaient perdues. Il n'y a rien de nouveau sous le soleil et rien de vraiment nouveau non plus en psychologie. Celles et ceux qui pratiquent la pleine conscience seront sans doute surpris de trouver dans *À la recherche du temps perdu* un travail de pleine conscience qui ne dit pas son nom. Le narrateur trouve son identité d'adulte en partant à la recherche de l'enfant qu'il a été. Avec une prescience étonnante de la manière dont fonctionne la mémoire autobiographique, Proust nous montre comment les souvenirs reviennent à l'improviste, déclenchés par un goût, une odeur, une musique ou une vision.

Tout commence par de l'oubli et du déni. Le héros de la *Recherche* n'a gardé de son enfance que la mémoire émotionnelle des moments où sa mère venait l'embrasser le soir dans son lit. C'est une boisson chaude et un gâteau, la trop célèbre madeleine, qui vont réactiver son hippocampe. Il faut, pour que s'opère le retour du passé, sacrifier à un rituel précis. Quelques objets aident le temps perdu à retrouver sa place : « Elle envoya chercher un de ces gâteaux courts et dodus appelés Petites Madeleines qui semblent avoir été moulés dans la valve rainurée d'une coquille de Saint-Jacques. Et bientôt, machinalement, accablé par la morne journée et la perspective d'un triste lendemain, je portai à mes lèvres une cuillerée du thé où j'avais laissé s'amollir un morceau de madeleine. Mais à l'instant même où la gorgée mêlée des miettes du gâteau toucha mon palais, je tressaillis, attentif à ce qui se passait d'extraordinaire en moi[1]. »

Le retour du refoulé ou de l'« oublié » est une expérience forte. Il apparaît à la faveur d'un état de conscience entre attention et détente, tension et rêverie. Il faut aussi une capacité à lire en soi, une ouverture à ses sensations présentes, mais le jeu avec le passé en vaut la chandelle. Partir à la recherche de soi-même est une aventure ; découvrir celui que l'on a été, un plaisir. Tous ceux qui se sont livrés à la méditation ou aux expériences de pleine conscience le savent. « J'avais cessé de me sentir médiocre, contingent, mortel. D'où avait pu me venir cette puissante joie ? Je sentais qu'elle était liée au goût du thé et du gâteau, mais

1. M. Proust, *À la recherche du temps perdu*, vol. 1, Le Live de Poche, 2008.

qu'elle le dépassait infiniment, ne devait pas être de même nature. [...] Je bois une seconde gorgée où je ne trouve rien de plus que dans la première, une troisième qui m'apporte un peu moins que la seconde. Il est temps que je m'arrête, la vertu du breuvage semble diminuer. Il est clair que la vérité que je cherche n'est pas en lui, mais en moi. [...] Je pose la tasse et me tourne vers mon esprit. C'est à lui de trouver la vérité[1]. »

Proust, à la manière d'un chercheur en psychologie des comportements, fait des expériences. Il valide des hypothèses. L'effet du thé s'épuise peu à peu, mais la puissance de l'émotion du passé retrouvé, elle, ne faiblit pas. L'accès à la pleine conscience et à la mémoire impose des tris et des efforts. Il faut s'éloigner des distractions qui empêchent d'entendre les souvenirs.

Trouvez vos propres « mots gâchettes » et vos sensations pour accéder à la pleine conscience

Les madeleines s'appellent aujourd'hui des « mots gâchettes » : ils déclenchent les souvenirs et les émotions même chez les plus rétifs à l'expérience. Voulez-vous essayer ? Dites « école » et vous verrez affluer des images ou des sensations en apparence oubliées. D'autres « mots gâchettes » font remonter les souvenirs de manière automatique. Il suffit de penser à ses parents, à ses enfants, à ses amis, à certaines maladies et la mémoire s'emballe. On accède ainsi à une conscience qui nous paraissait perdue.

1. *Ibid.*

Une autre découverte anticipée par Proust est le caractère capricieux de la mémoire. La réminiscence ou la pleine conscience ne récompensent pas celui qui court après elle, mais celui qui ralentit sa pensée et sa respiration, vide son esprit et se concentre sur des sensations en apparence banales.

Toutes les sensations physiques sont bonnes pour accéder à la pleine conscience et au passé maître de notre présent. À vous de trouver celle qui vous correspond le plus. Est-ce comme chez Proust le goût d'un plat de l'enfance, une odeur, un paysage, une musique ? La seule règle dans le domaine est qu'il n'y en a pas. Vous avez, si j'ose dire, le choix des armes. On peut une fois encore faire confiance au romancier. Les plaisirs culinaires sont sans doute les plus connectés à notre histoire et à notre enfance : le chocolat, le thé ou le café possèdent leur génie pour réchauffer le bout des doigts et libérer la mémoire.

CONSEIL PSY

Pourquoi est-il si important de retrouver son passé ou sa pleine conscience ? C'est encore Proust qui l'explique. Ce voyage à l'intérieur de l'esprit rend heureux et fait accéder à des émotions qui, autrement, nous auraient semblé interdites. Je le propose à ceux qui cherchent à sortir de la morosité et de l'impression de ne jamais avoir assez de temps pour accomplir toutes leurs obligations. C'est en commençant à prendre du temps pour soi, pour s'écouter, pour retrouver des sensations en apparence banales que l'on retrouve la confiance, et même l'énergie, de finir des tâches qui semblaient insurmontables.

Vous allez regarder différemment le morceau de fruit ou de gâteau qui est devant vous. Prenez le temps de le sentir, de le goûter, de suivre sa descente dans la bouche puis la gorge. Il va vous faire faire un voyage extraordinaire à la rencontre de vous-même. Et pour aller encore plus loin, ajoutez de la musique. Pourquoi pas celle qu'aimait Proust, une de ces mélodies françaises lentes et un peu tristes du siècle dernier ? Essayez ou réessayez Erik Satie, Camille Saint-Saëns, Reynaldo Hahn. Votre gâteau va finir par avoir la forme d'une madeleine...

LE DERNIER CONSEIL DE FREUD QUELQUES JOURS AVANT SA MORT

Quand le Dr Smiley Blanton rencontre Freud pour la première fois, il pense que le maître de la psychanalyse va le faire parler de son présent, de ses angoisses, de ses maladies. Il espère lui expliquer ce que, en tant qu'apprenti psychiatre, il attend de l'analyse pour sa vie professionnelle. Freud ne semble pas s'intéresser à ses symptômes actuels de colite et encore moins à son travail de psychiatre. Il ne lui demande même pas pourquoi il vient le voir. Il ne s'intéresse qu'à ses souvenirs.

S. Blanton découvre le bureau de Freud. Le parquet est nu, à l'exception d'un petit tapis. À droite du bureau, en face de la fenêtre, se trouve contre le mur un divan confortable garni de couvertures et d'un châle de laine douce plié au niveau de la tête. Les minutes passent et la simplicité de Freud lui permet de se sentir en sécurité. Il note ses impressions à la fin de la première séance : « Sa douceur et quelque chose de presque humble dans son attitude, la manière dont il sait vous mettre à l'aise tout en gardant une distance qui permet à l'autre la libre expression de soi et aussi une impression de fragilité[1]. »

1. S. Blanton, *Journal de mon analyse avec Freud*, PUF, 1973.

Première leçon : le passé ne se livre que si on ne va pas le chercher

Freud ne veut surtout pas que S. Blanton prépare ses séances. Il sait qu'il n'accédera à son passé que s'il se livre avec spontanéité. Quand S. Blanton s'étend sur le divan, Freud lui dit d'emblée : « Il ne faut pas que vous prépariez ce que vous allez dire. Vous devez donner au contraire libre cours à ce qui vous vient à l'esprit[1]. » Pour lui, le sens critique de l'analysant ne doit pas interférer avec ce qu'il a envie de dire.

Deuxième leçon : méfions-nous des explications trop simples

S. Blanton en est à sa huitième séance. Il raconte ses rêves et justifie son comportement d'adulte par son enfance, quand Freud l'interrompt : « N'expliquez pas. Les raisons viendront en leur temps. Quand une personne me dit quelque chose, moi-même, je n'essaie pas d'en trouver immédiatement les raisons. Je sais qu'avec le temps celles-ci apparaîtront[2]. »

Pour défendre sa recherche d'une mémoire qui se libère, Freud cite Oliver Cromwell : « On ne va jamais si loin que lorsqu'on ne sait pas où l'on va. » Je me suis souvent resservi de cette phrase en consultation. Elle ouvre un jeu de possibles et apaise bien des situations tendues.

1. *Ibid.*
2. *Ibid.*

La dernière séance et le dernier secret

Leur dernière séance a lieu à Londres en septembre 1938. Malade, accablé par la montée du nazisme, Freud reste toujours aussi disponible, pour ses patients. S. Blanton lui raconte un rêve récent, il lui demande un dernier avis sur ses angoisses de tous les jours. Freud le quitte en lui offrant une phrase de Shakespeare qui pourrait résumer son travail de mémoire et les bienfaits qu'il en a retirés : « Les hommes doivent supporter leur départ de ce monde comme leur arrivée dans ce monde : mûrir, tout est là. »

J'aime cette image d'un Freud entre le moine et le maître zen. Il répond aux questions par des questions et n'assène aucune explication rapide. Il croit plus aux vertus de l'improvisation et de la spontanéité. Il ne renvoie pas les mains vides ceux qui l'interrogent, mais il ne les accable pas de certitudes. J'aimerais que ceux qui font vocation de poursuivre son œuvre et sa réflexion gardent aussi sa modestie... Mais c'est une autre histoire.

COMMENT RANGER LA BIBLIOTHÈQUE DE SES SOUVENIRS

Une autre manière de voir son passé est de le comparer, comme le propose le psychanalyste Thomas Szasz, à une bibliothèque[1]. Je trouve que cette image rend bien compte de la manière dont nous relisons, comme des classiques, certains souvenirs, et dont nous en oublions d'autres. Si l'on suit T. Szasz, le passé ressemble à une suite de livres empilés en désordre dans le cerveau. Le nombre de rayonnages dans la bibliothèque de l'esprit est assez limité. Seuls les ouvrages les plus marquants y restent. Nous nous constituons, au fil des expériences agréables et désagréables, une bibliothèque de douleurs et une bibliothèque de bonheurs. Nous avons nos livres préférés, nos ouvrages honteux, et ceux que nous laissons dormir sous la poussière.

T. Szasz donne l'exemple de la douleur physique et du sens que les expériences précoces lui ont attribué. La douleur était-elle utilisée par les parents comme une forme de punition ? Continue-t-on de considérer toute sensation douloureuse comme la conséquence méritée d'une faute ? Y trouve-t-on un plaisir que l'on n'ose s'avouer, mais qui oblige à s'y complaire ? Les moments doulou-

1. T. Szasz, *Le Mythe de la maladie mentale*, Payot, 1986.

reux étaient-ils les seuls où l'on a bénéficié de l'attention et de l'affection de ses proches ? Le livre de la douleur, on le voit, n'est pas le même chez chacun de nous.

OÙ EN ÊTES-VOUS ?

Qu'allez-vous trouver en ouvrant votre bibliothèque : le livre de la vie amoureuse, celui des satisfactions, celui des projets ou celui des espoirs déçus ? Analysez tranquillement chacun d'eux. Est-ce un livre de poche usé par trop de lectures ou un livre relié qui vous intimide encore ? Vos projets ambitieux sont-ils des dossiers oubliés au fond d'une armoire ?

Cette expérience de la bibliothèque mentale est utile pour guérir les douleurs, pour lesquelles les vraies consultations ne se résument pas en calmants. Elles ajoutent, à l'évaluation objective, une étude des souvenirs et des expériences précoces. Sortez vos livres anciens. Rouvrez-les. Comment réagissaient vos parents ? Avaient-ils tendance à vous surprotéger ou à nier votre souffrance ?

Aujourd'hui encore, cette image d'une bibliothèque mentale éclaire bien des aspects des comportements adultes. Elle donne une manière assez simple de comprendre ce qui nous détermine. Faire un travail sur soi, c'est vider sa bibliothèque, découvrir certains ouvrages, se débarrasser d'autres et trouver une nouvelle manière de ranger l'ensemble pour qu'ils tiennent sur les rayonnages de sa conscience.

Selon le sens que nous avons donné aux expériences de l'enfance, nous percevons les douleurs adultes de manière différente. Certains croient en la douleur qui punit. Ils ont une bibliothèque chargée de traités de morale et se souviennent de toutes les transgressions ou actions risquées qui se sont terminées dans la souffrance. Quand les parents ou les maîtres utilisent la douleur comme une sanction, ils remplissent la bibliothèque de livres sur la culpabilité, en apprenant qu'une faute morale est punie par une douleur. Cette leçon, en apparence efficace – elle crée des enfants sages qui ne se révoltent pas –, est en fait lourde de conséquences. L'enfant qui la subit lie faute et douleur. À la souffrance physique s'ajoute le tourment moral du reproche. Il faudra aux « douloureux coupables » lire bien des livres, et en enlever quelques-uns, pour séparer douleur et sentiment de culpabilité.

La douleur comme appel à l'aide est une autre signification issue du passé. L'enfant devenu adulte se souvient de ce que l'on faisait pour lui chaque fois qu'il avait mal. Il mobilisait l'attention de ses parents ou de ses amis. Il espère que la séquence douleur-cri-réconfort de son enfance fonctionnera encore. Il veut être protégé, rassuré chaque fois qu'il a mal. Pour ce faire, il tyrannise son entourage ou son médecin. Il exige des traitements urgents de l'un, de la compassion et une attention constante des autres. La déception qu'il éprouve aggrave ses difficultés et le fixe davantage encore dans son rôle d'éternel incompris.

Réécrire son roman familial

Il est un dernier livre qui nous impressionne et nous conditionne, c'est le roman familial. Chacun de nous a l'impression qu'il doit écrire ses comportements, ses amours, le résultat de son travail dans un catalogue tenu depuis plusieurs générations. Se comprendre, c'est trouver son roman familial et accepter l'idée que l'on peut écrire une nouvelle page qui ne soit pas influencée par celles des parents ou des grands-parents. On n'échappe, je le répète, aux contraintes du passé qu'à condition d'en accepter l'existence et d'en trouver les causes. Voici quelques exemples de phrases et de croyances que l'on retrouve dans le roman familial. Je les entends souvent en consultation :

- « Dans notre famille, on est obligé de réussir... ou d'échouer. »
- « Personne n'a d'états d'âme, nous sommes solides, c'est dans la nature de la famille. »
- « Celui qui s'éloigne trop de la famille ou renonce à ses valeurs est un traître. »
- « Nous sommes une famille de musiciens/commerçants/médecins et hors du destin collectif point de salut. »

Dans son premier roman *Les Buddenbrook,* le romancier allemand Thomas Mann a bien décrit la manière dont se remplit le livre de famille. Chaque chef de famille tient un journal qui lui a été transmis depuis plusieurs générations. Il note dans un grand cahier à tranche dorée les naissances, les mariages, les acquisitions de richesses et les morts. Dans le roman de T. Mann, c'est la petite cadette Tony Buddenbrook qui fait les frais du roman familial. Elle n'est pas amoureuse de Bendix Grünlich, le riche négociant que ses parents voudraient la voir épouser. Elle rêve d'un autre mari, qui la ferait danser ou partagerait avec elle les idées révolutionnaires de l'Allemagne du milieu du XIXe siècle. Elle ne se voit pas unie pour la vie à un bourgeois dont les favoris teints en blond lui inspirent une certaine répulsion.

Mais un jour, Tony découvre le livre de famille et elle abandonne ses espoirs d'indépendance. Elle le feuillette en cachette dans le bureau de son père et voit comment chacun a raconté, sur un ton solennel, les exploits de sa génération. La jeune fille s'aperçoit que sa propre histoire figure déjà dans le roman familial. Son père y a consigné sa naissance, ses maladies d'enfant, sa première classe, son entrée au pensionnat, sa première communion. Tout est écrit d'une petite écriture de commerçant minutieux et témoigne d'un respect presque religieux pour chaque événement. Le moindre d'entre eux est comme la marque de la volonté d'une puissance supérieure, d'un destin qui a toujours merveilleusement dirigé la famille Buddenbrook. Tony se demande comment le roman familial va continuer à parler d'elle. Elle n'est plus aussi sûre d'être capable de résister à la volonté de son père et au mariage vers lequel il la dirige. Dans son esprit, elle voit passer les membres futurs de sa famille, qui liront le roman familial avec la même piété que la sienne.

Les paroles de son père, la comparant à l'anneau d'une chaîne, brisent son envie d'indépendance. Ce statut lui donne comme lourde mission de collaborer, par ses amours et ses enfants, à l'histoire de sa famille. Alors Tony se résout au mariage de raison avec un homme riche. Elle prend une plume et écrit elle-même sur le cahier doré « s'est fiancée le 22 septembre 1845 avec M. Bendix Grünlich, négociant à Hambourg[1] ». Quand, malgré tous ses efforts, elle divorcera d'avec celui-ci, elle n'aura plus qu'à écrire sur le même livre : « Cette union a été légalement dissoute en février de l'an 1850. »

Il est des loyautés parfois trop difficiles à porter, et des romans familiaux sur lesquels il n'est pas nécessaire d'écrire une page de plus. C'est ce que peut comprendre

1. T. Mann, *Les Buddenbrook*, Le Livre de Poche, 2008.

celui ou celle qui mesure le poids de la contrainte exercée d'une génération à l'autre. Même dans les familles qui ne tiennent pas de tels registres, on peut, par un travail sur ses souvenirs et ses premières expériences, trouver les lois non écrites qui constituent un pacte secret. C'est à partir de cette connaissance que l'on fait la différence entre les mémoires que l'on suit et celles que l'on écarte, celles qui portent des valeurs à conserver et celles qui empêchent de vivre ses émotions, ses vraies vocations et ses passions.

IL N'EST JAMAIS TROP TARD POUR SE DÉCONDITIONNER DU PASSÉ

Beaucoup de nos comportements et de nos opinions sont des réflexes conditionnés. Nous nous mettons à table – et, même plus, nous avons faim – trois fois par jour parce que depuis notre plus jeune âge nous agissons ainsi. Nous voyons sur notre montre qu'il est tard et aussitôt nous avons sommeil parce qu'on nous a appris qu'il y a une heure où il faut être couché. Face à certains types d'hommes ou de femmes, nous ressentons sans savoir pourquoi de l'attirance ou de l'agacement. Il y a aussi des réflexes conditionnés qui nous font du mal : certains se sentent obligés d'acheter les objets pour lesquels ils voient de la publicité ou qui sont à la mode, d'autres sont conditionnés pour finir une bouteille d'alcool dès qu'ils l'ont entamée. On peut ainsi, comme on fait l'inventaire de ses croyances et de ses influences inconscientes, faire celui de ses conditionnements. Cette théorie des réflexes conditionnés n'est en rien décourageante. De nouvelles techniques psychologiques nous apprennent que tout ce qui en nous a été conditionné peut se « désapprendre ».

CONSEIL PSY

Chacun peut s'exercer à se délier des contraintes du passé. Représentez-vous par exemple une situation qui vous fait peur (comme le fait de parler en public), et affrontez-la progressivement, en faisant ce que la psychologie comportementale appelle des « exercices d'exposition ». Sans aller trop loin, en vous détendant si l'angoisse monte, vous vous habituez à supporter et, pourquoi pas, à aimer ce qui vous faisait fuir.

La psychologie comportementale a pris son envol en Russie au début du XXe siècle avec le célèbre Ivan Petrovitch Pavlov. Né dans une famille de popes, Pavlov a suivi des études religieuses avant de se tourner vers les sciences naturelles et de se passionner pour un livre du savant russe Ivan Setchenov, *Réflexes de l'encéphale* (1863). Étudiant touche-à-tout, Pavlov s'inscrit en faculté de droit, puis à l'Académie de chirurgie et de médecine. C'est en commençant à dresser des chiens qu'il a connu la gloire. Pavlov nourrit son chien à heure fixe et allume la lumière avant chaque repas. En quelques jours, le chien est conditionné : il commence à avoir faim dès qu'il voit la lumière s'allumer. Il a appris une séquence d'événements : lumière → faim → sécrétion d'insuline → repas.

Pavlov a découvert le principe du conditionnement par hasard. Il travaillait sur la salivation des chiens pour un programme de recherche sur la digestion quand il a remarqué que les chiens qui passaient plusieurs fois dans son laboratoire se mettaient à saliver avant même qu'on les nourrisse. Le chien commençait à saliver à la vue de la salle, de sa

LE SAVIEZ-VOUS ?

Les zones cérébrales du conditionnement

Jaak Panksepp a identifié quatre systèmes de commande cérébrale sensibles à l'apprentissage :

- Le *système de recherche* : il détermine les comportements d'exploration et tout ce qui permet de satisfaire ses appétits ou ses pulsions. Le neuromédiateur de la recherche est la dopamine. Les principales zones cérébrales impliquées sont l'aire tegmentale ventrale, l'hypothalamus, le noyau accumbens et le lobe frontal.
- Le *système de rage* : il déclenche le combat en cas de frustration. Il pourrait être localisé dans l'amygdale cérébrale. Il se met en action plus ou moins vite en fonction de l'âge et des expériences.
- Le *système de peur* : il est contrôlé par un neuromédiateur appelé « GABA ». Il dépend de l'amygdale et de l'hypothalamus. Il obéit à l'action des souvenirs anciens.
- Le *système de panique* : il dépend du thalamus et de l'hypothalamus. C'est le « sauve-qui-peut cérébral ».

gamelle et de la personne qui le nourrissait habituellement. Bien que notre psychologie personnelle soit plus complexe que celle d'un chien, nous avons tous des signaux qui déclenchent une envie, une émotion ou une peur.

Pavlov était lui-même très « conditionné » dans ses heures de travail et ses habitudes. Il s'asseyait chaque jour pour déjeuner à midi précis, allait se coucher chaque soir au même moment et nourrissait toujours ses chiens à la même heure. Chaque année, il ne manquait pas de quitter Leningrad pour l'Estonie, où il prenait ses vacances à date fixe. Sa ténacité a été récompensée : en 1904, il fut le premier Russe à recevoir le prix Nobel.

Nos angoisses sont conditionnées

Quelques années après Pavlov, le psychologue américain Burrhus Frederic Skinner a repris la théorie du conditionnement. Il s'est aperçu que les moments de bonheur et de réussite sont ceux qui conditionnent le plus. Un étudiant qui a réussi une première fois avec une manière d'apprendre a tendance à reproduire le même comportement pour les examens suivants. C'est ce que B. F. Skinner appelle « le conditionnement opérant » : un comportement se répète quand il est récompensé. La pédagogie comme l'entraînement sportif reposent sur le conditionnement opérant et la motivation par la récompense. C'est aussi par le conditionnement opérant que l'on fait fonctionner les entreprises. Les enfants préfèrent les matières dans lesquelles ils reçoivent de bonnes notes et les salariés aiment le travail qui leur donne un bon salaire ou une promotion. La superstition est aussi une histoire de conditionnement opérant : on garde comme un fétiche l'objet avec lequel on a connu la chance ou la réussite.

Le psychologue américain John Watson a appliqué la théorie du conditionnement à la création d'angoisses. Dans un laboratoire de l'université Johns-Hopkins, à Baltimore, J. Watson et Rosalie Rayner maltraitent le petit Albert, un enfant de onze mois. Au départ, l'enfant était particulièrement calme et n'avait aucune crainte, notamment envers les animaux. Seuls les bruits très forts l'inquiétaient. Avec plus de sadisme que d'esprit scientifique,

J. Watson a conditionné l'enfant à redouter les rats. Pour cela, il lui a présenté plusieurs fois de suite un rat blanc, tout en tapant très fort avec un marteau sur une table à côté de lui. Le conditionnement a tragiquement bien fonctionné : le petit Albert a fini par associer le bruit et le rat blanc et à avoir peur du rat, même en l'absence de bruit. Des psychologues, appliquant cette expérience à d'autres objets, ont déclenché chez le même enfant la peur d'un lapin, d'un chien et d'un masque de père Noël.

Quelques apprentissages quotidiens

Albert Bandura, psychologue canadien né en 1925, a continué l'étude des souvenirs et de leur influence. Pour lui, l'apprentissage passe par l'observation. Nous regardons ce qui nous entoure et nous l'imitons. Nous empruntons à ceux que nous croisons leurs mots, leurs idées, leur manière de s'habiller. L'apprentissage « vicariant » ou par observation sous-entend la présence de modèles, d'exemples anciens que l'on continue à suivre. Les modèles les plus classiques (qu'ils constituent des exemples à suivre ou des contre-modèles) sont évidemment les parents, les enseignants et les personnages séduisants qui nous font une profonde impression. Nous imitons aussi les acteurs célèbres et, pourquoi pas, les hommes politiques. Mais il n'y a aucune fatalité. Quand un mauvais pli est pris, il peut quand même disparaître.

L'apprentissage amoureux

Les premières relations amoureuses déterminent un style relationnel que l'on adopte souvent pour toute la vie. L'apprentissage amoureux procède aussi de l'observation : on imite ses pairs ou ses parents. Les comportements gratifiés ont tendance à se répéter. Celles et ceux qui ont appris à être malheureux en amour peuvent « se déconditionner », en trouvant une nouvelle manière de choisir leur partenaire ou en établissant une relation qui ne soit pas fondée sur la dépendance. J'en suis convaincu et j'essaie d'en convaincre ceux qui me rencontrent.

L'apprentissage de l'argent[1]

C'est dans les premières années de la vie que s'établit la relation à l'argent. Une relation apaisée se garde de deux comportements générant bien des difficultés : la culpabilisation due à la richesse et à la dépense, et le besoin de recevoir des cadeaux en permanence en tant que gages d'intérêt et d'affection. C'est aussi par « désapprentissage » que l'on peut se déshabituer du besoin de jouer de l'argent ou de dépenser à l'excès.

L'apprentissage de la santé

Les premières relations à la maladie permettent de construire notre sentiment d'être en bonne santé. Deux causes de blocage sont le plus souvent trouvées chez ceux qui, à l'âge adulte, ont peur de la maladie : ils ont été élevés par des parents qui niaient toute souffrance ou qui soignaient excessivement la moindre maladie. Il leur suffit de renoncer à croire en la toute-puissance de la prévention pour apaiser la relation à leur corps.

1. Sur ce thème, voir « La mémoire de l'argent, p. 76 ».

L'apprentissage de la cigarette et les moyens d'arrêter de fumer

Le souvenir de la première cigarette détermine « la carrière » du fumeur. Là encore, on se désintoxique en trouvant ce qui a influencé les premiers contacts : quel était le plaisir des premières cigarettes ? Qui imitiez-vous en fumant ? Pour quel acteur de cinéma ou quel chanteur vous preniez-vous ?

Des goûts et des couleurs conditionnés

Le fait que certains préfèrent des aliments de telle ou telle couleur est encore un réflexe conditionné. Les couleurs ont des valeurs symboliques, collectives ou individuelles. Un lien involontaire s'établit entre la couleur d'un aliment et le fait qu'il soit tenu pour bon ou mauvais. Certains enfants incités à manger leur quota de légumes verts de manière agressive développent un rejet persistant de tout aliment de cette couleur. D'autres associent la couleur verte à la bonne santé et la privilégient toute leur vie. Les fabricants de bonbons conditionnent aussi les enfants à aimer des aliments sucrés ayant des couleurs éclatantes. Les producteurs de tabac font pire encore pour habituer les adolescents au goût – *a priori* désagréable – de la cigarette. Ils tentent de diffuser des cigarettes sucrées au goût de bonbon. Ils comptent sur le conditionnement propre à l'enfance et sur le pouvoir addictif de la nicotine pour que leurs jeunes consommateurs s'habituent au tabac et ne puissent plus s'en passer.

CONSEIL PSY

Se libérer par l'analyse fonctionnelle

Je propose à ceux qui veulent mettre à distance un comportement qui les gêne de faire une analyse fonctionnelle : nous cherchons tout ce qui a pu les conditionner. Pour cela, ils répondent à quelques questions :

– Quelles expériences de l'enfance vous ont donné des raisons de jouer, de boire, d'être jaloux ou coléreux ?

– Quels bénéfices avez-vous retirés de ce comportement pour avoir envie de le continuer ?

– Quel exemple imitez-vous quand vous cédez à ce comportement ?

De la même manière que l'on enlève la racine d'une mauvaise herbe, on peut trouver les causes anciennes d'un comportement gênant et les arracher une à une.

FAIRE UN EFFORT DE MÉMOIRE POUR PERDRE DU POIDS

Vous avez fini votre menu « super maxi » sans vous en apercevoir : en un temps record, vous avez englouti votre dose de calories, arrosée d'un soda aussi sucré que possible. Et pourtant, vous avez encore faim. Votre repas est allé trop vite, vous n'avez pas eu le temps de vous concentrer sur vos sensations et vous ne vous êtes pas fabriqué de souvenirs. Vous avez déjà oublié ce que vous venez de manger. Celui qui mange trop vite, sans se concentrer sur ses sensations, aura bientôt besoin de manger à nouveau. Il en est de même pour celles et ceux qui mangent machinalement, sans s'en rendre compte, ni y trouver du plaisir.

Une équipe de spécialistes de physiologie alimentaire a démontré en 2008 l'importance de la mémoire et de la concentration sur l'instant présent. Elle a demandé à des volontaires de manger une pizza à l'heure du déjeuner. Trois heures après, ils se retrouvent dans un laboratoire où ils sont séparés en deux groupes. Le premier, appelé « groupe mémoire », est invité à se souvenir de sa pizza. Il en décrit la composition et note la boisson qui l'a accompagnée. Le second groupe ne reçoit aucune consigne particulière. Après cet exercice, les physiologistes offrent des gâteaux à tous les participants. Ils leur disent qu'ils peuvent en manger autant qu'ils veulent. Les membres du « groupe mémoire » prennent moins de gâteaux que les autres. Comme ils se souviennent davantage de leur déjeuner, ils ont moins faim : le souvenir de ce qui a été mangé crée la satiété. Ce souvenir disparaît en quelques heures et la faim réapparaît.

Se souvenir de ce qu'on mange évite les fringales

Si le dernier repas est enregistré dans la mémoire comme fortement calorique, son souvenir dure plus longtemps. « Après ce que j'ai mangé, je n'ai plus faim », se dit celui qui se souvient de ses agapes. L'anorexie mentale ou la perte d'appétit peut être comprise comme une maladie de la mémoire. Les anorexiques se souviennent trop et trop longtemps de ce qu'ils ou elles ont mangé. Ils vous racontent en détail le repas pris il y a plusieurs jours. Ils se rappellent sa composition et son goût, même s'ils n'en ont avalé que quelques bouchées. Souvent, ils ont honte de s'être laissé tenter. Quand ils se remettent à table, ils ont l'appétit coupé par un excès de souvenirs : ils voient tout ce qu'ils ont avalé les jours précédents et ils pensent aux conséquences qu'aura leur repas actuel sur le poids de demain.

Très différente est la mémoire alimentaire des boulimiques ou affamés perpétuels. Ils oublient en un instant ce qu'ils ont mangé et ont encore besoin de se gaver, même après un repas copieux. On peut les aider par un travail de mémoire. Je leur suggère de tenir un carnet d'alimentation sur lequel ils notent leurs plats. Le simple souvenir des repas suffit à diminuer leur faim et les aide à contrôler leur alimentation. Qui peut dire que le travail sur les souvenirs est une action abstraite et sans conséquence ?

CONSEIL PSY

Vous voulez perdre du poids ? Il est important de compter vos calories. Il vous faut aussi travailler sur vos sensations et vos souvenirs. Prenez le temps de vous concentrer sur ce que vous mangez et fabriquez-vous des souvenirs qui sauront vous rassasier à distance du repas.

La psychanalyse et le couscous de ma mère

Au-delà des quantités de calories, les goûts et les préférences alimentaires sont déterminés par la mémoire de l'enfance. Selon que l'on veut s'en rapprocher ou s'en éloigner, on aura tendance à rechercher ou à fuir les plats de son passé. Certains adultes se sentent obligés de s'affranchir de leurs origines culturelles ou religieuses : ils développent une aversion à l'encontre du pâté de leur terroir, du couscous de leur Méditerranée ou de tout autre plat ayant le parfum de leurs racines. Consciemment ou non, ils refusent de rester en contact avec des souvenirs qui leur font honte ou les agacent. D'autres cultivent au contraire la fidélité alimentaire jusqu'à l'obsession. Ils l'entretiennent comme un rituel et trouvent dans les plats de leur enfance un plaisir régressif à nul autre pareil. Il n'est pas rare, d'ailleurs, qu'au fil d'une thérapie les préférences culinaires changent en même temps qu'évolue la relation au passé. Qui ne connaît cette savoureuse définition de la psychanalyse : « L'analyse sert à accepter l'idée que le couscous de ma femme peut être aussi bon que le couscous de ma mère ! »

LA MÉMOIRE DE L'ARGENT

« Qui est riche ? demanda-t-on un jour à un sage du Talmud.
— Celui qui se contente de ce qu'il a, répond le sage. »

Dans un autre registre, les études sur le moral des citoyens montrent que le sentiment de richesse ne vient pas de ce que l'on possède, mais de la capacité ou non à s'enrichir. On se sent riche quand on augmente ses richesses et que l'on a l'impression que sa situation actuelle est meilleure que celle du passé. Vivre une jeunesse dorée est donc un sacré défi, tant le risque est grand d'avoir, une fois adulte, moins d'argent que l'on en avait enfant.

C'est ainsi que la fille d'un ministre du shah d'Iran m'a expliqué son besoin d'acheter des machines à laver comme une manière de soigner son passé. L'histoire pourrait faire sourire si la trajectoire de la jeune femme et la dignité avec laquelle elle en parle ne forçaient pas le respect et la compassion. Après une jeunesse digne des *Mille et Une Nuits*, elle a suivi son père dans sa fuite de l'Iran. De manière héroïque, elle a protégé sa famille et supporté toutes les vexations du voyage forcé. Elle a conduit ses parents et ses frères cadets de foyers en hôtels de fortune. Quand la pression de l'histoire et la menace sont un peu retombées, elle s'est installée seule dans un studio du XVIIIe arrondissement de Paris. Après avoir tenu les cordons de la bourse familiale, elle a eu envie d'acheter pour retrouver les sensations de son enfance. « J'ai besoin de revivre mon enfance dorée. Le seul moment où je me sens encore un peu riche, c'est quand je m'achète le dernier modèle d'appareil électroménager. Je sais bien que je n'en ai pas besoin. Mais je ne peux m'en empêcher. Au moment où j'achète, je redeviens la petite fille riche que je voudrais tellement être encore. »

La relation à l'achat est déterminée par notre enfance et par les souvenirs que nous en avons gardés. Il est possible de programmer des enfants à n'aimer que le luxe et la dépense. Certains parents, sans toujours s'en rendre compte, ne transmettent leur affection que sous forme d'argent ou de cadeaux. Ils suggèrent que l'amour ne s'exprime que dans les objets, luxueux de préférence. Chez eux on ne dit pas *comment* tu m'aimes, mais *combien* tu m'aimes. Le souvenir de la pauvreté peut aussi créer un besoin d'achats, sorte de revanche chez des adultes qui tentent de racheter leur passé et de gâter, *a posteriori*, l'enfant qu'ils ont été.

Le souvenir d'un gros gain peut rendre joueur

Si vous entrez dans un casino, vous courez deux risques : celui de perdre et celui de gagner. À tout prendre, le risque de perdre est moins grave. Il vous montre la réalité du jeu et vous incitera à être méfiant quand vous aurez une nouvelle occasion de jouer. Un gros gain est plus dangereux. La plupart des grands joueurs se souviennent d'un gain important, appelé *big win* par les spécialistes, qui a changé leur vie et l'image qu'ils avaient d'eux-mêmes. L'un de ces joueurs m'a demandé comment surmonter sa passion devenue gênante. Je lui ai proposé de faire un petit travail de mémoire pour comprendre d'où venait son goût immodéré du tapis vert.

Sa scolarité, médiocre, était suivie de loin par ses parents. « Je n'avais rien à dire à mes parents pendant toutes mes années de lycée, explique-t-il. De toute manière, je ne crois pas qu'ils auraient pris le temps de m'écouter. Ils étaient trop préoccupés par leur propre réussite professionnelle, dans la communication pour mon père et dans la médecine pour ma mère. Le jour de mes dix-huit ans, je rentre dans un casino pour la première fois. J'ai l'impression de maîtriser le sort. Je choisis des couleurs à la roulette et chaque fois ce sont les bonnes, celles qui sortent. Je quitte le casino avec mille euros sur moi. Tout d'un coup, je me regarde d'une autre manière. Je commence à croire en moi. Mes notes au bac ne sont pas terribles, mais je suis sûr que j'ai au moins un vrai talent de joueur. Mes parents aussi se sont intéressés à moi. Alors qu'ils ne me parlaient jamais de mes études, là, ils voulaient tout savoir. Ils étaient curieux de comprendre comment j'avais gagné tant d'argent. »

C'est en mesurant la part d'illusion contenue dans ce gain que mon patient a pu trouver d'autres plaisirs que le jeu d'argent. Il a accepté l'idée que son attente d'un nouveau gain était un leurre. Il s'est aperçu qu'il courait moins après le sort qu'après ce souvenir d'enfance. Retrouvant la mémoire, il a commencé à noter ce qu'il perdait. Il a accepté la loi du sort et des statistiques et a réinvesti ses amis et ses amours. Je me suis aperçu qu'il s'était vraiment éloigné du jeu le jour où il a pu en rire. Il m'a raconté cette histoire de l'auteur Tristan Bernard qui montrait sa casquette de marin en disant qu'il se l'était achetée avec ce qu'il avait gagné au casino. Il disait juste après qu'avec ce qu'il avait perdu, il aurait pu s'acheter un yacht !

LA MÉMOIRE DU CORPS

Nous avons souvent une représentation trop intellectuelle ou désincarnée des souvenirs. Le rôle de la mémoire ne se limite pas à faire ressurgir des idées ou des images. Notre corps participe à la mémoire. Les techniques de relaxation appliquent ce principe quand elles dénouent des contractures ou des séquelles à la fois dans le corps et l'esprit. Contrôler sa respiration, détendre des muscles, toutes ces pratiques reconnectent avec le passé autant qu'une réflexion sur soi-même.

Les buteurs au football mettent beaucoup de temps après une fracture pour récupérer leur capacité d'engagement sur le terrain. Ils sont arrêtés par le souvenir de leur douleur. La jambe qui a été blessée semble vivre son existence propre. Elle n'ose plus se lancer sans retenue, comme si elle avait gardé la mémoire des souffrances qu'elle a subies. Les asthmatiques connaissent eux aussi la mémoire inquiète du corps. Ils ne peuvent s'approcher sans angoisse des lieux ou des animaux qui ont déclenché leurs crises. Proust, expert en auto-analyse, raconte son amour inquiet des aubépines. Il en appréciait la couleur, mais n'osait respirer leur parfum de peur d'être en proie à une nouvelle crise d'étouffement. Les rhumatisants ne sont pas en reste : ils connaissent si bien les situations qui

LE SAVIEZ-VOUS ?

La mémoire corporelle est connue depuis l'Antiquité. Un soldat, dont l'histoire est rapportée par des médecins de l'époque romaine, avait perdu son œil gauche au combat. Plusieurs années après la guerre, il ressentait toujours de violentes douleurs, les mêmes que celles qu'il avait connues au moment où il avait perdu son œil. Tout ce qui lui rappelait la guerre réveillait la souffrance.

déclenchent des douleurs qu'ils commencent à avoir mal dès qu'un orage leur rappelle une crise ancienne.

Quand une épingle dans la main réveille les souvenirs

Le médecin genevois Édouard Claparède s'occupait d'une amnésique[1]. La perte de mémoire de la jeune femme l'empêchait de mémoriser les événements récents et de reconnaître les personnes qu'elle croisait. À chaque nouvelle consultation, elle ne reconnaissait pas son médecin, et celui-ci devait chaque fois se présenter et lui serrer la main. Un jour, É. Claparède cache une épingle dans sa main. Sa patiente se pique. Le lendemain, elle ne se souvient toujours pas de son nom, mais au moment des présentations, elle refuse de lui serrer la main sans pouvoir expliquer pourquoi. Sa mémoire corporelle n'avait pas oublié la piqûre, même si un autre pan de sa mémoire ne pouvait retenir le nom de son médecin. On retrouve

1. Exemple rapporté par Christophe André dans *Psychologie de la peur, craintes, angoisses et phobies*, éditions Odile Jacob, 2004.

des expériences assez proches avec la notion de membre fantôme : certaines personnes, après une amputation, continuent à se plaindre d'un membre qui n'existe plus.

Matthew Whalley, psychologue à Londres, a interrogé des malades qui avaient subi des interventions chirurgicales douloureuses. Ceux-ci percevaient la douleur de leurs opérations passées chaque fois qu'on leur parlait de chirurgie ou qu'ils voyaient une image s'y rapportant. M. Whalley a aussi repéré un lien étonnant entre la capacité à être hypnotisé et la mémoire corporelle : les personnes que l'on hypnotise le plus facilement sont aussi celles qui vont ressentir le plus les douleurs anciennes. Cette observation plonge les spécialistes de la mémoire dans des affres d'interrogations. Ils peuvent seulement en conclure que les plus sensibles d'entre nous, les plus influençables, sont aussi ceux qui ont la mémoire la plus développée.

M. Whalley a accompagné Herbert, un Londonien de 37 ans, victime d'un attentat dans le métro en juillet 2005. Herbert a eu l'impression d'être traversé par de l'électricité. Il a vécu l'attentat comme une expérience irréelle avec l'impression que le temps ne s'arrêterait jamais et qu'il mourrait dans le métro. Depuis, Herbert vit dans une telle panique qu'il croit que son cerveau ne fonctionne plus. Les douleurs physiques se sont estompées, mais le souvenir continue à le gêner. Il ne revoit aucune image, mais il ressent les douleurs éprouvées au moment de l'explosion. La mémoire qui a été atteinte est la mémoire du corps.

Herbert a eu besoin de quarante séances de psychothérapie pour apaiser la mémoire de son corps. À chacune, il a ressenti des douleurs. Il a retrouvé les sensations d'électricité de l'attentat. Ce patient a eu la chance de consulter un thérapeute qui a accepté de donner aux messages de son corps l'importance qu'ils méritaient. Il a bénéficié, en plus d'une écoute de ses angoisses, de relaxation et de détente physique. Trop rares sont encore les thérapeutes qui acceptent de traiter à la fois le corps et l'esprit. Je crois que nombre d'entre eux pourraient gagner à regarder du côté des sagesses orientales, sans rien perdre de leurs compétences classiques.

Sans être vraiment hypocondriaques, certains d'entre nous sont obsédés par leur santé. Ils se souviennent de chacune de leurs fièvres et de tous les moments où leur corps leur a parlé. Ils ne trouvent de l'apaisement qu'en arrivant à faire taire un corps qui leur envoie des messages inquiétants. Un exercice psychologique est particulièrement utile : il apprend à couper le lien entre une sensation corporelle normale et l'idée que l'on est malade. Le premier temps de l'aide est de créer du doute et de suggérer que le pire n'est jamais certain :

« Chaque fois que j'ai mal à la tête, je me dis que je vais mourir d'une tumeur au cerveau.

— Croyez-vous que la tumeur au cerveau soit la principale cause de mal de tête ?

— Sans doute pas, mais j'y pense tout le temps.

— Quelle autre raison pourrait expliquer votre mal de tête ?

— La fatigue, le manque de sommeil, bien sûr.

— Pourriez-vous, la prochaine fois que vous aurez mal à la tête, simplement essayer de vous dire qu'il n'est pas sûr que ce soit un signe de maladie grave ?

— Je peux essayer. »

CONSEIL PSY

Il est possible d'aider ceux qui souffrent de leur corps en leur demandant de se souvenir des bons moments passés avec ce corps qui les inquiète tant. Pourquoi ne pas se rappeler aussi :
- des moments de détente physique en vacances ou après une activité sportive ;
- des moments de plaisir sexuel ;
- des sensations physiques agréables ressenties, par exemple, dans la nature (de bonnes odeurs, le vent sur le visage...) ;
- un goût qui a fait plaisir et a donné une impression de plénitude ?

LA MÉMOIRE DES CHROMOSOMES

La psychologie plus forte que les gènes

Dans les cellules, la mémoire et l'histoire sont portées par les chromosomes. Les seuls mots « chromosomes » et « génétique », pour des raisons plus passionnelles que scientifiques, déclenchent des polémiques. Ils opposent les tenants de l'inné (tout vient de la biologie) et ceux de l'acquis (nous sommes tous égaux à la naissance, tout vient de l'environnement). Cette opposition entre l'inné et l'acquis produit de beaux débats toujours aussi enflammés, mais de plus en plus vains. Ceux qui pensent que les gènes et les chromosomes, une fois transmis à une personne, ne changent plus et qu'ils imposent une identité, un comportement, ceux-là ont tort. Les dernières observations sur les chromosomes ont complètement remis en question ce modèle. Elles montrent que l'environnement modifie les chromosomes. C'est une révolution ! Selon ce nouveau modèle épigénétique (c'est-à-dire qui définit les modifications transmissibles et réversibles de l'expression des gènes), nos gènes ne sont pas fixes, mais leur expression change sous l'effet de l'environnement, des événements heureux et malheureux. Notre vie change donc nos chromosomes.

Dans tout organisme, même limité à une seule cellule, la biologie n'agit pas de manière simple sur le comportement. On a pu croire qu'un gène induisait un caractère ou un comportement, suivant le schéma : un gène → une enzyme → un caractère ou un comportement. Mais on sait depuis longtemps que cette idée est fausse et aucun généticien sérieux ne s'aventurerait aujourd'hui à la défendre. Les découvertes sur l'épigénétique ont fini de mettre à mal ce modèle biologique.

L'explication acceptée aujourd'hui est que nous sommes en partie conditionnés par nos gènes, qui sont eux-mêmes modifiés par ce que nous vivons et ressentons. Pour le dire autrement, l'organisme contrôle ses chromosomes au moins autant que les chromosomes contrôlent l'organisme. Allons même plus loin : l'esprit fait changer les chromosomes. Les gènes sont tellement mouvants et sensibles à l'environnement qu'il vaudrait mieux interdire un certain nombre d'expressions fausses. Le biologiste contemporain Henri Atlan voudrait, à juste titre, que l'on se débarrasse des mots « patrimoine génétique » ou « programme génétique ». L'expression « gène de (ceci ou cela) », souvent utilisée dans des annonces spectaculaires, devrait être strictement limitée aux rares cas de maladies monogénétiques (c'est-à-dire contrôlées par un seul gène).

Comment les chromosomes évoluent-ils en fonction de ce que l'on vit ? Une première expérience consiste à comparer à un âge avancé les chromosomes de vrais jumeaux, encore appelés « jumeaux monozygotes ». Ces jumeaux sont nés avec un patrimoine génétique strictement équivalent. Cinquante ans plus tard, les épreuves et les expériences qu'ils ont connues ont modifié leurs chromosomes. Du point de vue génétique, ils ne se ressemblent plus autant qu'à la naissance. Plus leurs vies ont été différentes, plus leurs chromosomes diffèrent cinquante ans plus tard. Les angoisses, les échecs et les moments de bonheur ont laissé leurs traces sur les chromosomes. On ne sait pas encore exactement comment un événement agit sur le génome. Le médiateur pourrait être une enzyme dont le taux varie en fonction du niveau d'anxiété. Elle change l'expression des différents gènes. Les gènes les plus sensibles à cette modification sont ceux qui contrôlent l'activité et le développement des zones profondes du cerveau, particulièrement l'hippocampe.

Les événements et les émotions qui modifient le plus les chromosomes sont sans doute ceux qui nous influencent le plus profondément, angoisse et tristesse en tête. Chez l'enfant, les chromosomes sont ainsi particulièrement sensibles au stress. Les événements agissant le plus, tout à la fois sur les émotions de l'enfant et ses chromosomes, sont les abus sexuels, les situations de négligence et d'abandon. Ces agressions précoces fragilisent le génome. Les adultes continuent à subir cette fragilité des chromosomes acquise dans l'enfance. Ils ont aussi un risque plus grand de développer des maladies du cœur et du diabète.

Guérir son cerveau et ses gènes des traumatismes du passé

Une vision optimiste reste cependant possible, puisque ce que l'environnement défait, il peut aussi le reconstruire. Les chromosomes peuvent être réparés et les effets de traumatisme précoces compensés. Non seulement la résilience existe, mais elle a une trace biologique objective. Celui qui vit dans un environnement de bonne qualité guérit ses gènes. Aucune séquelle n'est définitive. Encore faut-il savoir et pouvoir offrir à ceux qui ont souffert ce dont ils ont le plus besoin : du temps et de l'attention. Je cite volontiers le résultat de ces expériences à celles et ceux qui se sentent condamnés ou conditionnés par

LE SAVIEZ-VOUS ?

Les cinq principes du Dr Kandel

Eric Kandel, biologiste et psychothérapeute, a reçu en 2000 un prix Nobel pour ses travaux sur la biologie de la mémoire. Il a présenté dix ans plus tard un modèle rendant compte de l'action objective des psychothérapies[1]. Il avance cinq principes fondant le rapprochement entre psychothérapie, chromosomes et action cérébrale :

Principe 1. Tous les processus mentaux, même les plus complexes, dérivent d'actions du cerveau.
Principe 2. Les gènes sont des déterminants importants des connexions entre les neurones à l'intérieur du cerveau.
Principe 3. Les gènes eux-mêmes n'expliquent pas tous les comportements et toutes les évolutions. L'apprentissage et l'expérience modifient l'expression des gènes.
Principe 4. Un travail psychologique de reconstruction change l'expression des gènes et modifie les connexions entre les neurones.
Principe 5. La psychothérapie et tout travail psychologique modifient en mieux la structure du cerveau. Au moment où l'imagerie cérébrale permettra une analyse plus fine des cellules cérébrales, elle montrera comment une psychothérapie « fait du bien » au cerveau.

un passé qu'ils croient insurmontable. Ils trouvent dans ces expériences récentes une nouvelle raison d'espérer. Ils voient aussi à quel point le travail sur l'esprit a des effets très complets. Il permet de se sentir mieux et de renforcer son immunité.

1. « Interview with Eric Kandel: from memory, free will, and the problem with Freud to fortunate decisions », *Journal of Visualized Experiments*, 24 avril 2008.

Comment agissent les émotions sur le cerveau et la mémoire ?

On peut guérir en se rapprochant du passé. La visite bienveillante de sa mémoire et de ses émotions peut faciliter l'accès à des souvenirs ou des émotions refoulés ou enfouis. Elle permet ainsi de reconnecter son présent avec la cause ancienne de ses angoisses.

Dans d'autres cas, la psychologie guérit par l'éloignement. Elle met de la distance entre les angoisses passées et notre moi présent. Elle permet de s'éloigner des souvenirs qui font mal, des déceptions ou des deuils. Les « zones filtres » du cerveau pourraient, selon les cas, soit se développer, soit se bloquer.

J'aime l'idée qu'un jour se réconcilieront les sciences du cerveau, la psychanalyse et les autres psychothérapies. Je ne doute pas que le travail sur les émotions et les comportements réapparaîtra comme ce qu'il doit être, c'est-à-dire une authentique science agissant sur les gènes et le fonctionnement cérébral. Nous sommes faits de neurones et de rêves. Les connexions entre les cellules du cerveau augmentent chez les enfants qui disposent d'un environnement riche d'interactions avec leurs parents et avec la société. Une belle histoire d'amour augmente aussi ces connexions. À chacune des expériences que fait un enfant ou un adulte, de nouvelles connexions entre les neurones se créent. Peu à peu, celles-ci deviennent fonctionnelles. Les connexions qui sont stimulées par la nouveauté restent actives, tandis que celles dont on ne se sert pas s'éteignent ou disparaissent. Quand nous réfléchissons sur nous-mêmes et sur nos comportements, c'est toute notre biologie et tout notre esprit qui se mettent en action.

LES EXCÈS DE LA MÉMOIRE ET LES BIENFAITS DE L'OUBLI

Il est habituel de dire que plus on a de souvenirs, mieux on va et mieux on comprend ses comportements. C'est vrai jusqu'à une certaine limite. Je vois des collectionneurs de leurs malheurs passés, auxquels j'apprends à jeter ou à mettre à distance des images et des souvenirs qui prennent trop de place.

L'Américaine à la trop grande mémoire

En 2009, une Américaine du nom de Jill Price a connu la célébrité par un excès de mémoire spectaculaire. Ses souvenirs l'empêchaient littéralement de vivre ; un psychologue a suivi les prodiges et les souffrances de son trop-plein de souvenirs et son cas a fait l'objet d'une publication dans la revue *Neurocase*. De quoi souffre J. Price ? Elle est capable de se souvenir de tout et n'importe quoi. Elle se rappelle de la date de diffusion de l'épisode de *Dallas* dans lequel J. R est mort, elle restitue tout ce qu'elle a fait entre 1980 et 2003, elle est aussi capable de situer avec précision des faits d'actualité marquants et d'indiquer quels événements correspondent à une date qu'on lui cite. La seule limite est que les faits ne soient pas antérieurs à ses 14 ans. J. Price est ainsi atteinte d'une forme d'hypermémoire autobiographique inhabituelle. Elle n'utilise pas de moyens mnémotechniques, ne triche pas, ne s'entraîne pas et ne révise pas. Elle explique : « Quand j'entends une date, je vois le jour et tout ce qui s'est passé ce jour-là. » Depuis, J. Price a fait le tour des émissions de témoignage aux États-Unis et a écrit un livre, *The Woman Who Can't Forget* (« La femme qui ne peut oublier »). Les journalistes qui la rencontrent notent la douleur due à son incapacité à oublier les moments difficiles.

Un psychologue l'a testée et a été étonné par le désordre de son esprit. Il l'a trouvée incollable sur les crashs aériens. En revanche, elle a des lacunes sur la dernière campagne présidentielle aux États-Unis et n'a que peu de souvenirs de celles d'après l'an 2000. Elle ne restitue pas parfaitement une liste de mots qu'on lui demande de répéter, elle en oublie la moitié en quelques minutes. Sa mémoire n'est vraiment exceptionnelle que pour ce qui se rapporte à elle-même.

On pourrait dire que cet excès de mémoire est une protection involontaire. J. Price dit que sa mémoire s'est surtout développée après le traumatisme d'un déménagement de la côte Est à Los Angeles, quand elle avait 8 ans. Elle essaie inconsciemment de retrouver son passé en se rappelant le plus de dates possible. Elle vit comme si son esprit se déployait sur un écran coupé en deux : une moitié au présent, l'autre dans le passé. Elle a d'autres stratégies pour garder le passé, collectionnant cassettes, programmes télé, et peluches – sans compter les quelque 50 000 pages de son journal intime, rempli d'une écriture si dense qu'il est presque illisible... Tout est bon pour retrouver un passé qu'elle ne veut pas quitter.

LE SAVIEZ-VOUS ?

Les excès de mémoire selon Montaigne

« Ceux qui ont trop de mémoire vous racontent des histoires interminables. Ils les chargent de détails inutiles. Même si leur histoire est bonne, ils en étouffent la bonté. Si leur histoire n'est pas bonne, c'est encore pire. Vous maudissez la force de leur mémoire et la faiblesse de leur jugeote. Il est difficile d'arrêter leur parole quand elle s'est mise en route. Les vieillards sont redoutables dans cet exercice de mémoire. Ils ont gardé le souvenir des choses passées, mais oublient qu'ils se répètent. J'ai vu des récits devenir bien ennuyeux quand on les entend cent fois. Personnellement, ayant une faible mémoire, je ne me souviens pas bien des offenses que j'ai reçues. Il faudrait que je les note sur un carnet.

N'ayant pas de mémoire, je peux penser par moi-même. Les opinions des autres n'empêchent pas mon propre raisonnement de se développer. Chez moi, le magasin de la mémoire est moins fourni que celui de l'invention.

Les hommes de peu de mémoire ont aussi la chance d'être de piètres menteurs. Celui qui raconte des histoires différentes à plusieurs personnes ne peut se permettre le moindre oubli. »

Montaigne, *Les Essais*, Des menteurs.

Dans ma vie professionnelle ou privée, je mesure les difficultés d'un excès de mémoire. Un cerveau qui enregistre trop ou trop longtemps les torts qu'on lui a faits devient rancunier. Les couples qui ont trop en mémoire leurs désaccords ou disputes restent fâchés plus longtemps pour des broutilles. Le regret se nourrit aussi d'une trop grande mémoire des occasions manquées, qui ne le sont peut-être pas autant qu'on le croit. Il n'est donc pas inutile, pour changer son comportement et sa relation au monde, de s'entraîner à un peu d'oubli, au pardon, à l'effacement des rancœurs et reproches. Des techniques toutes nouvelles de psychologie ciblent directement l'oubli comme facteur de bien-être. On peut s'entraîner à oublier comme on s'entraîne à courir ou, comme nous le verrons dans ce livre, à être optimiste.

CONSEIL PSY

Exercices pratiques d'oubli

- L'oubli par distraction : se concentrer sur son activité professionnelle ou un loisir qui mobilise l'attention.
- L'oubli par détente : contrôler sa respiration, la ralentir, diminuer le tonus de ses muscles et mettre le passé à distance.
- L'oubli par l'art : une émotion artistique forte chasse un passé douloureux.
- L'oubli par le moment présent : une concentration sur les sensations immédiates, sur le goût d'un aliment, les bruits extérieurs, tout cela éloigne les mauvais souvenirs.

MENSONGES, DÉLIRES ET FAUX SOUVENIRS

Face à une mémoire envahissant trop le présent, il est une défense en apparence facile mais en fait toxique : le mensonge, mensonge à soi-même ou aux autres. C'est ainsi qu'essaient de se défendre les enfants pris en faute : « Ce n'est pas moi » ou « Je n'ai rien fait... Je n'ai pas fini les chocolats ! » À l'âge adulte, le mensonge qui dure peut être la seule manière de résister à des épreuves insupportables. On appelle « mythomanie » l'obligation de mentir pour se protéger, le besoin de se raconter et de raconter aux autres des histoires dans lesquelles on a le plus beau rôle. Le psychiatre français Ernest Dupré appelait « impulsion narratrice » cette tendance incontrôlable à mentir[1]. Les grands mythomanes fascinent tant ils font preuve d'imagination pour oublier leur passé. À moitié menteurs ou escrocs, ces personnages de roman racontent une enfance glorieuse, une guerre ou des découvertes qu'ils n'ont pas connues. Même Chateaubriand aimait enjoliver son passé. Nombre des pages des *Mémoires d'outre-tombe* viennent de son imagination plus que de son expérience. Christophe Colomb brodait lui aussi beaucoup. Il était doué de cette

1. *La Mythomanie. Étude psychologique et médico-légale du mensonge et de la fabulation moderne*, J. Gainche, 1905.

ambition poétique courante chez les contemporains de la chevalerie. Il se serait inventé un arbre généalogique et aimait à se croire issu du comte Colombo, seigneur de Cuccaro-en-Montferrat, descendant du général romain Colnius, vainqueur à Rome. Ses mensonges donnent raison au mot de Malraux (qui s'y connaissait sur le sujet) : « Tout aventurier est né d'un mythomane. »

Chaque psychiatre a connu, sans arriver à les soigner, ses faux Néron ou Louis Armstrong. Je me souviens d'un journaliste en mal de reportages qui s'était inventé une carrière héroïque de guerrier en Afghanistan. Il demandait mon aide pour les suites de traumatismes qu'il n'avait pas connus. Les confidents imaginaires des présidents expliquent comment leurs avis conditionnent la marche du monde. Leur fausse mémoire alimente leur besoin de gloriole. D'autres, sans crainte du ridicule, se racontent en généraux d'Empire ou encore comme la réincarnation d'Elvis Presley. Ils pourraient adopter la belle phrase d'Albert Camus dans *La Chute* : « La vérité, comme la lumière, aveugle. Le mensonge, au contraire, est un beau crépuscule qui met chaque objet en valeur. »

Une trentaine de cas de faux Louis XVII ont été recensés. Huit ont été internés dans des services de psychiatrie. Deux célèbres psychiatres du XIXe siècle, Sérieux et Capgras, ont rencontré Naundorff, l'un de ceux qui racontait le mieux sa vie avec Louis XVI. Loin d'être un imposteur, écrivaient les aliénistes, il fut un « interprétateur de bonne foi ». Il était intarissable sur ses faux souvenirs. Il décrivait en historien une histoire qui n'avait jamais été la sienne, la substitution de l'enfant royal dans la prison du Temple et son séjour en Vendée chez un individu qu'on n'a jamais retrouvé, dans un château qu'on n'a jamais pu situer. C'est avec la même conviction qu'il publia plus tard sa doctrine céleste, où il décrit (à sa manière) le mouvement des astres. Le psychiatre Philippe Pinel raconte en 1800 comment, encore plus loin de la vérité, trois de ses malades se disputaient parce qu'ils se croyaient tous souverains et voulaient tous se faire appeler Louis XVI. On imagine la scène dans la cour de l'hôpital de la Salpêtrière...

Les romans rendent-ils mythomanes ?

Au siècle dernier (et même avant), on croyait que les romans rendaient menteurs. L'idée était simple : les grands lecteurs sont trop émus et intègrent les histoires de la fiction à leur histoire personnelle. Les psychiatres, un rien moralistes, proposaient de protéger les enfants et les adolescents des récits extraordinaires, des romans policiers et des films de gangsters, pour leur éviter de s'inventer des faux souvenirs ! Que diraient-ils des adolescents passant plusieurs journées de suite en ligne à s'échanger des pseudonymes et autres identités d'emprunt pour jouer ?

Chacun peut, sans être mythomane, s'inventer de temps à autre des souvenirs, retoucher plus ou moins profondément des étapes de sa vie, et finir par croire en ses pieux mensonges. Quand nous racontons notre vie, ces faux souvenirs sont banals. Cette hypothèse a été confirmée par les plus récents travaux sur la mémoire (Wheatley et coll., 2007) : 30 % des personnes testées ont des faux souvenirs et c'est chez elles plutôt un indice de bonne santé ! Que sont ces faux souvenirs ? Des situations qui nous font envie ou peur, et qui, dans tous les cas, mobilisent nos émotions. Ce sont aussi des rêves apparus dans la période trouble du petit matin, entre la nuit et le réveil complet. À ce moment, la conscience n'est pas claire et nous ne distinguons pas bien le rêve qui se termine de la réalité qui commence.

CONSEIL PSY

Nous n'avons pas tous la même capacité à nous créer des faux souvenirs et à subir leur influence. Il est possible de tester cette capacité avec une étrange expérience. Mémorisez une première liste de mots. Une seconde liste vous est présentée, dans laquelle sont présents des mots de la première et des mots nouveaux. Le test consiste à retrouver dans la seconde liste les mots présentés dans la première. Certains oublient les mots de la première liste. D'autres croient reconnaître des mots absents de la première liste. Ceux-là présentent un risque de faux souvenirs. Leur mémoire est plus influençable. La suite de l'expérience ne nous dit pas s'ils sont plus heureux ou plus angoissés par cette capacité à s'inventer un passé...

Mensonges sur le divan

Quand on se penche sur sa vie, on a tendance à choisir des chemins de traverse et à ne pas aborder les moments les plus importants. En début de psychanalyse, l'analysant présente les grandes étapes de sa vie et de ses souvenirs d'enfance. Pour Freud, ces premiers souvenirs sont souvent faux ou inventés. Ils sont à déchiffrer comme l'expression d'un rêve. Ils sont des souvenirs « écrans » qui servent à en cacher d'autres, plus chargés d'angoisse et plus authentiques : « Je suis parti de ce fait bizarre que les premiers souvenirs d'enfance d'une personne se rapportent le plus souvent à des choses indifférentes et secondaires, alors qu'il ne reste dans la mémoire des adultes aucune trace des impressions fortes et affectives de cette époque. Tout a sombré dans l'amnésie des premières années de l'enfance, tout sauf quelques souvenirs souvent indifférents mais de plus incongrus[1]. »

Attention aux manipulateurs de souvenirs

Les sectes utilisent la technique des faux souvenirs pour tenir leurs adeptes sous leur emprise. Elles promettent de faire connaître ce qui est refoulé. En réalité, elles inventent des souvenirs, parfois de viol ou d'inceste. La manipulation s'appuie sur la théorie de la mémoire retrouvée. Elle fait croire qu'il y a en vous des images ou des événements que vous avez involontairement réprimés. Elle incite à replonger dans un passé caché pour retrouver ce qui empêche de vivre libre.

Le faux thérapeute n'a rien de neutre ni de bienveillant : il joue de son emprise et suggère même, à l'occasion, des événements qui n'ont jamais eu lieu. Les blessures qu'il prétend guérir sont en fait celles qu'il vous invente. Certains cèdent devant la certitude de celui qui a l'air de savoir mieux qu'eux ce qu'ils ont vécu. Directeurs de conscience, les manipulateurs n'écoutent pas ceux qu'ils abusent, sauf pour chercher la faille. Ils font leur miel des oublis et des trous de mémoire, et transforment une hésitation en certitude : « J'ai l'impression que vous avez subi dans votre passé un traumatisme que vous ne voulez pas me confier et dont vous ne voulez pas vous souvenir. » Ils ajoutent : « Si vous avez le moindre doute, si vous en avez un souvenir, même très vague, cela s'est probablement passé. »

1. Freud, *Psychopathologie de la vie quotidienne*, Payot, 2001.

Sortir de la dépendance au passé

Le psychologue américain Paul Watzlawick a écrit, sur le modèle des guides pratiques un ouvrage intitulé *Faites vous-même votre malheur*[1]. Ce texte me ravit chaque fois que je le relis. Il est aussi drôle que juste. Redoutant un monde où l'on ne serait plus malheureux, P. Watzlawick se propose de sauver le système de santé et la fortune de ses collègues psychothérapeutes en élevant le niveau global de malheur de ses contemporains ! Il passe donc en revue les techniques les plus sûres pour devenir malheureux ou pour le rester si on a la chance de l'être déjà. Avec quelques conseils simples, il promet un malheur adapté à notre personnalité et à nos préférences. Quatre relations au passé peuvent rendre malheureux les plus sereins d'entre nous.

La glorification du passé

Regretter le temps perdu est une bonne manière de passer à côté des plaisirs quotidiens. Une fois acquis l'art de glorifier notre passé pour mieux le regretter, nous ne devrions pas éprouver trop de difficultés à voir notre jeunesse comme un paradis perdu, un réservoir inépuisable de larmoyante nostalgie. On peut, avec un peu d'efforts, multiplier les motifs de dépendance à ce qui n'est plus. Voici quelques conseils que P. Watzlawick nous donne pour cultiver notre malheur :

- Cultivez le chagrin éprouvé lors de la rupture d'une relation amoureuse.
- Regrettez la relation qui s'est terminée, même si elle vous faisait souffrir et vous empêchait de trouver une autre relation amoureuse, plus apaisée ou agréable.

---

1. Pour la version française : Seuil, 1984.

- N'écoutez pas la voix de la raison et chassez les vrais souvenirs qui pourraient vous apaiser.
- Comptez sur quelques amis bien intentionnés pour nourrir regrets et nostalgie.
- Si des amis vous rappellent à quel point la relation qui s'est terminée était depuis longtemps désespérée, il ne faut pas les écouter.
- Laissez-vous conduire par la logique du regret appliqué au passé malheureux : ruminez vos souvenirs et refusez de vivre de nouveaux moments qui pourraient vous distraire de votre malheur. Un destin maudit se cultive.

La perte de la personne aimée cause une douleur si infernale qu'on ne doit surtout pas lui chercher de remplaçant. On s'isole, on reste enfermé chez soi, à proximité du téléphone, prêt pour l'appel décisif qui transfigurera deux existences, et qui bien sûr ne vient pas... Si l'attente est trop longue, au point de devenir intolérable, il n'y a qu'à se rabattre sur une recette qui a fait ses preuves pour bien rester dans le passé : établir une relation identique avec un partenaire similaire.

Vous n'en pouvez déjà plus ? Vous n'avez pas encore tout vu ! P. Watzlawick fait montre de créativité quand il s'agit de trouver la manière que nous avons de nous lier au passé.

Le syndrome de Mme Loth

Quand Abraham a été protégé des habitants de Sodome et Gomorrhe qui voulaient le tuer, il a dû obéir à un ordre précis : ne pas se retourner, sous peine d'être transformé en statue de sel. Abraham a respecté cette consigne. Son neveu Loth aussi. La femme de Loth, qui n'a pu s'empêcher de regarder en arrière, a été transformée en colonne de sel. La tendance à regarder en arrière ne laisse pas de place pour s'intéresser au présent. Elle empêche de repérer les changements bénéfiques qui peuvent arriver. Elle se focalise sur des convictions pessimistes et des souvenirs qui deviennent lancinants.

La culpabilité après le verre de bière

Voilà une histoire tristement banale : un homme ne résiste pas à la tentation de boire un premier verre de bière. Son geste est fugitif et sans gravité, mais ses conséquences sont inexorables. S'il tombe si bas, ce n'est pas tant à cause de l'alcool que des reproches qu'il s'inflige en permanence. Son repentir, qui ne lui laisse pas de répit, est une autre manière de faire vivre avec douleur le passé dans le présent. Le souvenir du premier verre et les regrets qui vont avec sont plus graves que le fait de l'avoir bu. Certaines phrases marquent et entretiennent la fixation dans le regret et le passé : « Jamais je n'aurais dû, maintenant il est trop tard. » Le remords étouffe ce qu'il reste de capacité d'action ou de révolte. Il faut se méfier d'une morale qui épluche trop le passé et y trouve plus de matière à reproches que de raisons d'aller de l'avant.

La clé sous le réverbère

La dernière glorification triste du passé est une histoire de clé perdue. Sous un réverbère, un homme visiblement éméché regarde le trottoir. Un policier lui demande ce qu'il fait. « J'ai perdu ma clé », répond-il. Les deux hommes se mettent à chercher ensemble. Au bout de quelques minutes, le policier s'étonne : « Vous êtes bien sûr de l'avoir perdue ici, votre clé ? » D'où la réponse pleine de logique : « Non, je l'ai laissée tomber plus loin, par là-bas, mais ici, il fait beaucoup moins sombre. » Ne riez pas trop vite. Ceux qui se fixent dans le passé et leurs souvenirs malheureux ont le même comportement. Si leur recherche n'aboutit à rien, c'est qu'ils ne cherchent pas au bon endroit. Et surtout, ils ne veulent pas chercher dans un endroit trop difficile ou trop éloigné de leurs habitudes. Ils appliquent un principe qui ruine leur capacité d'adaptation : « Il suffit d'insister. » Voilà l'une des recettes les plus désastreuses mises au point par les anxieux pour rester dans le passé. Elle conduit à considérer les solutions du passé, même à l'évidence sans issue, comme définitives, valides à tout jamais. S'enfoncer dans des situations inextricables, refuser de porter sur elles un nouveau regard, c'est bien ce que font les obsédés du passé qui ne regardent que « là où c'est allumé ».

La célébration des échecs

Il vaut mieux, pour être vraiment malheureux, se souvenir davantage de ses échecs que de ses réussites. Les célébrateurs d'échecs cherchent toutes les catastrophes passées qu'ils pourraient se reprocher. Alors, ils fouillent leur passé et cultivent les indices de leur guigne. Ils se les racontent et les racontent à leurs proches : « le train que j'ai raté, le poste que je n'ai pas eu, l'homme ou la femme qui n'a pas voulu de moi », etc. Ils se présentent si souvent comme des abonnés au ratage, qu'ils finissent par être considérés comme tels par leur entourage. Ils disent tellement de mal d'eux qu'on finit par les croire. Mémorialistes et artisans de leur propre désastre, ils n'en finissent pas de se prouver à quel point les échecs d'aujourd'hui sont la conséquence directe de ceux d'hier.

Il va sans dire (et mieux en le disant) que prendre le contre-pied de toutes ces techniques de malheur est une bonne façon de changer le regard que l'on a sur soi et même de changer son destin. Ces principes sont des techniques d'anti-psychothérapies qui, une à une, se retournent. Je crois qu'ils sont autant d'étapes que l'on peut parcourir pour diminuer son sentiment de culpabilité en l'attaquant à sa source. Nostalgie, reproches et peur de la nouveauté sont des pensées ou des émotions que l'on peut repérer et mettre à distance. Sitôt écartées, elles laissent place à des plaisirs actuels dont on ne soupçonnait pas l'existence.

LES THÉRAPIES DE LA MÉMOIRE... ET DE L'OUBLI

Quatre techniques récentes proposent de vrais traitements de la mémoire. L'objectif est de trouver une nouvelle manière d'envisager son histoire, de diminuer sa culpabilité et de vivre mieux le présent. Chacune de ces thérapies, dont on peut appliquer les principes, nous permet de nous éloigner d'un passé douloureux (sans amnésie quand même).

Allez chercher vos secrets de famille

Quand un événement est caché par une génération, il crée une crypte. Ce peut être un drame individuel ou collectif que l'on n'a pas pu supporter et dont on ne parle pas à ses enfants. Les enfants atteints par cette mémoire volée remplissent la crypte avec un fantôme. L'événement oublié à la génération d'avant reste gênant, sans que l'on puisse en retrouver la trace. Les enfants ne savent pas ce que les parents cachent de leur passé. Ils pressentent seulement qu'il y a dans leur histoire familiale un fantôme avec lequel on ne peut communiquer. Mais comme ils ne savent pas ce qu'est ce secret, ils ne font qu'en pressentir la présence, comme celle d'un fantôme qui se promènerait au-dessus de leur tête. À la troisième génération, l'événement devient impensable. On n'en retrouve aucune trace et l'existence même du secret est ignorée. L'angoisse, elle, ne part pas.

L'expression la plus douloureuse de la crypte et du fantôme s'est retrouvée chez les survivants des camps de concentration. À la libération des camps, les rescapés ont dû cadenasser leur mémoire pour survivre, malgré les images qui traversaient leur esprit. Ils racontent souvent que leurs nuits étaient envahies de cauchemars, alors qu'ils passaient leurs journées à essayer de vivre et de travailler comme si rien ne s'était passé. Pour eux, l'oubli du traumatisme était un enjeu vital. Ils sont devenus des athlètes de l'amnésie et des experts contraints de la non-transmission. Ils ne parlaient pas de ce qu'ils avaient subi et voulaient laisser leurs enfants en dehors du drame. Ce n'est qu'à cette condition qu'ils ont pu reprendre le fil de leur existence et recréer une famille. Pour beaucoup, avoir des enfants a été la plus importante des missions. La nouvelle famille attestait leur survie et celle de leur peuple. Elle était leur victoire sur le malheur passé. Ce blocage mi-volontaire, mi-inconscient de leur mémoire, cet effacement d'une partie de leur histoire, n'a pas rendu facile leur tâche de parents. Ils n'ont pas pu – ou n'ont pas voulu – répondre aux questions posées par leurs enfants sur leur passé. Le silence a créé un vide dans le lien entre les générations. En fermant leur mémoire, ils ont fait subir à leurs enfants une forme d'indisponibilité affective. Ils ne leur mentaient pas, ils leur manquaient. Ils ne fuyaient pas, ils s'écartaient. Siegi Hirsch, un ancien déporté, le raconte bien : « À mes enfants, j'ai longtemps raconté que le numéro à six chiffres tatoué sur mon avant-bras était le numéro de téléphone d'un vieil ami. À mes petits-enfants, j'ai révélé la réelle signification de ce numéro[1]. »

Le vieillissement suscite un nouveau désir de partager et de transmettre ses souvenirs, et la communication est plus facile avec les petits-enfants. J'ai personnellement connu ce retour du passé chez des proches. La coexistence de trois générations (grands-parents-enfants-petits-enfants) prouve la survie de la famille. Dès lors, elle permet à la première et à la deuxième génération de sortir de l'obligation de l'oubli. Tout se passe comme si, avec la troisième génération, la dette du malheur commençait à être payée.

Porteurs de tous les espoirs, les enfants de la guerre ont été investis d'une toute-puissance aussi effrayante qu'exigeante. Pour ne pas trahir un passé qu'ils n'ont pas connu, ils ont rapidement compris que leur tâche principale était d'être de bons enfants, de réussir leur vie familiale et professionnelle. Ils en ont négligé leurs propres sentiments. Il ne s'agissait pas pour eux d'être heureux, mais de rendre heureux des parents dont ils mesuraient à quel point ils avaient été malheureux. Le passé de leur famille est à la fois terrible et incomplètement révélé. Il s'est alors créé une confusion entre les générations jusqu'à provoquer un renversement des rôles : ils sont devenus les parents de leurs parents, ils les ont protégés de la solitude et du deuil.

Le passé et les souvenirs « cryptés » des parents créent chez les enfants une contradiction. Ils tentent de protéger leurs aînés et ils sont aussi en colère contre eux. Ils se demandent parfois pourquoi on leur fait porter les

1. P. Fossion, M.-C. Rejas, I. Pelc, P. Linkiwski, S. Hirsch, « Résilience familiale et transmission transgénérationnelle du traumatisme de la Shoah », *Annales medico-psychologiques*, 164, 2006.

conséquences d'une histoire dont ils ne sont pas responsables et qu'on ne leur raconte pas. L'amnésie familiale les enferme dans un sentiment d'insécurité face au présent. Chaque jour est un défi et rien n'est simple, ni les réussites ni les échecs. Ils doivent, dans le même temps, profiter du bonheur que leurs parents leur ont construit, et ne pas se réjouir trop fort pour ne pas fâcher les fantômes des millions de morts. Il n'est pas confortable de vivre dans une crypte.

Certains se sont réapproprié leur histoire en témoignant ou en s'engageant. Ils transmettent la haine du racisme et la passion de la tolérance. Il faut voir Adolf Burger, le héros du film *Les Faussaires* (2008), à 90 ans passés, prêcher auprès des lycéens sa haine du fascisme et son amour des Allemands résistants. Son visage n'est que douleur, sauf quand une salle de classe ou un film lui donnent l'occasion de raconter ses souvenirs et de défendre ses valeurs. Malgré le temps et la fatigue, il reprend plusieurs fois par mois le récit de son séjour à Auschwitz. Les nazis n'étaient pas seulement des criminels mais aussi des brigands sans morale. Ils avaient regroupé d'anciens repris de justice auxquels ils demandaient de faire des faux billets à l'intérieur des camps de concentration. Cette opération, dite « Opération Bernhard », visait à inonder la Grande-Bretagne de fausses livres sterling. Elle n'est qu'une preuve de plus de l'ignominie du nazisme.

Faire revivre une terre permet aussi à certains survivants de sortir de la crypte et d'échapper au piège des souvenirs indicibles et intransmissibles. La création de l'État d'Israël en 1948 ne compense ni ne remplace aucune perte humaine. Mais elle permet malgré tout d'identifier un lieu d'où les survivants ont pu recommencer à parler de leurs souvenirs. C'est d'ailleurs majoritairement des psychologues et psychiatres israéliens que sont venues de nouvelles réflexions sur le traumatisme, le poids familial des souvenirs et la manière d'y échapper. Les psychologues israéliens ont rencontré des enfants de déportés qui se sont reconstruits en inventant une autre histoire. Ils ont trouvé dans la mémoire de leur catastrophe collective une motivation pour transmettre à leurs propres enfants, et au-delà du cercle familial, des valeurs opposées à celles du nazisme.

Connaître l'histoire de sa famille n'est pas la seule manière de résister au passé. Nombre de familles traumatisées se protègent par le mutisme et l'occultation volontaire de leurs souvenirs. Elles acceptent l'existence de la crypte et du fantôme, font comme s'ils n'existaient pas et se tournent vers l'avenir. Certains parents ont ainsi protégé leurs enfants en ne leur racontant rien de ce qu'ils avaient vécu. Et les enfants ont entretenu cette défense par l'amnésie en n'allant pas fouiller l'histoire familiale. Il y a plusieurs façons de faire la paix avec le passé. L'oubli et le témoignage peuvent, l'un comme l'autre, protéger le présent. L'obligation de parler peut même, chez ceux qui s'y refusent, être aussi agressive que l'interdiction de communiquer chez ceux qui éprouvent le besoin de s'exprimer. La seule obligation est de ne pas être dupe de la manière dont on se défend de son passé.

Connaître une transe pour tout oublier

Les psychiatres et psychologues israéliens d'aujourd'hui restent sensibles à la question du traumatisme et du souvenir. L'un d'entre eux, Moshe Bensimon, psychologue militaire à l'université de Bar-Ilan, apprend aux soldats à oublier les traumatismes des guerres modernes.

Il a développé une thérapie de l'oubli originale qui ne passe pas par le langage mais par la transe. Aux soldats traumatisés, il ne propose pas de parler, mais il les fait taper sur des tambours pour atteindre un état où ils sortent d'eux-mêmes. Les tambours, qui ont accompagné les armées en campagne, aident maintenant les anciens combattants à sortir des souvenirs trop lourds. M. Bensimon a soigné par la transe neuf hommes âgés de 20 à 23 ans, tous habités par des souvenirs traumatiques. Chacun a retrouvé, grâce aux percussions, les souvenirs de guerre qu'il avait refoulés. Et surtout il a pu les dépasser et les mettre à distance. L'un d'eux avait été blessé pendant une bataille et avait assisté à la mort de son ami. Au souvenir des dangers qu'il avait lui-même connus, s'ajoutait la culpabilité dite « du survivant ». Un autre était dans un bus le ramenant chez lui quand il a été victime d'un attentat-suicide qui a tué son père et trois de ses proches amis. Un autre encore a dû reconnaître le corps de trois de ses amis morts au combat. Un quatrième, enfin, était traumatisé par le fait d'avoir été contraint de tuer deux soldats ennemis. Il restait obsédé par l'expression de leurs visages au moment de leur mort. En jouant tous ensemble du tambour, les soldats ont pu aborder d'une manière nouvelle leurs souvenirs traumatisants. Le fait de taper le plus fort possible sur un tambour et de créer des sons presque aussi violents que les bruits de la guerre a libéré les mémoires. Par ce que M. Bensimon appelle « une rage sonore », les soldats ont exprimé une autre forme de rage qu'ils gardaient jusque-là cachée.

Au-delà de cet exemple bien martial, les transes et les moments de communion musicale soudent les groupes et créent un oubli bienfaisant. Dans un vacarme que l'on produit soi-même, tout se passe comme si les bruits du passé se faisaient moins envahissants. Il n'y a pas que le calme, la méditation et le retour sur soi qui libèrent le passé. Il y a aussi les concerts, les efforts extrêmes, les compétitions, tous ces moments où l'on se dépasse et où l'on s'oublie.

Vivre l'instant présent : un raisin pour guérir sa mémoire

« Cueille le jour présent, en te fiant le moins possible au lendemain », conseillait le poète latin Horace. Un conseil repris des siècles plus tard par Ronsard dans ses *Sonnets pour Hélène* : « Cueillez dès aujourd'hui les roses de la vie. » Le philosophe américain Henry David Thoreau ne dit pas autre chose lorsqu'il professe au XIXe siècle : « Tu dois vivre dans le présent, te lancer au-devant de chaque vague, trouver ton éternité à chaque instant. »

Harald Walach et ses collaborateurs ont proposé en 2006 une échelle d'implication dans le présent. Appelée « Inventaire de Freiburg », elle permet de tester son implication dans le présent ou au contraire sa tendance à la nostalgie, à la rêverie ou à la distraction. Ceux qui ne savent pas s'arrêter sur le présent peuvent s'y entraîner par quelques exercices qui les feront progresser dans l'aptitude à goûter les plaisirs minuscules. C'est par cette attention à des détails en apparence sans importance que l'on échappe aux séquelles d'un passé trop lourd à porter.

Inventaire de Freiburg d'implication dans le présent[1]

Les questions qui suivent montrent comment procède la thérapie de l'instant présent. Il n'existe évidemment pas de scores correspondant à un état normal et d'autres à un état de maladie. Selon Harald Walach, un niveau élevé d'implication dans le présent est un indice de bonne santé psychologique et de liberté face aux angoisses du passé.

L'objectif de cette échelle est de caractériser votre capacité à avoir une conscience du présent. Essayez de répondre à chaque question aussi honnêtement que possible. Il n'y a pas de réponses fausses ou exactes, bonnes ou mauvaises.

	Rarement	Parfois	Le plus souvent	Presque toujours
1 – Je suis ouvert à l'expérience du moment présent.				
2 – Je suis conscient de mon corps quand je mange, quand je fais la cuisine, quand je fais du ménage ou quand je parle.				
3 – Quand j'ai l'impression d'« être ailleurs », je suis capable de revenir à l'instant présent.				
4 – Je suis capable de l'apprécier.				
5 – Je fais attention à ce que peuvent cacher mes actions.				
6 – Je repère mes erreurs et mes difficultés sans les juger.				
7 – Je me sens connecté à mon expérience dans l'ici et maintenant.				
8 – J'accepte les expériences désagréables.				
9 – Je suis souriant vis-à-vis de moi-même quand les choses vont de travers.				
10 – Je repère le fait d'avoir des sentiments sans que cela me perturbe.				

1. Freiburg Mindfulness Inventory (FMI).

11 – Dans les situations difficiles, je peux faire une pause et ne pas réagir immédiatement.				
12 – Je ressens des moments de paix intérieure et de tranquillité même quand le monde extérieur est stressant.				
13 – Je suis impatient avec moi-même et avec les autres.				
14 – Je suis capable de sourire quand je m'aperçois à quel point je me rends la vie difficile.				

Comptez 1 pour les cases cochées « Rarement », 2 pour « Parfois », 3 pour « Le plus souvent » et 4 pour « Presque toujours ».

Le score moyen à ce questionnaire est de 37. Ceux qui ont des scores inférieurs à 37 sont plutôt peu impliqués dans le présent. Ceux qui ont des scores supérieurs sont particulièrement connectés au présent.

CONSEIL PSY

Différentes expériences font vivre la pleine conscience de l'instant présent. Je pratique souvent l'exercice du raisin sec et je le suggère à ceux qui me consultent. On vous donne un raisin sec et vous fixez votre esprit sur lui en imaginant que vous n'avez jamais rien vu de pareil auparavant. Il vous faut le regarder, le faire tourner entre vos doigts, explorer sa texture et ses reliefs. Vous allez ensuite le sentir, et finalement le goûter en vous focalisant sur toutes les pensées et sensations que fait apparaître ce simple raisin sec. Vous pouvez faire le même exercice face à un paysage ou une musique, le principe reste le même : investir le moment présent et chasser les pensées ou souvenirs parasites.

Changer ses souvenirs

Quitte à fâcher les tenants d'une psychothérapie classique, on peut travailler directement sur son passé et s'employer à gommer les épisodes les plus douloureux de son existence. Les souvenirs tristes rendent mélancolique et la mélancolie incite à ne se souvenir que des moments désagréables. L'équipe de Jon Wheatley, psychologue à Londres, a essayé de changer les souvenirs pour rendre de l'optimisme à ceux qui en sont privés. J. Wheatley demande d'abord à ses patients de raconter leurs souvenirs les plus envahissants.

Dans une deuxième session de thérapie de la mémoire, il est suggéré de revivre les souvenirs dépressifs ou déprimants et d'imaginer un changement pour qu'ils aient une tonalité plus positive. Les thérapeutes posent des questions ouvertes comme : « Qu'aurait-il dû se passer dans votre vie pour que l'image qui vous a envahi soit différente et que vous vous sentiez mieux ? » Les stressés du passé donnent une nouvelle version, positive cette fois, et vont chercher dans leur esprit les autres souvenirs positifs qui peuvent émerger à l'occasion. Le premier cas décrit par J. Wheatley est celui de Kate. À 30 ans, elle a fait plusieurs dépressions et subi trois interruptions volontaires de grossesse qui, Kate en est sûre, font d'elle une personne impossible à aimer. La jeune femme voit ses grossesses interrompues comme une faute morale en contradiction avec ses convictions religieuses. Lors du premier rendez-vous, elle raconte ce souvenir : au moment de l'intervention chirurgicale, elle pensait à son fœtus. Elle le visualisait et avait l'impression qu'il essayait de communiquer avec elle. Elle avait aussi l'impression

Le carnet de souvenirs de Jon Wheatley

Les pessimistes ou les déprimés peuvent avoir des images envahissantes de leur passé.

J. Wheatley, quand il travaille sur les souvenirs de ses patients, mesure de la manière la plus objective possible les souvenirs et leur impact. Il s'aide de ce carnet pour évaluer l'intensité des souvenirs et leur action sur le présent.

1. Notez combien de fois ces images sont apparues dans la dernière semaine.

0	10	20	30	40	50	60	70	80	90	100
Jamais					La moitié du temps					Tout le temps

2. Comment ces images interfèrent-elles avec votre vie quotidienne ?

0	10	20	30	40	50	60	70	80	90	100
Pas du tout					Moyennement					Sévèrement

3. À quel point ces souvenirs sont-ils incontrôlables ?

0	10	20	30	40	50	60	70	80	90	100
Pas du tout incontrôlables					Moyennement					Complètement incontrôlables

4. Ces souvenirs vous ont-ils angoissé ou stressé ?

0	10	20	30	40	50	60	70	80	90	100
Pas du tout					Modérément					Sévèrement

que le médecin la punissait pour son comportement immoral et se retenait de lui faire des reproches. Ce souvenir était associé à une sensation de douleur dans l'abdomen. Pendant quatre séances, Kate a décrit ce que lui dictait sa mémoire : « Je suis en train d'être punie par le médecin pour avoir interrompu trois fois ma grossesse. L'idée m'envahit que je suis une mauvaise personne. Je ne vaux rien. Je n'ai pas de pouvoir. » Elle croyait à 100 % à chacune de ces affirmations. En l'aidant à revivre ce souvenir, le psychothérapeute lui a fait réaliser qu'elle ne pouvait pas répondre au médecin pendant l'interruption de grossesse parce qu'elle était sous anesthésie. Elle ne pouvait pas non plus se plaindre et dire qu'elle avait mal. Son souvenir a commencé à changer...

Les thérapeutes de la mémoire ne se sont pas arrêtés là. Ils ont demandé à Kate ce qu'elle voyait, ressentait et pensait dans les moments qu'elle ne se pardonnait pas. Ils ont ensuite essayé de les lui faire modifier. Dans une version améliorée de son souvenir, Kate disposait d'un bouton sur lequel elle pouvait appuyer pour dire qu'elle avait mal. Ce bouton diminuait son sentiment d'impuissance. Elle a ensuite changé le personnage du médecin pour le remplacer par un autre, plus à l'écoute et plus chaleureux. En modifiant délibérément son souvenir, elle s'est aperçue que tous les torts n'étaient pas de son côté, et que l'attitude du médecin avait pu aussi déclencher une part de son angoisse et de son sentiment de culpabilité.

Ensuite, Kate a revu le moment où, après l'interruption de grossesse, elle attendait seule de reprendre ses esprits. Elle avait du mal à se représenter ses parents venant la réconforter, mais elle a facilement pu imaginer que son compagnon de l'époque entre et la prenne dans ses bras. La scène n'avait pas eu lieu dans la réalité. Son souvenir restait celui d'un moment de solitude douloureuse. Le souvenir se transformant, l'image que Kate avait d'elle-même s'est modifiée aussi. Sa certitude d'être mauvaise et immorale a diminué. Elle s'est demandé pourquoi son compagnon l'avait tant négligée. Dans le même temps, elle a vu disparaître sa sensation de douleur dans l'abdomen.

Dans les sessions suivantes, Kate a parlé de deux autres souvenirs venant de son enfance. La première scène lui rappelait qu'elle avait été bousculée dans un escalier par un groupe de filles plus âgées qu'elle quand elle avait 10 ans. Un deuxième souvenir datait de ses 6 ans. Son père, récemment divorcé, l'avait emmenée en vacances. Le séjour se passait mal. Placée sur le dos d'un âne, Kate avait eu très peur. Elle avait crié jusqu'à ce que son père l'enlève de l'âne en la traitant de fille stupide et peureuse. Dans ces deux scènes gravées dans sa mémoire, Kate est à la merci d'une personne plus puissante. Elle est incapable de rester debout, symboliquement et physiquement. Le sens de ses souvenirs est qu'elle ne vaut rien. Kate a donné un nouveau sens à chacune des scènes, diminuant son sentiment de culpabilité. Grâce à ce travail sur sa mémoire, elle a gagné confiance en elle et a pu s'affirmer davantage vis-à-vis de ses parents et de ses amis.

Je n'ai jamais directement suggéré à quelqu'un de changer de la sorte ses souvenirs. J'utilise des expériences moins directes ou directives. Mais l'objectif reste le même : être amené à douter de ses idées préconçues, se demander s'il n'y a pas une autre manière de lire son passé. On peut, par bien des moyens, désapprendre la culpabilité et découvrir qu'il est possible de ne pas se donner uniquement le mauvais rôle. L'effet est rapidement bénéfique sur la capacité à profiter des émotions présentes. Une fois encore, le travail psychologique incite à l'optimisme. Les fautes que l'on se reproche sont souvent exagérées, et un petit effort sur soi-même permet de se trouver des justifications et des qualités auxquelles on ne croyait pas.

ÉCHAPPER AU SYNDROME DU « C'ÉTAIT MIEUX AVANT »

Le travail sur le passé (nostalgie, culpabilité) se conduit d'abord au niveau personnel. Quelques exercices et expériences ont tôt fait de vous montrer que le passé est bien plus à notre portée qu'on ne le croit. Mais c'est aussi un projet collectif que de ne pas céder à la nostalgie et à la triste frénésie de commémorations. « Je ne pense pas à l'avenir, disait Einstein, il arrive si vite. » S'il fut une époque où l'on ne tenait pas assez compte de l'histoire et de la mémoire, notre siècle est plutôt exposé au risque inverse. La passion pour les traumatismes passés devient une obsession. Chacun cherche son souvenir d'enfance expliquant ses angoisses d'adulte ; chaque groupe cultive ses drames, les rappelle et en tire la base de son identité. Tout nous pousse à construire une société de plus en plus fondée sur la mémoire dépressive d'un traumatisme réel ou reconstruit. Nous n'aurons bientôt plus, si nous n'y prenons garde, que le choix entre la commémoration de nos malheurs passés et leur traitement « minute » par des médicaments ou des pratiques sectaires.

La psychologie risque d'être complice de ce mouvement. Il n'y a qu'un pas, trop souvent franchi, entre la reconnaissance nécessaire des effets du passé et la capitulation face à leur poids sur le présent. De plus, la valorisation moderne du statut de victime incite à s'installer dans sa mémoire et son malheur et à attendre d'être plaint, reconnu et même indemnisé. Aux siècles des explorateurs, des aventuriers et des révolutionnaires – « Du passé faisons table rase ! » – risque de succéder un siècle d'archéologues dépressifs de leur mémoire : « La France est en train de s'installer dans sa mémoire, pour la dorloter, pour vivre en concubinage avec elle. C'est une étrange façon d'épouser une fille que de caresser sa mère. La mémoire est le contraire de l'histoire. La première nous replie sur le passé, la seconde nous projette dans l'avenir[1]. »

Saurons-nous faire la part entre la mémoire et l'histoire, entre la reconnaissance légitime des traumatismes et leur rumination morose ? Cette question, aussi politique que scientifique, risque de marquer les années qui viennent. Elle imposera de savoir redonner au passé la place qu'il mérite sans le laisser envahir le présent. La psychologie moderne a tranché : il n'y a rien de bon à ressasser les souvenirs traumatisants. Il est inutile – et faux – de croire qu'ils nous déterminent sans espoir d'y échapper.

1. Jacques Julliard, *Le Nouvel Observateur*, 25 mai 2008.

Quand le passé ronge le présent.
Petit lexique.

L'abandonnisme[1]. Les abandonniques ne sont pas ceux que l'on abandonne vraiment, mais ceux qui ont peur d'être abandonnés et sont malades de leurs souvenirs d'abandon. Ils demandent à leur compagnon actuel de consoler l'enfant ou l'adolescent malheureux qu'ils ont été. Ils règlent des comptes *a posteriori* et attendent que l'on devine les anciennes angoisses dont ils ne parlent plus.

L'avarice. Les avares ont été pauvres ou ont entendu leurs parents raconter leur pauvreté. Regardant l'argent avec méfiance, ils n'osent toujours pas en jouir. Ils n'ont pas l'impression de le posséder et s'autorisent encore moins à le dépenser. Obsédés par des souvenirs réels ou inventés de misère et de manque, ils ne se sentent jamais comblés et n'osent pas faire de leur argent un moyen d'accès au plaisir.

La cinéphilie. On peut aimer les films récents, mais il est rare de s'y adonner démesurément, comme le font nombre d'amateurs de vieux films. Certains piliers de cinémathèque ne sont fixés que sur les nouveautés... de leur jeunesse. Ils préfèrent le plaisir de revoir à la surprise de la découverte. Ils comprendraient bien Gide qui écrivait : « Je veux gagner mon procès sur la postérité en appel. Je n'écris pas pour être lu, mais pour être relu. »

Le collectionnisme. On ne collectionne que les objets du passé. Ils nous entourent et créent une illusion de protection, un monde de soldats de plomb, de petites voitures ou de timbres que l'on peut arranger à sa guise. La collection naît souvent d'un premier objet qu'elle conserve, honore et multiplie : le premier disque, le premier stylo... Voilà un comportement charmant sauf quand l'amoncellement d'objets anciens empêche de profiter du présent.

1. Voir p. 170 pour plus de détails sur cette notion.

La commémoration. Elle n'apparaît qu'à dates fixes, définies par des contingences extérieures (centenaire, ou autre anniversaire). Elle fonde le sentiment patriotique, les options idéologiques et les retraites aux flambeaux. Elle réactive les deuils et les regrets. Elle fait le bonheur des libraires ou des disquaires quand ils empilent les coffrets des centenaires de Balzac, de Mozart ou de telle ou telle guerre.

Le coup de foudre. C'est l'impression étonnante de reconnaître un homme ou une femme du passé que l'on a longtemps cherché et de retrouver un souvenir perdu. Certains croient même à la rencontre de deux âmes qui étaient prédestinées. D'autres, probablement les plus nombreux, trouvent dans le coup de foudre une raison de sortir d'un passé qui ne les autorisait plus à tomber amoureux.

Le diarisme ou la manie du journal intime. Pour le diariste, le présent est déjà du passé. Il lui faut conserver les anecdotes les plus banales et les creux de l'âme pour en faire une histoire personnelle. Il construit une histoire dont il est le héros malheureux. Il est rare que l'on tienne spontanément le journal de ses réussites.

L'engagement politique. Il n'y a pas de politique sans glorification du passé. Les militants se racontent les élections gagnées ou perdues. Ils se souviennent des grands ancêtres qui ont ouvert la voie. Ils peuvent passer une nuit à débattre des qualités respectives de Danton et de Robespierre, de Clemenceau, de De Gaulle ou de Mitterrand. Étonnement : les plus révolutionnaires sont souvent les plus grands collectionneurs de souvenirs historiques.

La névrose traumatique. Un homme ou une femme traverse une situation qui le menace ou lui fait peur. Au moment du traumatisme, il ressent à peine l'angoisse. Après une phase dite « de latence » (qui peut durer de quelques jours à plusieurs années), le souvenir de sa peur réapparaît et le paralyse. La marque de nos souvenirs traumatiques personnels ou familiaux se retrouve dans nos goûts littéraires.

Les familles d'anciens combattants, par exemple, ont souvent une prédilection pour les récits de guerre. C'est dans la suite des angoisses de la Seconde Guerre mondiale que se sont construits les engagements libéraux, européens, communistes et gaullistes.

La nostalgie. Le passé ne passe pas chez le nostalgique. En grec, le mot signifie « la douleur du retour ». La nostalgie envahit le présent et le teinte d'une morosité qui n'est pas si désagréable que cela. La nostalgie nourrit, selon les talents de chacun, la poésie, les rêveries vaguement dépressives. Elle peut occuper les dimanches après-midi pluvieux ou tout autre moment d'ennui. « La nostalgie, écrivait Antoine de Saint-Exupéry, c'est le désir d'on ne sait quoi. Il existe le désir, mais il n'est point de mot pour le dire[1]. »

Le supporteur sportif. Un match qui ne rappelle aucun souvenir n'a pas de sens. Un sportif sans palmarès n'a pas d'intérêt. Les vrais amateurs sont des mémorialistes de leur équipe ou de leur discipline. Ils ne se contentent pas de suivre un match, ils le commentent et surtout le comparent à tous les exploits précédents auxquels ils ont eu le privilège d'assister.

Les vocations familiales. On connaît des dynasties de commerçants, de médecins, de fonctionnaires. Et que dire des Bach chez qui la musique constituait, plus qu'une vocation, un passage obligé ? L'exemple d'un parent illustre a souvent valeur d'empreinte et de modèle.

1. Saint-Exupéry, *Terre des hommes*, Gallimard, 2007.

2e partie

CHOISIR L'OPTIMISME

« Le pessimisme est d'humeur ; l'optimisme est de volonté. »

Alain, *Propos sur le bonheur.*

SE CROIRE BRAVE, C'EST ÊTRE BRAVE

Le regard positif ou négatif que nous portons sur les situations suffit à les changer. Il y a bien sûr des moments où il est impossible, et même absurde, de positiver à tout prix. Mais le plus souvent, l'issue d'une situation dépend de ce que l'on en attend. Les généraux victorieux sont toujours des optimistes. Prudents, réalistes, mais toujours optimistes. Les hommes politiques qui réussissent le sont aussi. Ils sont animés d'une foi en leur destin que les échecs n'ébranleront jamais complètement. Ils engagent des combats qu'ils finissent par gagner tant ils les croient à leur portée. Ils ne deviennent pas optimistes parce qu'ils gagnent. Ils gagnent grâce à leur optimisme, indépendant de tous les aléas du destin.

Les généraux victorieux sont optimistes

En décembre 1805, à la veille d'Austerlitz, Napoléon a moins d'armes mais plus d'optimisme que les armées d'Europe qu'il combat. Quand il parle à ses soldats, le 1er décembre, il leur donne une leçon d'optimisme que l'histoire a gardée comme un modèle. Il les galvanise au sens originel du terme : il les anime d'un courant électrique : « Soldats, l'armée russe se présente devant vous pour venger l'armée autrichienne d'Ulm. Ce sont ces mêmes bataillons que vous avez battus à Hollabrunn, et que depuis vous avez constamment poursuivis jusqu'ici. Les positions que nous occupons sont formidables ; et, pendant qu'ils marcheront pour tourner ma droite, ils me présenteront le flanc. » Il est tellement optimiste qu'il annonce sa présence personnelle sur le sol d'Austerlitz : « Soldats, je dirigerai moi-même tous vos bataillons ; je me tiendrai loin du feu si, avec votre bravoure accoutumée, vous portez le désordre et la confusion dans les rangs ennemis ; mais, si la victoire était un moment incertaine, vous verriez votre Empereur s'exposer aux premiers coups, car la victoire ne saurait hésiter, dans cette journée surtout où il y va de l'honneur de l'infanterie française, qui importe tant à l'honneur de toute la nation. » Napoléon anticipe et annonce un futur calme et euphorique après la bataille : « Cette victoire finira notre campagne, et nous pourrons reprendre nos quartiers d'hiver, où nous serons joints par les nouvelles armées qui se forment en France ; et alors la paix que je ferai sera digne de mon peuple, de vous et de moi. »

Napoléon est tellement convaincu qu'il va gagner qu'il essaie de masquer son optimisme aux généraux ennemis. Mieux : il simule le pessimisme devant eux. Il envoie Savary, son aide de camp, faire des propositions de paix au tsar. En bon stratège, il se présente devant l'ambassadeur d'Alexandre Ier la figure sale et mal habillé. À son retour, l'envoyé du tsar est persuadé que Napoléon anticipe une défaite. Il écrit dans son journal : « Napoléon tremblait de peur. J'ai vu l'armée française à la veille de sa perte. Notre avant-garde suffirait à l'écraser. »

De Gaulle n'agit pas différemment quand il prend la parole à la radio de Londres le 18 juin 1940. Il n'a pour lui que son optimisme, personnel, constitutionnel, indépendant de toute circonstance extérieure. Il sait que cet optimisme forcera l'histoire, portera son histoire personnelle comme l'histoire collective. Il balaiera le pessimisme des collaborateurs restés en France. Conscient du pouvoir de cet optimisme, de Gaulle construit un exercice de rhétorique classique et lyrique à la fois pour assurer les Français que la guerre n'est pas définitivement perdue et les convaincre que la résistance est possible : « Certes, nous avons été, nous sommes, submergés par la force mécanique, terrestre et aérienne de l'ennemi. Infiniment plus que leur nombre, ce sont les chars, les avions, la tactique des Allemands qui nous font reculer. Mais le dernier mot est-il dit ? L'espérance doit-elle disparaître ? La défaite est-elle définitive ? Non ! Croyez-moi, moi qui vous parle en connaissance de cause et vous dis que rien n'est perdu pour la France. Les mêmes moyens qui nous ont vaincus peuvent faire venir un jour la victoire[1]. »

Mirabeau est un autre exemple d'optimiste profitant de son caractère positif pour accéder au pouvoir. En pleine Révolution, il possède l'élan du vainqueur téméraire allié à la prudence et à l'habileté du politicien médiateur. Enthousiaste et extraverti, il est connu pour ses réparties brillantes. Conscient de ses qualités, il est autant que possible juste et conciliant, viveur effréné, jouisseur, joueur et chroniquement endetté. Sa bonhomie apparente est confortée par un physique qui n'est pas précisément celui d'un don juan : silhouette replète aux jambes courtes, pleine de fougue, de douceur souple et de mobilité. Mais

1. C. de Gaulle, Discours prononcé à la radio de Londres le 18 juin 1940, extrait.

qu'importent ses défauts, Mirabeau a confiance en lui et il donne confiance.

Philanthrope, il dépose une pièce dans la paume tendue de chaque mendiant. Fort de sa bonne nature, il est simple et à son aise avec le peuple et reste apprécié des Parisiens comme des provinciaux. Mirabeau, à en croire les témoignages de ses contemporains, rit et fait rire dans une époque qui n'est pas des plus optimistes. Il maîtrise les expressions populaires savoureuses, domine les débats les plus acharnés et sait calmer les passions à force d'amabilité et de plaisanterie. Il réussit à glisser un trait d'esprit ou une tournure pleine de charme dans le document le plus aride. Peu scrupuleux, d'une moralité un peu douteuse, large à tous les égards, résolu, doué d'un fort bon sens et exempt de fanatisme, cet optimiste historique est resté à distance des plus doctrinaires des révolutionnaires. Son projet de vie, positif jusqu'à l'aveuglement, tient en ces quelques mots : « Se défaire des préjugés, préférer la gaieté aux humeurs, suivre ses inclinations tout en les épurant. »

Même si le pauvre homme a fini sur la guillotine, les exemples qui précèdent sont une défense sans partage de la valeur de l'optimisme. Nous verrons bien d'autres exemples, mais tirons-en déjà une leçon : la prophétie de l'optimiste est auto-réalisatrice. Celui qui se croit gagnant, qui croit en ses chances, a déjà à moitié gagné la partie. Toutes les armées du monde ont bien du mal face à celui qui est sûr de gagner. Tous les soucis atteindront peu celui qui croit en son image, en son destin, en son présent et en son avenir. Il n'est pas d'aide psychologique qui, à un moment ou un autre, ne soit une incitation à l'optimisme. Il n'est pas de thérapeute qui, même de manière détournée, ne vous donne des raisons d'être optimiste sur vous-même et les autres.

Tant pis si les philosophes se moquent de l'optimisme

Si vous voulez briller en société, mieux vaut faire profession de pessimisme que d'optimisme. Les experts le plus souvent invités sont ceux qui annoncent des catastrophes imminentes auxquelles on ne pourra échapper que difficilement. Le mépris des penseurs en général, et des philosophes en particulier, pour l'optimisme n'est pas nouveau. Au XVIIIe siècle, Voltaire se moque de la manière dont Leibniz, un autre philosophe, transforme en événements heureux toutes les calamités de la vie. Marqué par le tremblement de terre de Lisbonne, Voltaire avait du mal à croire en la protection permanente du destin. Dans *Candide*, il attribue au personnage de Pangloss toutes les naïvetés et les erreurs qu'il reproche à Leibniz et à la doctrine de l'optimisme. Pangloss entend prouver que, dans le meilleur des mondes possibles, les choses ne peuvent être autrement : « [...] tout étant fait pour une fin, tout est nécessairement pour la meilleure fin[1]. » Voilà pourtant un précepte bien utile dans les moments difficiles. Je n'ose pas le proposer aussi directement aux plus découragés de mes amis ou de mes consultants. Et pourtant, j'en aurais bien envie... et certains en auraient bien besoin !

Pangloss, en bon optimiste, admire tout ce qui l'entoure. Et il a l'optimisme militant : il entend vous faire partager sa bonne humeur : « Remarquez bien que les nez ont été faits pour porter des lunettes ; aussi avons-nous des

1. Voltaire, *Candide*, Le Livre de Poche, 2003.

lunettes. Les jambes sont visiblement instituées pour être chaussées, et nous avons des chausses. Les pierres ont été formées pour être taillées et pour en faire des châteaux : aussi monseigneur a un très beau château : le plus grand baron de la province doit être le mieux logé ; et les cochons étant faits pour être mangés, nous mangeons du porc toute l'année. Par conséquent, ceux qui ont avancé que tout est bien ont dit une sottise : il fallait dire que tout est au mieux[1]. »

Les optimistes d'aujourd'hui font de même. Ils ont la rage de soutenir que tout est bien, même quand tout est mal et la certitude que cette vision positive changera leur situation. Sans trop d'efforts, ils se satisfont de leur présent et croient que leur futur sera encore meilleur. Les meurtres, les assassinats et les drames de toutes sortes, tout cela n'est pour eux que des ombres à un tableau qui reste beau et à un bilan globalement positif. Plus tard dans le conte, Candide demande à Pangloss : « Eh bien [...], quand vous avez été pendu, disséqué, roué de coups et que vous avez ramé aux galères, avez-vous toujours pensé que tout allait le mieux du monde ?

— Je suis toujours de mon premier sentiment, répondit Pangloss, car enfin je suis philosophe. Il ne me convient pas de me dédire, [...]. Tous les événements sont enchaînés dans le meilleur des mondes possibles [...][2]. »

Voltaire fait tout pour moquer cet optimisme absolu, considérant au contraire qu'un homme de raison se partage entre les convulsions de l'inquiétude et la léthargie de l'ennui. Peu de penseurs après lui ont pris la défense de l'optimisme. Mais au quotidien, même s'il est moins fas-

1. *Ibid.*
2. *Ibid.*

cinant intellectuellement, le choix de l'optimisme reste le bon. Il est une fausse croyance consistant à défendre le pessimisme que la psychologie moderne s'emploie à corriger. Et vous n'avez pas encore tout vu des bienfaits de l'optimisme !

LE RIRE DE MOZART

Les optimistes peuvent connaître la dépression, la misère, le malheur. Ils ne remettent pourtant pas en cause leur regard positif sur eux-mêmes et le monde. Dans les périodes les plus sombres de sa vie, Mozart a continué de composer une musique optimiste, heureuse et rendant légers ceux qui l'écoutent. Il a toujours cru en lui et en son pouvoir de création. Le monde lui est apparu comme un grand terrain de jeux. Deux psychiatres suisses, Philippe Huguelet et Nader Perroud, ont ouvert le dossier médical du musicien viennois. Ils confirment son optimisme, qui a perduré malgré ses malheurs et ses échecs. Mozart est le dernier-né d'une fratrie de sept enfants, tous morts dans les premiers mois de leur vie à l'exception d'une sœur, Marianne, de quatre ans son aînée.

À l'âge de 5 ans, Mozart donne déjà des concerts ; à 7 ans, il commence une tournée européenne de quatre années. Ceux qui le rencontrent au cours de son périple le trouvent gai, heureux, optimiste. En 1777, en route vers Paris pour y chercher le succès, il écrit à son père une lettre dont les propos sont décousus tant le jeune musicien est enthousiaste. L'optimisme trouble sa syntaxe : « Je ne peux d'intelligent, note-t-il, rien aujourd'hui écrire car je moi complètement hors de suis. Que va pas ne m'en pas veuille, je ainsi aujourd'hui suis. Je rien n'y peux. » Quelques jours après, il envoie des lettres beaucoup plus claires à son père. L'excès d'optimisme semble être un peu retombé. Il adresse quand même encore des courriers obscènes et décousus à sa cousine ; mais on sait que les optimistes sont aussi des séducteurs...

En 1778, le compositeur perd sa mère. Il est seul à Paris avec son deuil : « Je ne vois souvent ni rime ni raison à rien. Je n'ai ni chaud ni froid. Je n'ai de plaisir à rien. Ce qui me console le plus et me maintient de bonne humeur c'est l'idée que vous, mon papa chéri et ma chère sœur, vous allez bien. »

Son accès de tristesse ne dure pas. Il trouve dans sa musique une consolation quasi immédiate. Et même en plein deuil, le ton de ses mélodies change à peine. La musique de Mozart reste du Mozart, même quand celui qui l'écrit a du vague à l'âme. En 1786, le compositeur redevient euphorique, à la limite du pathologique. Il participe au carnaval de Vienne, se déguise en Indien, et distribue un tract d'énigmes aux participants du bal. En octobre 1787, Mozart est à Prague où il prépare la première de son opéra *Don Giovanni*. Il parle en rimes et donne l'impression de vivre en permanence dans un opéra. Il rencontre énormément de monde et paraît exalté à ceux qui le croisent. Il aborde toutes les femmes et se comporte comme le don Giovanni dont il a écrit l'histoire.

À chaque blessure de la vie, il s'effondre quelques jours, puis retrouve sa nature optimiste. Le 30 septembre 1790, il écrit à sa femme Constance : « Tout me semble froid – glacé – oui, si seulement tu étais près de moi, je trouverais peut-être plus de plaisir à l'attitude des gens à mon égard – mais ainsi tout est si vide – adieu. Je vis très retiré jusqu'à ce jour. Je ne sors pas de la matinée, mais reste dans ce trou qui est ma chambre et compose. »

En novembre 1790, Mozart va beaucoup mieux. Il refait des projets et écrit en quelques mois un opéra, *La Clémence de Titus*, puis un autre (et quel autre !), *La Flûte enchantée*. Le succès ne le rend ni sérieux ni austère. Il reste prêt à toutes les blagues, même quand *La Flûte enchantée* pourrait lui conférer un statut de maître de son temps. Il aime à perturber les représentations de ses propres opéras. Mécontent de la manière dont sa musique est interprétée, il va dans la fosse d'orchestre et fait des arpèges au glockenspiel, un carillon de son époque, pour dérouter les chanteurs au moment de l'air de Papageno. Le public rit à ses facéties autant qu'il apprécie sa musique.

Que nous apprend l'histoire de Mozart ?

Les optimistes sont plus créatifs que les pessimistes

L'histoire a gardé le souvenir de créateurs sombres comme Franz Kafka ou Fedor Dostoïevski. Mais même ceux-là n'échappaient pas à une certaine transe et à une bouffée d'euphorie au plus fort de leur acte créateur. Il est bien difficile de s'atteler chaque jour à une œuvre sans lui trouver la moindre qualité. Les créateurs sont soit des optimistes constitutionnels[1], soit des pessimistes contrariés qui trouvent dans la musique ou la littérature un apaisement à leur mal de vivre et un plaisir dont ils ne s'autorisent pas à profiter pour leur vie personnelle.

1. Voir p. 141 pour cette notion.

Les optimistes sont séduisants et séducteurs

Nous recherchons le contact de ceux qui nous transmettent une vision positive du monde actuel et de son avenir. Nous aimons ceux qui nous amusent et nous gratifient. Les optimistes donnent envie de les suivre et de les écouter, même quand ils exagèrent. Ils donnent raison à Marie Curie qui disait : « Il est poli d'être gai », et à Alain : « C'est un devoir envers les autres que d'être heureux. » Les pessimistes, eux, sont pris dans le cercle vicieux de leur croyance. Leur pessimisme ne leur donne pas envie de rencontres ou de séductions nouvelles. Quand ils s'y résolvent, ils lassent leur entourage par la litanie des malheurs qu'ils déroulent.

Les optimistes sont riches et dépensiers

Mozart ne gardait pas le moindre argent vaillant. Les optimistes, généralement, dépensent autant ou plus qu'ils ne gagnent. Ils aiment les maisons trop chères pour eux et ne sont pas impressionnés par l'état de leur compte en banque. Quand ils désirent un objet ou veulent faire un cadeau, ils ne comptent pas et ne se laissent pas arrêter par les réalités économiques. Mais même quand ils ne sont pas loin de se ruiner, ils trouvent plus de plaisir dans la vie !

L'optimisme est constitutionnel plus que réactionnel

Les optimistes n'attendent pas que leur vie soit complètement réussie pour en tirer un bilan positif. Ils ne remettent pas en question leurs projections favorables quand un événement inattendu et désagréable vient les troubler. Ils trouvent dans les moments les plus difficiles, des raisons d'espérer que tout ira bien à la fin. Ceux qui ont une nature optimiste en profitent. Les autres peuvent muscler cet état d'esprit dont on voit bien qu'il ouvre au succès, à la santé et au plaisir. Nous verrons bien des possibilités et des techniques pour passer d'une nature sombre à l'optimisme.

Les optimistes ont trouvé un moyen de combattre leur vague à l'âme

L'optimisme est un mécanisme de défense, inconscient ou volontaire, contre la tristesse. C'est une tendance à aller dans le sens inverse de sa pente dépressive. Faire semblant d'être optimiste aide à surmonter bien des moments de découragement. Il est par exemple utile de répondre à l'envie de rester chez soi et de s'isoler par une sociabilité même un peu factice : « Je sors pour m'étourdir et m'enivrer de nouvelles rencontres. » L'optimiste efficace compense ainsi son envie profonde et cachée d'être seul en s'obligeant à faire la fête. Autre exemple : en réponse à sa fatigue et son manque d'énergie, l'optimiste se jette dans le travail et se veut plus productif que les autres. De manière consciente ou non, les pessimistes s'adaptent à leurs émotions négatives en les transformant en leur contraire. Il n'y a pas de mensonge dans cette attitude, mais plutôt une révolte contre une tristesse qui n'est pas productive. C'est une manière de choisir le meilleur pour soi et les autres malgré le poids du destin et des événements parfois désagréables.

L'OPTIMISME EST BON POUR LA SANTÉ

Les optimistes vivent plus longtemps et en meilleure santé que les pessimistes. Les médecins de l'Antiquité et du Moyen Âge le savaient déjà. Louis Bourdaloue, un jésuite du XVIIe siècle, nous voyait sous l'emprise de quatre sortes de conscience : la bonne conscience tranquille (le paradis), la bonne conscience troublée (le purgatoire), la mauvaise conscience troublée (l'enfer) et la mauvaise conscience paisible (le désespoir). On ne vit bien dans son corps et son esprit que dans l'optimisme et la bonne conscience. La suite de l'histoire de la médecine a donné raison à ce prédicateur de Louis XIV. Les pessimistes sont plus souvent victimes de cancers, de maladies cardio-vasculaires, et hospitalisés que les optimistes. Alors, même si vous avez une tendance au pessimisme, il est temps d'essayer de changer en appliquant quelques principes simples et en commençant à faire vôtre la phrase de Voltaire : « J'ai décidé d'être heureux parce que c'est bon pour la santé. » Mais comment le regard porté sur le monde et sur soi peut-il autant influencer notre santé ?

<table>
<tr><th>Comportements ou pensées optimistes</th><th colspan="2">Conséquences</th></tr>
<tr><td>Entretien de son corps (exercice physique)
Contrôle de son alimentation
Croyance dans la prévention médicale et confiance dans le corps médical</td><td>Pas d'angoisse face à la maladie
Sensibilité moindre à la douleur et à la maladie.
Fluidité sanguine, protection contre les maladies cardio-vasculaires</td><td rowspan="2">Bonne qualité de vie du couple

Emploi

Longévité</td></tr>
<tr><td>Sociabilité et curiosité
Fierté de soi et des autres, confiance en soi
Bonne humeur</td><td>Rencontres, prises d'initiatives et projets, bonne intégration sociale</td></tr>
<tr><th>Comportements ou pensées pessimistes</th><th colspan="2">Conséquences</th></tr>
<tr><td>« Les vaccins et les examens de prévention ne servent à rien »</td><td>Diagnostic tardif des maladies
Non-respect des prescriptions de régime, pas d'exercice physique</td><td rowspan="3">Augmentation du cortisol, qui a des effets toxiques sur le cœur, le cerveau et les vaisseaux ; hypercoagulation ; risques d'infarctus avec complications

Malades difficiles à soigner

Prise de poids (« kilos émotionnels »), obésité

Solitude

Dépression

Chômage</td></tr>
<tr><td>Stress, crises d'angoisse, tourments</td><td>Boulimie (de produits sucrés) et consommation d'excitants, de tabac ou d'alcool
Inadaptation sociale</td></tr>
<tr><td>Peur du temps qui passe
Idées tristes, mauvaise estime de soi
Incapacité à aimer</td><td>Refus de la vieillesse
Focalisation sur ses erreurs et ses échecs
Absence de projets
Culpabilité</td></tr>
</table>

Quelques études à l'appui

Optimisme, cœur et coagulation

Athanassios Doulalas travaille à Thessalonique et à Athènes en cardiologie. Son équipe, qui associe des psychologues et des psychiatres aux cardiologues, a suivi 1 073 jeunes militaires durant un an (2002-2003) pour mesurer la relation entre la coagulation et l'optimisme à l'aide d'un questionnaire. Il en est ressorti que, chez ces jeunes Grecs sans maladie cardio-vasculaire, le fait d'être déprimé et pessimiste augmentait le risque de coagulation. Comment douter encore de l'influence de l'émotion sur la santé physique ? Si le lien entre pessimisme et hypercoagulation n'est pas encore bien élucidé, il reste du moins certain que, ajoutée à d'autres facteurs, l'augmentation de la coagulation induite par le pessimisme multiplie par deux le risque de maladie cardio-vasculaire.

Optimisme, couple et minceur

Heini Kalloniemi a confirmé en 2005 que les optimistes se nourrissent mieux. Il a rencontré 11 000 Finlandais nés en 1966. Avec son équipe du Laboratoire de santé publique d'Oslo, il a mesuré l'optimisme constitutionnel[1]. Les optimistes étaient ceux qui répondaient de manière positive à la proposition suivante : « Quand une situation est incertaine, je m'attends habituellement au meilleur. » Les pessimistes se reconnaissaient dans une autre phrase : « Quand quelque chose de mauvais arrive, c'est forcément pour moi. »

---

1. Voir p. 141 pour cette notion.

Quelles sont les différences entre les optimistes et les pessimistes finlandais ? D'abord, les optimistes sont plus souvent mariés. Faut-il en déduire que le mariage rend optimiste ou que l'on a besoin d'une bonne dose d'optimisme pour s'engager dans le mariage et y rester ? Les auteurs n'en disent rien... à chacun de se forger son opinion ! Ensuite, à table, les optimistes et les pessimistes ne se comportent pas de la même manière. Les optimistes mangent plus souvent de la salade, des légumes frais, des fruits, du fromage allégé. Les pessimistes prennent des aliments plus gras et plus sucrés. Ils ont plus de difficulté à contrôler leur poids et sont plus souvent obèses.

	Optimistes	Pessimistes
Salade	57 %	31 %
Fruits	42 %	26 %
Fromage allégé	41 %	31 %
Indice de masse corporelle	25,2	25,5

Optimisme, temps qui passe et vieillesse

Les années qui passent confortent les tendances acquises dans la jeunesse ou l'enfance. Plus on avance en âge, plus il est utile et important d'être optimiste. Les optimistes vivent plus longtemps que les pessimistes. Ils accueillent la vieillesse comme une chance et non comme un naufrage progressif. Ils ne se lamentent pas sur le temps qui passe et voient chaque jour qui leur est donné comme un cadeau. Ils supportent mieux les maux et les handicaps de l'âge. Leur risque de faire une dépression est quatre fois moindre que celui des pessimistes.

Quelques questions ciblées, selon Erik Giltay, psychologue hollandais, suffisent à identifier l'optimisme et le pessimisme chez les personnes âgées, quelles que soient leurs conditions de vie. L'optimiste adhérera à ces déclarations : « J'attends encore beaucoup de la vie » ; « Je suis plein de projets ». Tandis que la personne âgée pessimiste validera plutôt les affirmations suivantes : « Je ne m'intéresse pas à ce qui va se passer dans les années qui viennent » ; « Mes journées passent très lentement ».

Optimisme, angoisse, et résilience

L'optimisme constitutionnel conduit à penser que la vie sera favorable, et ce même dans les moments où les circonstances extérieures ne nous gâtent pas vraiment. Ce regard positif est particulièrement précieux chez les femmes et les hommes confrontés à des accidents ou à des catastrophes. Un psychologue américain a suivi les secouristes qui étaient intervenus après un accident d'avion qui avait tué 132 personnes. Les secouristes les plus optimistes étaient moins angoissés quatre, huit semaines et un an après l'accident. Ils avaient développé des stratégies d'adaptation supérieures à celles des secouristes pessimistes. Comment s'étaient-ils protégés ? Ils communiquaient leurs émotions, osaient exprimer leur détresse et étaient capables de mobiliser l'aide de leur entourage ou de psychothérapeutes. Plus sociables, ils se sont moins isolés et ont moins souffert de dépression ou de découragement. Ils ont réussi à garder une image positive d'eux-mêmes et de leur métier en dépit des scènes d'horreur auxquelles ils avaient été exposés. Enfin, les secouristes optimistes ont compris le caractère exceptionnel de la tragédie qu'ils ont connue et ne se sont pas fait de reproches. À l'inverse, les pessimistes avaient tendance à s'isoler, et redoutaient chaque jour d'être confrontés à un nouvel accident d'avion.

Les psychologues israéliens ont analysé les réactions des civils ayant subi des attaques de missiles SCUD pendant la guerre du Golfe. Les optimistes souffraient moins d'angoisse, ils avaient moins de symptômes physiques tels que fatigue, sécheresse de la bouche, insomnie ou mal de tête. Là encore, les optimistes communiquaient plus leurs émotions. Ils mettaient en place des mécanismes de défense leur permettant d'anticiper une issue favorable au conflit armé. Les pessimistes, eux, subissaient, en plus des attaques des SCUD, les effets de leurs projections négatives sur une guerre sans fin. Incapables de repérer le moindre indice positif ou rassurant, les plus pessimistes doutaient même de l'utilité des recommandations de la défense civile. Ils ne voyaient pas pourquoi ils se seraient protégés, persuadés qu'ils étaient de leur mort imminente.

Le 13 mai 2000, une explosion a dévasté une partie d'Enschede, une ville des Pays-Bas. L'explosion a tué 23 personnes, fait 9 000 blessés et détruit 500 maisons. Le gouvernement néerlandais a reconnu cet accident comme une catastrophe nationale. Il a mis en place, en plus de l'aide immédiate aux victimes, un suivi des habitants. Des chercheurs dépêchés pour l'occasion ont évalué l'état psychologique de la population deux à trois semaines après la catastrophe, dix-huit mois, puis quatre ans plus tard. Ils ont comparé l'état psychologique des habitants d'Enschede à celui des habitants d'une autre ville des Pays-Bas qui n'avait pas subi un tel accident. Ils voulaient montrer que l'optimisme était un facteur de protection et que les optimistes résistaient mieux aux séquelles physiques et psychologiques de la catastrophe. Leurs résultats ne vont pas exactement dans ce sens. L'optimisme n'est pas aussi constitutionnel et indépendant des événements qu'on pourrait le croire. Des mois et des années plus tard, les habitants qui avaient subi le traumatisme restaient significativement moins optimistes que ceux de la ville non atteinte. L'expérience d'une agression avait augmenté la tendance au pessimisme. Ce pessimisme induit par l'accident est resté stable avec le temps.

L'étude menée suite à l'explosion d'Enschede incite à relativiser la notion d'un optimisme constitutionnel, inaltérable, indépendant de toute circonstance extérieure. Elle ne remet pourtant pas en question la force de protection de l'optimisme. Si l'on compare les habitants néerlandais optimistes et pessimistes, les pessimistes avaient ressenti plus durement la catastrophe. Ils étaient plus angoissés. Ils avaient plus de problèmes médicaux et manifestaient plus d'inquiétude quand ils évoquaient l'avenir. Les psychologues des Pays-Bas concluaient leur travail en proposant de réfléchir à de nouvelles thérapies directement orientées vers l'acquisition de l'optimisme. Ils trouvaient que les aides aux victimes portent trop sur les effets du traumatisme et n'intègrent pas assez la notion de « transfusion » d'optimisme.

Pessimisme et image de soi

Le pessimiste justifie son état d'âme par des fautes imaginaires dont il s'accuse. Le besoin de justifier sa mauvaise humeur par des causes psychologiques le pousse à des explications faciles et souvent fausses. Qui veut trouver des raisons valables au pessimisme n'a que l'embarras du choix. Il peut décrire son état comme une marque de faiblesse et un manque de caractère. Chez lui, la perte de l'envie va de pair avec le triomphe absolu de la conscience morale. Il se reproche tout, même et surtout ce qu'il n'a pas fait. Dépassant largement son rôle, la culpabilité peut, sans risque d'insurrection, labourer l'âme des remords les plus acérés. La seule activité qui mobilise l'énergie du pessimiste est celle qui consiste à s'en vouloir et à regretter. Elle entraîne chez les plus pessimistes une terreur panique qui appelle, avec une frénésie insatiable, des châtiments. Là encore, on peut proposer au consultant des techniques anti-culpabilité en lui apprenant à faire un bilan positif de sa vie et à donner aux réussites la place qu'elles méritent[1].

Le pessimiste est son propre expert et son directeur de conscience, impitoyable, bien sûr. Plus que les autres, il est une victime potentielle de ceux qui prétendent le soigner ou le consoler, qu'ils soient pseudo-thérapeutes ou religieux, penseurs ou guérisseurs. Il voit dans ces techniques qu'il ne connaît pas un antidote à sa morosité, sans toujours en mesurer assez les dangers d'emprise et de manipulation.

Un pessimiste n'est jamais assez riche pour être rassuré sur son avenir

Un vrai pessimiste ne se sent jamais à l'aise financièrement. La ruine le menace, lui et ceux dont il a la charge. Il va mal et n'ira jamais mieux. Si l'on voulait résumer son humeur, on dirait : le pessimiste n'est pas triste parce qu'il a des idées tristes ; il a des idées tristes parce qu'il est triste. Là encore, on peut corriger cet excès de défaitisme et amener le pessimiste à trouver une autre manière de voir son avenir et d'agir sur lui.

1. Voir p. 36-42, les exercices proposés.

CONSEIL PSY

À celles et ceux qui me confient une image d'eux, de leur comportement et de leur avenir purement négative, je propose une technique de changement de point de vue. Nous réalisons ensemble une analyse des causes de leur pessimisme et essayons de trouver ce qui le nourrit. Est-ce un événement, une suite de fausses croyances ? Que peut-on corriger dans la manière dont ils perçoivent leur passé, leur destin, leur activité professionnelle, leur capacité à plaire et à communiquer ? On peut s'entraîner à devenir optimiste, étape par étape, et « détricoter » la certitude qui conduit à se trouver sans intérêt ni qualités. Il faut pour cela relever de manière active les aspects les plus positifs de son existence et de ses relations amicales, professionnelles ou amoureuses.

Pessimisme et enthousiasme

T. Mann raconte dans son grand roman *Les Buddenbrook* comment un homme d'affaires ambitieux, mû par son optimisme, finit par céder sans raison au poids du pessimisme. Nos désirs et nos entreprises, dit T. Mann, sont déterminés par l'état de nos nerfs, que les mots peuvent malaisément définir. Le député dont il suit la chute éprouve un relâchement de son ressort, une accélération de l'usure. Aucun des signes de la réussite ne l'apaise, ni sa maison neuve, ni ses mandats électifs, ni sa fortune industrielle. Il ne voit que des échecs cachés ou en puissance. Il ne trouve pas sa place dans la grande maison qu'il s'est achetée. Il la trouve trop neuve et y perd ses repères.

« Le bonheur vient toujours trop tard, alors qu'on ne peut plus en jouir véritablement[1]. » Voilà bien une croyance de pessimiste, non ? Le député se sent plus vieux que son âge. Il perd ce qu'il appelle « le sentiment de succès » et que l'on pourrait aussi nommer « l'enthousiasme », une force secrète, indéfinissable, faite d'énergie et de la certitude d'être toujours d'attaque. Les honneurs ne sont plus pour lui que des apparences. Il pense, en inaugurant sa maison, à un proverbe turc : « Une fois la maison finie, la mort s'approche. » Il croit que, au moment où éclatent les signes extérieurs du bonheur et de l'essor, l'énergie décline. Il pourrait faire sien l'aphorisme selon lequel « la réussite est le deuil de l'espérance ». Le bonheur extérieur ressemble pour lui aux étoiles sur le point de s'éteindre ou déjà éteintes. Tout se passe comme si le pessimiste était réduit à laisser filer les jours sans y prendre part et sans espérer qu'ils lui apportent mieux qu'un présent déjà bien compromis.

Ces observations devraient venir infléchir les politiques de prévention. Plutôt que de diffuser des messages inquiétants et d'entretenir angoisse et pessimisme, il serait sans doute plus judicieux d'inciter à l'optimisme. Mais si la prévention continue à jouer sur le terrain de la peur, c'est bien parce qu'il est plus facile de communiquer des angoisses que de la fierté, de la confiance en soi et des projections positives. À quand quelques conseils d'optimisme à la place d'une communication sur le mode de la terreur ?

1. *Op. cit.*

QUELS MÉTIERS RENDENT OPTIMISTE ?

Il est des métiers qui rendent heureux et confiant ; sans doute ceux pour lesquels on trouve un sens à l'action que l'on accomplit. Enseigner, soigner, aider l'autre, construire, transformer la société, créer, voilà des tâches dont on ne se lasse pas et qui rendent optimiste. Il est aussi des manières de travailler qui nourrissent l'optimisme et la solidarité. À l'inverse, le philosophe Aristote avait remarqué que les poètes ont un tempérament mélancolique. Un poète trop optimiste paraît naïf, tout juste bon à composer des paroles de chanson sentimentale. Un poète pessimiste est grave, émouvant et poignant. Il exerce son art dans le registre où ses lecteurs et la postérité l'attendent. Terrible métier que celui de poète ! Heureusement que les poèmes d'amour de Louis Aragon, les inventaires de Jacques Prévert et quelques autres textes font mentir cette règle.

Le psychiatre allemand Ernst Kretschmer a consacré tout son ouvrage *Geniale Menschen* aux génies créateurs. Il considérait qu'un génie doit forcément être un cyclothymique, c'est-à-dire que son humeur doit tanguer entre des moments d'euphorie et des moments d'abattement. Goethe était effectivement soumis à de constantes oscillations de l'humeur. Sa mère, consciente de l'émotivité de son fils, interdisait à ses domestiques de lui apprendre les nouvelles désagréables. L'art de son fils est resté aussi instable que son humeur, passant du romantisme à un style solennel et classique.

La personnalité d'un musicien détermine aussi son répertoire de prédilection. De Chet Baker, le trompettiste qui se suicida, à Charlie Parker, le saxophoniste terrassé par la drogue, les jazzmen jouent de leur émotivité et d'un mélange d'insouciance et de désespoir. Si on analyse leur personnalité, on voit qu'ils ont aussi tendance à être plus impulsifs et à rechercher davantage les sensations fortes que les musiciens classiques.

Quelle personnalité pour quel métier ?

Une psychologue américaine, Kareen Akiskal, s'est demandé si l'optimisme et le pessimisme variaient en fonction du métier exercé. Elle a comparé la personnalité et l'humeur de 41 médecins, 30 avocats, 35 cadres, 48 industriels, 27 architectes et 34 journalistes, ainsi que d'un groupe de 48 artistes. En plus de l'alternance entre euphorie et pessimisme (cyclothymie), elle a cherché des signes de perfectionnisme et d'hésitation. K. Akiskal a observé des corrélations étonnantes entre le métier et la vision que l'on a de soi et du monde.

Sans entrer dans une analyse approfondie, il est aisé de comprendre ces « profils types ». Voyons quelques cas : les manageurs se doivent définitivement d'être optimistes pour défendre leur entreprise ou leurs clients. Les architectes sont des cyclothymiques vérificateurs. Ils hésitent, ruminent et ne sont jamais complètement sûrs de leurs plans. L'architecture étant une

Par rapport à la moyenne...

Médecins : 2 fois plus de pessimisme ; 2 fois plus d'obsessions.
Avocats : 2 fois plus de pessimisme.
Chefs d'entreprise : 2 fois plus d'optimisme ; 3 fois plus d'obsessions.
Industriels : 3 fois plus d'optimisme.
Architectes : 3 fois plus de cyclothymie.
Journalistes : 2 fois plus de cyclothymie et d'optimisme.
Artistes : 4 fois plus de cyclothymie.

discipline de précision, ce doute est compréhensible ; et il est même souhaitable, si l'on veut habiter dans des immeubles qui tiennent debout ! Si les artistes étaient trop scrupuleux et méticuleux, ils seraient sans doute moins créatifs. Les journalistes aussi sont moins obsessionnels et ils doutent moins. Un journaliste d'investigation a intérêt à être plutôt euphorique, enthousiaste et à ne pas se noyer dans les détails. Il court derrière une actualité qui lui pardonnera plus facilement des raccourcis qu'un manque de réactivité.

Les chefs d'entreprise et les industriels font un large usage de leur tempérament optimiste, qui est le carburant de leur esprit de conquête. Il est bénéfique à l'expansion de leurs affaires. Imaginerait-on le dirigeant d'une firme ou même d'un club de football se laisser aller au pessimisme chaque fois que son équipe perd ou qu'un contrat lui échappe ? Il doit, au contraire, insuffler (jusqu'à l'absurde) des leçons d'optimisme pour continuer à motiver ses ouailles. Les dirigeants optimistes possèdent des qualités qui sont les gages de leur réussite : puissance de travail, promptitude à la riposte et à la réaction, élan et audace, adaptabilité, esprit libre de préjugés, habileté dans les relations humaines et professionnelles (avec des capacités de manipulation), richesse et originalité des idées, intuition et compréhension rapide des situations ! Ces critères sont-ils utilisés par les conseils d'administration quand ils choisissent un nouveau dirigeant ? La réponse à cette question reste secrète. J'espère surtout que l'on préfère ceux qui savent en plus transmettre leur optimisme autour d'eux. Il est temps de redonner à l'optimisme sa noblesse et son importance. Pourquoi se moquer de ceux qui le prônent ? Pourquoi ne pas faire de la course à l'optimisme un objectif aussi important que la recherche du pouvoir ou de la richesse ?

COMMENT DEVENIR UN OPTIMISTE RAISONNABLE

Même si l'optimisme expose à quelques dérives, elles ne font certainement pas préférer le pessimisme. Mais autant connaître les dangers d'un excès d'optimisme pour ne pas passer d'un optimisme productif et protecteur à une insouciance déraisonnable.

Ne pas se croire protégé quand on est exposé à un risque

« Quelle est la probabilité pour que vous soyez victime d'un accident du travail ? » À cette question, la plupart des salariés répondent qu'ils sont moins en danger que les autres. Si on leur demande en revanche quelle est la probabilité qu'ils ont de vivre un événement positif comme gagner au Loto, ils ont tendance à estimer qu'ils ont plus de chances que les autres. Cet optimisme comparatif, qui revient à trouver sa vie meilleure que celle de son voisin, aide à vivre et à se sentir en bonne santé, il permet de ne pas avoir la pleine conscience de toutes les menaces. Il réduit l'angoisse et protège du stress au quotidien. À l'heure du virus Ebola et des menaces de guerre, il n'est pas inutile de se croire un peu protégé...

L'optimisme comparatif expose malgré tout à certains dangers. Il conduit par exemple le fumeur à se croire personnellement protégé des risques de cancer. Le fumeur optimiste lit à sa manière les statistiques de mortalité par le tabac. Il les comprend mais estime qu'elles ne le concernent pas. Insensible aux campagnes de prévention, le fumeur trop optimiste ressent moins le besoin de se sevrer. L'optimisme comparatif est également dangereux sur la route. Les jeunes conducteurs y sont particulièrement exposés quand ils ont tendance à se croire protégés des accidents comme par magie. L'optimisme comparatif concerne enfin les événements de la vie quotidienne comme le divorce, les agressions ou les inondations. Il n'est pas possible de vivre au bord d'un fleuve si on ne se croit pas à l'abri des crues ou des inondations. Chaque ville ou chaque île convient de l'existence du danger, mais tend à se convaincre qu'elle y est moins exposée que les autres.

Nous avons recours à des modes de raisonnement différents selon que nous évaluons le risque d'autrui et le nôtre. Dans le premier cas, nous raisonnons en termes mathématiques ou statistiques et nous nous fions aux données officielles. Pour évaluer le risque d'un Français de divorcer, nous regardons la statistique de fréquence du divorce en France. Pour nous-mêmes, nous appliquons un mode de calcul plus singulier : nous tenons compte de nos caractéristiques et de nos comportements. La fréquence d'un phénomène n'influence que moyennement notre évaluation personnelle, teintée d'optimisme.

Florence Spitzenstetter, maître de conférences en psychologie sociale, travaille à Strasbourg sur les risques d'accidents du travail. Elle a montré que l'optimisme comparatif pouvait, dans certaines situations professionnelles dangereuses, être mauvais conseiller. Cet optimisme comparatif protège le salarié du stress, mais il met en péril sa sécurité objective. On ne peut travailler dans certains secteurs d'activité en pensant en permanence que l'on va se couper, se brûler, tomber ou se faire écraser par un engin. L'une des manières, inconsciente, de supporter ces risques est de les minimiser et de se percevoir comme moins en danger que ses collègues. Cette attitude permet à chacun d'appréhender de façon plus sereine son environnement. Les salariés se montrent d'autant plus exagérément optimistes que leurs conditions de travail sont menaçantes. Plus les accidents du travail sont graves et fréquents dans une entreprise, plus on se défend du stress en s'estimant protégé.

F. Spitzenstetter a évalué l'optimisme de 188 employés d'une miroiterie. Ils évoluent dans un environnement particulièrement dangereux : ils peuvent tomber et se couper sur le verre qu'ils travaillent. La chercheuse a différencié le risque personnel d'accident et le risque général en posant deux questions : « Selon vous, quel est votre risque d'avoir un accident ? » et : « Selon vous, quel est le risque pour vos collègues d'avoir un accident ? » Il en ressort que les ouvriers de la miroiterie utilisent particulièrement la défense par optimisme comparatif : ils considèrent que leur risque d'être confrontés à un accident du travail est inférieur à celui de leurs collègues. Cette défense concerne tous les accidents, qu'ils soient graves ou bénins.

Cet optimisme comparatif, on l'imagine bien, ne facilite pas la prévention. Comment demander à quelqu'un qui se croit à l'abri de tout danger de se protéger ? C'est dans les cas où ils doivent se sentir le plus concernés (par les accidents graves et fréquents) que les individus marquent le plus de différence entre leur propre risque et le risque global. Ils considèrent les protections comme nécessaires pour leurs collègues mais pas pour eux-mêmes. Les campagnes de prévention doivent intégrer cette donnée et diffuser une information réaliste, sans pour autant faire sombrer dans le pessimisme. Une bonne stratégie de prévention fait appel à la notion de danger potentiel, tout en montrant que l'on dispose de moyens de protection. Elle essaie de donner un sentiment de vulnérabilité – « Je suis un sujet à risque » –, en même temps que d'efficacité personnelle – « Je peux me protéger en changeant mon comportement » (Chappé et coll., 2007).

L'optimisme en excès ruine les joueurs de casino

Toute carrière de joueur d'argent commence par un gain important, un gros coup, un *big win*[1]. S'il attribue ce gain à sa cause réelle, le hasard ou un concours de circonstances, le joueur ne deviendra pas un forcené du jeu. Mais s'il fait montre d'un optimisme excessif et se croit plus fort que le sort, il entre dans une illusion de maîtrise qui le pousse à recommencer à jouer. Les joueurs les plus dépendants sont prisonniers d'une dangereuse illusion de contrôle. Tous les vrais joueurs ont leur technique et leur martingale, qu'ils croient infaillibles. Ils sont sûrs qu'en rejouant, ils prouveront aux autres et à eux-mêmes qu'ils sont plus forts que le hasard. La base du jeu d'argent excessif est ainsi un excès d'optimisme qui tourne à l'addiction.

1. Voir p. 77.

Le joueur trop optimiste croit qu'il peut et va gagner, en dépit de tout ce que devraient lui apprendre sa propre histoire et les lois de la statistique. Il est à la fois trop optimiste sur sa capacité à deviner l'avenir, et il a peur que sa bonne main passe. Il ne veut pas rater sa semaine de chance, il a plus peur de manquer une occasion de gagner que de perdre trop d'argent. Une fois qu'il a commencé à perdre, c'est encore par excès d'optimisme qu'il retourne au casino. Il ne compte pas ce qu'il perd. Une semaine de déveine ne l'incite pas à la modération mais à rejouer, pour confirmer son étrange optimisme.

L'optimisme vire en fin de compte à l'aveuglement : moins de 20 % des joueurs excessifs se considèrent comme en difficulté avec le jeu. Ils attribuent leurs pertes à des causes externes : la machine à sous ne fonctionnait pas bien, le jeu choisi n'était pas le bon.

Dès le XIXe siècle, T. Ribot décrivait le besoin de jouer et l'envie de gagner comme une forme d'optimisme passionnel. Le jeu est une chasse dont le gibier est l'or, et le trophée l'honneur d'avoir triomphé. Elle est riche en émotions : plaisir de la victoire, douleur de la défaite, esprit de revanche, exaltation et dépression. Tout cela constitue un état de perpétuelle alerte qu'on nomme « la fièvre du jeu ». Tout l'effort de l'individu est limité, concentré sur un point unique : gain ou perte, victoire ou défaite. Ainsi, quelques idées fausses et la superstition donnent envie de jouer et de nier le poids du hasard et font perdre beaucoup d'argent à celui qui ne peut les remettre en question. La thérapie qui l'aide le plus est une thérapie d'énonciation. Elle lui fait repérer, prononcer à haute voix, puis corriger une à une ses pensées automatiques en relation avec le sort et l'optimisme.

OÙ EN ÊTES-VOUS ?

Êtes-vous trop optimiste quand vous jouez avec votre argent et avec le sort ?

Si vous vous reconnaissez dans ces croyances erronées, il me paraît urgent que vous les remettiez en question, faute de quoi vous risquez de vous précipiter sur un site de jeux en ligne ou dans un casino, persuadé (à tort, bien sûr) que vous allez gagner.

- J'établis des causalités et des raisonnements magiques : si j'ai gagné trois jours de suite, j'ai plus de chances de gagner un quatrième jour.
- Je construis des stratégies à partir des suites de chiffres : j'étudie les lois des séries et je mets au point des martingales.
- Je comprends mieux que les autres la manière dont les numéros se suivent, à la loterie ou au casino.
- J'ai l'impression de jouer comme un professionnel en cherchant un système de gains imparable. Je ne joue, par exemple, qu'une fois sur cinq, et toujours le même numéro.
- Je valide des hypothèses ou des pronostics. Je suis surpris par certaines suites de chiffres ou de couleurs. Je fais habituellement des prédictions sur le hasard.
- Je personnifie la machine à sous quand je joue. J'éprouve pour elle de l'affection ou de l'énervement. J'ai l'impression de la comprendre et de communiquer avec elle. Je crois qu'elle me délivre des messages personnels, qu'elle m'aime ou me fait du mal. Je ressens aussi la manière dont les chevaux vont ou non faire leur course.
- Je me félicite de mes gains et me reproche mes pertes. Je n'y vois pas l'effet du hasard mais celui de mon talent.
- Je connais mieux que quiconque la science des probabilités. Je sais qu'il est possible de prévoir les numéros qui vont sortir.
- J'ai des semaines de veine, des tours ou des levées qui me sont favorables et qu'il ne faut pas laisser passer.

L'optimisme irrationnel est appelé en psychologie « pensée magique ». Les joueurs optimistes en usent et en abusent. Ils soufflent sur les dés pour leur transmettre leur potentiel de chance ou frottent un objet fétiche comme une patte de lapin. Ils espèrent que la chance de l'objet va les envahir. Certains portent le maillot d'une équipe victorieuse pour être des champions du casino ! La croyance dans le « pouvoir-gagner » n'abandonnera jamais les plus joueurs et ce, quel que soit le montant de leurs dettes. Un de mes patients, ruiné, sans logement ni famille, m'a dit : « Quand je fais le bilan de ma vie, je trouve que je n'ai vraiment pas manqué de chance. »

Les grands dépensiers sont d'autres optimistes incorrigibles. Ils croient trop au pouvoir des objets au moment où ils les achètent, et pas assez aux messages de leur banque. Ils imaginent qu'avec une nouvelle veste ou une nouvelle cravate, leur vie va changer, que l'on va les regarder différemment. « Parce que je le vaux bien », croit l'acheteuse de parfums ou de vêtements de luxe. Comme les joueurs analysés précédemment, elle use de la pensée magique, elle veut qu'une grande marque lui donne un destin de star. Enfin, les dépensiers surestiment leur richesse : ils dépensent à hauteur de ce qu'ils croient posséder, plus qu'en fonction de l'état réel de leurs finances.

Les joueurs de loto sont des drogués de l'optimisme

Les joueurs optimistes ont tellement confiance dans le sort qu'ils surestiment la valeur de leur billet de loterie quand ils l'ont choisi eux-mêmes. Une expérience canadienne a comparé deux situations : des billets de loterie donnés sans possibilité de choix et des billets de loterie que les joueurs pouvaient choisir entre plusieurs liasses. Juste avant le tirage de la loterie, les propriétaires des billets avaient la possibilité de les revendre au prix qui leur paraissait le plus juste. Ceux qui avaient choisi leur billet le revendaient plus cher (ils étaient plus optimistes et croyaient plus en leur chance) que ceux qui avaient reçu un billet sans le choisir (Wohl, 2008).

Croire ou non aux effets toxiques de l'alcool ou du tabac

Il est des buveurs optimistes qui surestiment les effets bénéfiques de l'alcool sur leur santé et leur capacité de travail. Quand ils me parlent de l'alcool, c'est sous la forme d'un stimulant ou d'une potion magique. Cet excès d'optimisme les pousse à continuer de boire même quand l'alcool perturbe leur santé ou leur famille.

L'optimisme des fumeurs m'étonne toujours. Ils sont globalement pessimistes quand on leur demande d'envisager leur avenir avec le tabac. Mais ils ne croient pas être exposés aux dangers du tabac. Ce cocktail (si j'ose écrire) complexe d'optimisme et de pessimisme les inquiète, mais les empêche de se soigner. Ils toussent à cause de la fumée, certes, mais ils n'y voient pas une raison de se sevrer. Leur toux est banale. Elle est « une simple toux du fumeur ». Les statistiques sur le risque de cancer induit par le tabac ne les concernent pas. Ils sont protégés. Et puis ils ne fument pas comme les autres. Ils n'avalent pas la fumée, ils se limitent aux cigarettes légères, ils ne fument qu'avec leur café, etc. Tout est bon pour se croire invulnérable...

Le psychologue Björn Meyer a mesuré la tendance à l'optimisme chez 100 Anglais. Il a cherché une corrélation entre cet optimisme et le risque de devenir dépendant d'une drogue. Les Anglais les plus euphoriques étaient plus dépendants de l'alcool, des drogues, du café, du chocolat, de l'exercice, de la musique, d'Internet et du travail. Les hommes optimistes se tournaient plus vers l'alcool et le jeu. Les femmes exprimaient leur optimisme dans les dépenses. Les jeunes Anglais, quel que soit leur sexe, étaient plus dépendants de la musique, d'Internet et du shopping pendant leurs cycles d'euphorie.

Trouver le juste équilibre

Pour un individu comme pour une société, l'excès d'optimisme est dangereux et une pincée de pessimisme mobilise. L'anxiété permet de prendre la mesure des agressions, et de se préparer à se défendre ; pleurer mobilise son entourage autour de ses émotions ; les ruminations moroses sont parfois créatrices... à condition de ne pas durer trop longtemps. Elles permettent parfois de trouver des issues aux situations en apparence insolubles. Il n'est pas inutile de prendre du temps pour « digérer » ses doutes ou ses malheurs. Ce temps de repli possède une valeur adaptative et productive (Daniel Nettle, 2009). S'inspirant de la sagesse de l'Ecclésiaste – « Il y a un temps pour tout » –, les derniers travaux sur l'optimisme et le pessimisme prônent le bénéfice de l'alternance entre ces deux états. Un optimisme permanent conduit à l'hyperactivité désordonnée et ne laisse pas assez de temps à la réflexion. Un pessimisme constant n'est pas plus productif : il expose à la perte d'énergie, à l'absence d'envie et de plaisir. Le bien-être tient dans une alternance entre des moments d'optimisme et de pessimisme. Il tient aussi dans notre capacité à adapter le niveau d'optimisme ou de pessimisme, de gaieté ou de tristesse aux circonstances extérieures. La gaieté persistante au moment d'un deuil est une forme de maladie appelée « hypomanie de deuil ». La persistance du découragement, plusieurs mois ou années après un deuil, en est une autre, décrite sous le nom de « deuil impossible » ou de « deuil pathologique ».

Les anthropologues mesurent la manière dont la société avance grâce à ses déprimés et à ses pessimistes. Ils voient dans la dépression et le pessimisme une condition de la survie des civilisations. Le pessimisme, chez la femme notamment, augmenterait les besoins affectifs et émotionnels. Il pourrait inciter les femmes à s'engager dans une vie familiale et à faire des enfants pour se consoler ! Laissons aux anthropologues la responsabilité de cette explication de la maternité. Je n'en suis personnellement pas très convaincu, mais j'adhère à l'idée qu'un optimisme trop béat est dangereux.

Dans certaines civilisations, nous explique encore John M. Eagles, un médecin anglais du XIXe siècle, la morosité hivernale protège. Elle évite d'accomplir des actes inutiles ou dangereux, elle incite le groupe à ne pas affronter le froid et les dangers de la nature. Le pessimisme hivernal ressemble, par certains aspects, à l'hibernation des animaux. Ceux qui en sont atteints se replient sur eux-mêmes, ils dorment et mangent plus, et ne quittent leur foyer qu'en cas d'extrême nécessité. Cette phase de repli favorise la communication et les relations à l'intérieur de la famille. C'est dans cette lutte collective contre le pessimisme ambiant que se trouvent les origines des fêtes hivernales autour d'un feu, de lumières et de banquets.

J'insiste : ce n'est pas parce qu'une pincée de pessimisme est utile qu'il ne faut pas opter pour l'optimisme. Ce n'est pas parce que l'optimisme peut rendre imprudent qu'il faut s'en protéger en cultivant le pessimisme. L'objectif de la connaissance de soi reste l'acquisition d'un optimisme raisonnable. Construire soi-même son objectif me paraît bien préférable au fait de vivre en permanence avec pessimisme et tristesse.

FAIRE UNE CURE D'OPTIMISME EN TOMBANT (OU EN RETOMBANT) AMOUREUX

L'amour est bon pour le moral

C'est cette évidence qu'a cherché à prouver Serge Brand, qui travaille à Bâle (Suisse) dans un service de psychiatrie spécialisé dans la compréhension de la bonne humeur : les moments où nous sommes le plus optimistes sont ceux pendant lesquels nous sommes amoureux. Le principal euphorisant naturel, à la portée de chacun d'entre nous, est le coup de foudre. Fort de cette observation pleine de bon sens, S. Brand s'est intéressé au coup de foudre chez l'adolescent. Les psychologues bâlois ont rencontré 113 adolescents âgés en moyenne de 18 ans : 72 jeunes femmes et 41 jeunes hommes, inscrits pour la plupart dans des écoles supérieures.

Le coup de foudre crée des modifications du corps et de l'esprit. On retrouve chez l'amoureux (excusons le catalogue qui a des airs un peu surréalistes) : des mains moites, une accélération du rythme du cœur, une augmentation de l'énergie, une hyperactivité du système nerveux sympathique. Les pensées changent aussi : l'attention se fixe – fort heureusement, me direz-vous – sur l'objet de l'amour ; tandis que le désir sexuel devient particulièrement important. Il est fait de possessivité et parfois de jalousie. Par amour, le sentiment d'altruisme s'exacerbe, avec l'apparition de l'envie de mourir pour celui ou celle que l'on aime. On retrouve, comme chez le drogué, une envie irrépressible, non pas en l'occurrence d'alcool ou de tabac, mais de rencontre avec l'être aimé. Notre psychologue suisse compare cet optimisme et cette euphorie aux effets de la cocaïne, avec une perte d'appétit, une augmentation de l'énergie et une diminution du besoin de sommeil. Les amoureux, toxicomanes de l'optimisme ; le sentiment amoureux, *dealer* d'énergie : voilà une version des choses pour le moins... stupéfiante.

S. Brand trouve dans l'optimisme amoureux un formidable moteur d'énergie nouvelle, une excitation permanente et une augmentation de l'estime de soi. Il a mesuré l'obsession amoureuse par les questions suivantes : « Combien de fois pensez-vous à votre amoureux par jour ? », « Pouvez-vous résister à l'envie de penser à votre amoureux en permanence ? ».

Première nouvelle, bien rassurante : les adolescents suisses sont aussi romantiques que les autres (97 % d'entre eux avaient été frappés par un coup de foudre). Quand S. Brand a recherché chez eux les signes d'optimisme, il les a retrouvés : plus actifs, plus énergiques, ils avaient une plus grande confiance en eux et en leur avenir. Ils dépensaient plus d'argent et ressentaient plus de désir sexuel. Plus ils étaient obsédés par leur petit(e) ami(e), moins ils dormaient pendant la nuit. Le fait d'être amoureux, très optimiste et enjoué ne diminue cependant pas le temps consacré à écouter de la musique, à regarder la télévision, à lire, à surfer sur Internet, à téléphoner, à boire de l'alcool ou à prier... Le coup de foudre donne plus d'énergie sans troubler la concentration ni disperser l'esprit.

Voilà un état dont il faut savoir retrouver de temps à autre les effets. J'invite ceux qui l'ont oublié à faire un effort sur eux-mêmes pour se rappeler le temps où ils étaient follement amoureux. C'est un accélérateur de leur couple comme de leur optimisme. Et il est bon de se rappeler qu'un nouveau coup de foudre est toujours possible.

Combien de temps dure l'optimisme amoureux ?

Avec une précision toute scientifique, S. Brand s'est demandé combien de temps dure cette euphorie. Entre un et trois ans, répondent ceux qui se sont prêtés à cette étrange mesure. Chez les adolescents de Bâle, il a duré moins longtemps, en moyenne cinq mois. L'intensité de la relation amoureuse commençait à diminuer après treize mois. Au bout de sept mois déjà, ils retrouvaient un sommeil normal. Si l'on regarde de plus près le sommeil des jeunes amoureux, on s'aperçoit qu'ils dorment moins, mais qu'ils se sentent plus relaxés, moins fatigués, et qu'ils se concentrent tout aussi bien que ceux qui dorment plus. Leur histoire d'amour leur insuffle un surcroît d'énergie. Enfin, le psychiatre suggère que ces adolescents enflammés ont très régulièrement une activité sexuelle avant de s'endormir, ce qui pourrait expliquer la qualité de leur sommeil...

L'unique incidence gênante de l'euphorie amoureuse, dans la vie professionnelle ou scolaire, est le temps passé dans la journée à penser à la personne que l'on aime et au moment où l'on va la revoir. Faudra-t-il imaginer de nouvelles thérapies où l'on travaillera sur l'amour en tant qu'euphorisant miracle ? Le risque serait grand de voir l'effet du coup de foudre s'affadir s'il perd sa spontanéité.

C'est par le bouleversement imprévu de l'existence, des croyances et des valeurs que se réalisent les effets bénéfiques de l'amour.

Les adolescents de S. Brand donnent une leçon de modestie aux thérapeutes (et je ne m'exclus pas du lot) : les principales modifications des états d'âme ne viennent pas toujours de l'action d'une psychothérapie, mais d'une rencontre qui change notre vie. Le principal effet des psychothérapies consiste à aider à se rendre disponible pour « la bonne rencontre », celle qui va apporter l'optimisme. Les plus pessimistes ne croient pas qu'une telle rencontre puisse leur arriver, d'autres redoutent tant les contacts qu'ils s'éloignent de celles et ceux dont ils pourraient s'éprendre. La peur de l'échec ou de la nouveauté, enfin, tend à empêcher ou faire échouer bien des histoires sentimentales. On peut, dans le cadre d'une relation de confiance, faire tomber un à un tous ces obstacles et réapprendre tant la disponibilité amoureuse que la confiance en soi.

FAIRE UNE CURE D'OPTIMISME EN SORTANT DE CHEZ SOI ET EN CHANGEANT D'AIR

Sortir de chez soi rend optimiste

Il faut sortir pour trouver de nouvelles réserves d'optimisme. Une promenade, une course, un voyage, voilà des expériences qui nous exposent à la lumière et au plaisir de la nouveauté. Ce qui dépayse rend optimiste en nous montrant que d'autres expériences, d'autres pensées, d'autres émotions sont à notre portée. Toutes les occasions de sortir sont bonnes à prendre. Vous réveillez vos muscles et votre cerveau, vos émotions et votre intelligence. On rentre toujours un peu plus riche et un peu plus optimiste qu'on ne l'était avant de sortir de chez soi.

La lumière du soleil rend optimiste, mais la pluie ne rend pas dépressif

Blaise Pascal ne croyait pas aux effets des saisons sur l'humeur : « Le temps et mes humeurs, écrivait-il, ont peu de liaisons : j'ai mes brouillards et mon beau temps au-dedans de moi, le bien et le mal de mes affaires mêmes y fait peu[1]. » Les progrès de la chronobiologie donnent tort au philosophe... À condition d'y être un peu attentifs, nous faisons l'expérience de l'action de la lumière sur notre optimisme. Chacun ressent l'euphorie printanière et un certain abattement quand les jours raccourcissent et que le ciel est gris. Le pessimisme hivernal est souvent décrit par ceux qui en souffrent comme un accès de fatigue et de tristesse. Les symptômes de ce pessimisme – excès de sommeil, augmentation de l'appétit et repli sur soi – ressemblent à ce que l'on observe chez les mammifères qui hibernent. Le printemps, à l'inverse, est un moment de renaissance qui fait perdre la tête et plonge dans une plus ou moins douce euphorie. Les pays du Nord, d'ailleurs, fêtent le retour du soleil et des longues journées avec des accès d'exaltation collective.

La fluctuation de l'optimisme selon les saisons existe mais elle n'est pas une fatalité. Certaines constantes ont cependant été observées. Celles et ceux qui souffrent le plus du changement de saison sont ceux qui interrompent en hiver toute activité physique. Ce sont aussi ceux qui raisonnent en « tout ou rien », et se persuadent que le petit désagrément d'une matinée qui commence dans le froid ou la brume sera suivi d'une journée entière de tristesse. La fluctuation saisonnière de l'humeur touche entre deux et quatre fois plus les femmes que les hommes. Les femmes y sont d'autant plus sensibles en période d'activité génitale. Après la ménopause, le risque de fluctuation de l'humeur redevient égal dans les deux sexes. Plus on est cultivé et diplômé, plus on est sensible aux variations de la lumière. Les femmes et les hommes les plus créatifs sont aussi ceux dont l'humeur est la plus sensible à l'envi-

1. B. Pascal, *Pensées*, Le Livre de Poche, 2008.

ronnement, ceux dont l'optimisme est le plus dépendant de la lumière.

Les expéditions polaires permettent d'observer de manière expérimentale les effets des saisons et de la lumière (Palinkas, Suedfeld, 2008). Il n'est pas rare que l'un des membres de l'expédition cède à un accès de pessimisme climatique. Il arrive même que l'ensemble des explorateurs sombre dans la morosité, rêve de soleil et de retour au foyer. Les cycles de jour et de nuit deviennent de plus en plus longs à mesure que l'expédition se rapproche du pôle. Six mois de lumière alternent avec six mois de nuit, les effets du froid et de l'isolement s'ajoutant à ceux de l'obscurité. En 1898, l'équipe de Frederic Cook s'est effondrée à cause du manque de lumière. F. Cook a écrit dans son journal de bord : « Un nuage d'obscurité est tombé sur nous. Une désolation glacée nous envahit. Les hommes qui m'entourent restent assis, tristes, désespérés. Chacun a perdu son enthousiasme et son optimisme. » Le capitaine a bien vu que le manque de lumière était en cause dans l'épidémie de pessimisme frappant les membres de son équipage, et il a tenté de compenser ce besoin en leur faisant regarder la lumière de feux qu'il allumait sur la banquise. Ce remède improvisé a été la première expérience de traitement du pessimisme saisonnier par la lumière. Un autre équipage a eu moins de chance que celui de F. Cook : l'expédition Greely a sombré dans un tel désespoir à cause du manque de lumière que les explorateurs se sont suicidés ou se sont livrés au cannibalisme. Sur un groupe de vingt-cinq hommes, seuls six ont survécu. Impressionnant. Voilà une histoire à ne pas lire en automne !

Les explorateurs polaires sont en proie à de grands moments de découragement, persuadés qu'ils risquent de mourir sans revoir leur famille. Ils doutent de leurs

CONSEIL PSY

Prévenir et guérir la perte d'énergie de l'hiver

Nos activités doivent s'adapter au changement climatique pour garder en toute saison un bon niveau d'optimisme :
- profiter des temps même brefs d'exposition au soleil ;
- trouver des activités physiques compatibles avec l'hiver ;
- positiver ce changement de saison en y trouvant l'occasion de se préparer aux émotions et aux sorties du printemps.

capacités et se demandent s'ils ont vraiment eu raison de s'engager dans une telle aventure. Le pessimisme polaire rend nerveux et agressif, la moindre difficulté peut dégénérer en conflit, et chacun pense que son compagnon a une tâche plus facile que la sienne. Plus l'expédition quitte la lumière, plus les réactions de découragement sont fréquentes. Des programmes psychologiques spécifiques sont maintenant proposés aux explorateurs en manque de soleil, et les organisateurs choisissent enfin des profils de personnalité plus à même de s'adapter au manque de lumière et à l'isolement. L'idéal est d'être fortement motivé, âgé de plus de 30 ans, résistant à l'angoisse et à la dépression, introverti mais adapté socialement. Les extravertis et les pessimistes supportent moins l'expédition polaire en raison de la solitude qu'elle impose. Les silencieux résistent mieux... Ils s'inventent des soleils intérieurs et trouvent des raisons intimes de rester optimistes.

LES OPTIMISTES GARDENT PLUS LEUR AMOUREUX QUE LES PESSIMISTES OU LES JALOUX

Si les pessimistes sont aussi exigeants en famille, c'est qu'ils sont jaloux et ont peur d'être abandonnés. Ils imaginent le pire et ont la passion de savoir ce que fait la personne qu'ils aiment, tout en étant presque sûrs de découvrir des nouvelles qui vont les peiner. Les pessimistes jaloux cherchent la confirmation de leurs sombres pressentiments. Et quand un conflit – même banal – arrive, ils le voient comme une catastrophe et n'imaginent pas qu'une crise conjugale va pouvoir se résoudre. Leur prédiction négative a un effet « auto-réalisateur » : les pessimistes ont des raisons de s'inquiéter de leur situation conjugale, qu'ils rendent effectivement difficile par leur manque de confiance.

La peur pessimiste de l'abandon a été décrite par la psychanalyste suisse Germaine Guex, sous le terme d'« abandonnisme ». Je suis frappé par la justesse de cette description, et je retrouve souvent chez ceux qui n'arrivent pas à s'installer dans une relation amoureuse le complexe de l'abandon. Les pessimistes attendent beaucoup (et même trop) de leur entourage. Je m'en aperçois quand l'un d'eux me raconte sa vie et se plaint de ne pas être assez écouté ou aimé. Sa méfiance et son avidité épuisent.

Les pessimistes les plus malheureux ne disent pas ce qu'ils veulent et se plaignent de ne pas être satisfaits.

Une patiente de G. Guex, âgée de 20 ans, doute des preuves d'affection de ses amis, de ses parents et de ses amoureux. Elle passe du découragement (« On ne m'aime pas assez ») à la révolte (« On se moque de moi »). Elle met à l'épreuve ses amis et ses collègues pour savoir s'ils tiennent vraiment à elle. Quand son patron la trouve fatiguée et lui propose un congé, elle refuse. En fait, elle en a envie, mais elle attend qu'il insiste pour accepter.

Elle fait ensuite la connaissance d'un jeune homme qui lui plaît. Une sympathie réciproque s'installe, le jeune homme désire l'emmener au cinéma. Une fois encore, elle dit non. Elle espère que le jeune homme percevra le sens caché de son refus et qu'il insistera, pour qu'elle puisse céder à ce dont elle meurt d'envie. Finalement, il ne le fait pas et elle en ressent une vive déception. Quelque temps après, le jeune homme l'invite à aller danser. La demoiselle pessimiste refuse encore. Quand elle apprend qu'il est allé au bal avec une de ses camarades, elle en est très fâchée et imagine une ultime épreuve. Comme elle a l'habitude de rencontrer le garçon dans un cours du soir, elle décide de changer de classe. Elle espère que, cette fois-ci, il s'étonnera, s'inquiétera et la cherchera dans l'autre classe. Mais comme on s'en doute, rien de cela ne se passe : elle reste seule et la suite de son histoire la conforte dans son pessimisme.

M. Z. est lui aussi malade de son pessimisme. Choyé dans son enfance sur le plan matériel, il n'a pas été reconnu dans ses émotions. Ses parents, nourris de principes altruistes, se sont davantage intéressés à leur entourage qu'à leurs enfants. Marié, M. Z. ne peut accepter que sa femme reçoive des amis. C'est pour lui le signe qu'elle ne l'aime pas et va finir par l'abandonner. Quand elle invite à dîner, M. Z. rentre immanquablement dans un état de fatigue insurmontable, se sent mal, angoissé, énervé. Si l'angoisse est trop forte, aucune supplication de sa femme ne peut l'amener jusqu'au salon. À peine rentré, il se met au lit, se plaint et boude comme un enfant, retenant le plus possible sa femme à son chevet.

Une autre pessimiste, Mme V., entre chez son psychiatre pleine d'anxiété. Elle ne dit pas un mot, puis s'explique en pleurant : « Je vous ai entendu rire... Vous deviez vous moquer de moi. » Arrivée en avance, elle a entendu un éclat de rire durant la fin de la séance précédente. Elle a aussitôt revécu son passé : « Ma mère riait aussi avec mes frères et sœurs aînés. Ils étaient bien plus intelligents que moi. Ma mère les préférait. Moi, la petite, j'étais bonne pour les réprimandes, les énervements. » Et maintenant tout recommence.

Toutes ces histoires ont bien fini : on guérit du pessimisme abandonnique. Ceux qui en sont atteints peuvent adopter une nouvelle relation à l'autre. Plus confiants, ils ont moins besoin de tester leurs proches, de vérifier que l'on tient toujours autant à eux. Ils ont pu corriger point par point chacune des causes de leur pessimisme, souvent venu de l'enfance. Leur histoire est utile à tous, tant nous partageons le besoin d'être devinés et satisfaits même quand nous ne demandons rien.

Comprendre ses comportements ne consiste pas à contempler tristement ses échecs, mais à identifier ce qui peut changer pour rendre à sa vie intime plus de légèreté. Rien n'est jamais perdu en amour ou en amitié. J'en fais chaque jour l'expérience : celui ou celle qui se reconnaît et se comprend a déjà fait la moitié du chemin sur la voie du changement positif.

CONSEIL PSY

Quelques idées simples pour sortir du pessimisme amoureux et de la jalousie

Renoncez à penser en « tout ou rien », et à l'exigence d'une satisfaction sans limites du besoin d'amour.
Le pessimiste ne peut aimer de façon simple. Il tyrannise, il exige, il revendique sans cesse. Frustré dans l'enfance et n'ayant jamais pu accepter cette frustration, il a (selon lui) droit à toutes les réparations. Apprendre qu'une relation amoureuse ne se brise pas à la moindre incompréhension sera utile pour doper son optimisme.

Ne plus espérer être deviné et compris quand on ne dit rien.
Le pessimiste n'extériorise pas, n'exprime pas clairement ses désirs ou ses peines. Il cultive l'espoir que l'être aimé prouvera son intérêt et son attachement pour lui en les devinant. Il peut ainsi provoquer l'autre, le mettre à l'épreuve, pour démontrer son amour imparfait. Il prêche le faux (« Je suis sûr que tu ne tiens pas à moi ») pour être contredit. Il simule de l'indifférence ou oppose de faux refus (« Je ne veux pas que tu t'intéresses à moi »). Il n'y a à tout cela qu'une réponse : Communiquer ! Exprimer, sans agressivité et sans honte, ce qui nous fait plaisir ou envie.

Chercher les vraies intentions sans suspicion.
La méfiance est aussi mauvaise conseillère que le pessimisme. Elle fait considérer les paroles gentilles comme trompeuses, et les plus banales comme menaçantes. La méfiance empêche de comprendre les émotions et sentiments de ceux que l'on aime ou qui nous aiment. Elle a besoin de compliments répétés et exige de l'être aimé une ponctualité absolue, une passion exclusive, une régularité dans la douceur. Aucun faux pas n'est toléré ni tolérable.

Les empêchements, les causes de retard, on ne les comprend pas, on ne les excuse pas, on ne les tolère pas. Une fois encore, le pessimiste attend – et ne trouve que rarement – une preuve d'amour complète. Orgueilleux sans se l'avouer, il ne supporte pas que l'on inflige un démenti à son désir de maîtrise. En commençant à développer sa lecture des émotions, il comprend mieux le comportement de celui ou celle qu'il aime. Il se met à sa place, lui trouve des excuses et apaise dans un même temps ses relations avec ses amis et ses collègues.

Ne pas exiger un attachement absolu... surtout si on veut un jour l'obtenir.
Il est bien malheureux, celui qui aspire à tout partager avec l'être aimé, à tout savoir, à tout connaître de lui. Il croit se protéger contre une infidélité toujours possible, mais ce faisant, il s'isole et se rend insupportable. L'attachement pessimiste, trop exclusif, est régulièrement déçu. C'est en demandant moins, en cessant d'exiger que l'on commence à recevoir.

Arrêter de tout prévoir.
Certains craignent tellement les séparations qu'ils ne s'autorisent pas à vivre la moindre aventure amoureuse ou même amicale. Ils se méfient et se tiennent sur leurs gardes. Selon eux, mieux vaut briser ses grands élans, ainsi on ne sera pas déçu. Après un échec, c'est décidé, on ne les y reprendra plus. Il y a ici une répétition du « c'est lui qui a commencé » auquel recourent les enfants. Celui qui est conscient des erreurs qu'il commet, peut trouver une nouvelle manière d'aimer, moins pessimiste et moins exigeante.

Ne pas anticiper les ruptures.
Les pessimistes préfèrent éviter l'abandon en partant les premiers. Ainsi ils évitent le désaccord et l'opposition,

en restant seuls ou en ne disant rien. Leur protection n'en est pas une et ils peuvent « lâcher pour ne pas être lâchés », « détruire pour ne pas avoir à perdre ». Le pessimiste amoureux préfère (si j'ose dire) anticiper le malheur, pour ne pas être pris de court, et prendre les devants dans les séparations.

L'OPTIMISME PROTÈGE DES MALADIES DU CORPS ET DE L'ESPRIT

Les définitions classiques de la santé ont longtemps été simples. Selon le chirurgien français René Leriche, la santé c'est « la vie dans le silence des organes ». Avec les progrès de la médecine et le nombre croissant de menaces pesant sur nous, le silence des organes ne suffit plus. Même les optimistes s'inquiètent et se demandent si le Knock de Jules Romains n'avait pas raison quand il disait que la santé est un état transitoire et précaire qui ne laisse présager rien de bon...

On est aujourd'hui autant exposé au pessimisme et aux effets pervers du principe de précaution qu'aux vraies maladies. Combien d'entre nous sont des victimes potentielles de la grippe aviaire ou porcine, des catastrophes climatiques, de la crise économique et du terrorisme ? Et que dire de la médecine génétique préventive, qui peut déceler sur nos chromosomes un allèle qui nous fera passer dans la zone des personnes à risque, c'est-à-dire presque déjà malades ? La santé, on le voit, n'est plus seulement une question objective. Elle ne se limite pas à l'absence de maladie. Elle dépend de l'état de confiance en soi et d'espoir dans le futur. Il faut chaque jour plus d'optimisme pour ne pas se sentir malade. Dès 1976, les représentants de l'American Medical Association déclaraient, devant une commission sénatoriale, que 60 à 70 % des patients consultant leur médecin généraliste sont avant tout stressés, pessimistes, et inquiets à l'idée d'être malades.

Avec l'accès généralisé à l'information médicale en ligne, les pessimistes « cybercondriaques » ont tôt fait de se découvrir des maladies rares, même si leur médecin traitant les trouve en pleine forme. Ils échangent symptômes et traitements sur des forums dédiés au catastrophisme de ceux qui sont sûrs que la médecine ne leur dit pas tout. Les « cybercondriaques », adeptes à l'occasion de la théorie du complot (on nous ment, on nous cache des choses), ils cherchent en ligne une explication à chacun de leurs symptômes physiques. Ils choisissent des aliments qui les soignent (plutôt les vitamines que le bon goût) et sont les premiers volontaires pour tester un régime ou une hormone dont ils attendent des miracles. Leur pessimisme vire à l'imprudence quand il s'agit d'essayer une molécule censée les guérir de maux qu'ils n'ont pas, ou les aider à se sentir plus jeunes ou plus en forme. Les pessimistes modernes aiment aussi les guides de survie. Le manuel *Scénario catastrophe ! Questions de survie* décrit toutes les situations dangereuses de la vie, et propose des moyens pour y faire face. Le livre se glisse dans une poche ou, selon le conseil des auteurs, dans la boîte à gants de la voiture. Il vous explique comment pratiquer une trachéotomie, accoucher un bébé dans un taxi ou manipuler un colis piégé. Il vous indique aussi l'attitude idéale (encaisser à l'oblique) si vous recevez un coup de poing dans l'estomac…

Le complexe des cybercondriaques et des anxieux de la santé n'est pas une vraie maladie, mais un symptôme de pessimisme mâtiné de technologie. Les joies quotidiennes ne résistent pas quand on pense trop à l'issue fatale de la vie. La peur de la mort, selon le beau mot de Bossuet, « offusque tout de son ombre ». Le pessimiste fait de la santé un sursis : « Hélas, nous ne pouvons arrêter un moment les yeux sur la gloire de la Princesse, sans que la mort s'y mêle aussitôt pour tout offusquer de son ombre ! Ô mort, éloigne-toi de notre pensée, et laisse-nous tromper pour un moment la violence de notre douleur par le souvenir de notre joie[1]. »

L'hypochondriaque pessimiste voit des menaces partout : dans l'air qu'il respire (entre les pollens et la pollution), la nourriture, les médicaments qu'il prend et ceux qu'il ne prend pas. Il pourrait faire sien le pessimisme de Pascal affirmant que « la mort qui nous menace à chaque instant doit infailliblement nous mettre dans peu d'années dans l'horrible nécessité d'être ou anéanti ou malheureux[2] ». À table, le pessimiste ne choisit pas ce qu'il aime, mais ce qui le protégera, ce qui est bon pour lui. La nourriture ne se partage pas entre bonne et mauvaise, mais entre saine et malsaine. La table se doit de ressembler à une pharmacie, avec ses aliments médicaments qui soignent plus qu'ils ne ravissent le palais.

Proust, avec sa tante Léonie, a mieux que quiconque décrit l'impossible communication entre le pessimiste et ceux qui l'approchent, les médecins au premier chef, mais aussi sa famille et ses amis. La tante Léonie avait pris l'habitude de penser tout haut. On l'entendait souvent se dire à elle-même : « Il faut que je me rappelle bien que je n'ai pas dormi. » Elle congédiait deux catégories de visiteurs :

« [...] ceux qui lui conseillaient de ne pas "s'écouter" et professaient, fût-ce négativement et en ne le manifestant que par certains silences de désapprobation ou par certains sourires de doute, la doctrine subversive qu'une petite promenade au soleil et un bon bifteck saignant (quand elle gardait quatorze heures sur l'estomac deux méchantes gorgées

1. Bossuet, *Oraisons funèbres*, Gallimard, 2004.
2. B. Pascal, *Pensées, op. cit.*.

d'eau de Vichy !) lui feraient plus de bien que son lit et ses médecines. L'autre catégorie se composait des personnes qui avaient l'air de croire qu'elle était plus gravement malade qu'elle ne le pensait, qu'elle était aussi gravement malade qu'elle le disait. Aussi, ceux [...] qui, au cours de leur visite, avaient montré combien ils étaient indignes de la faveur qu'on leur faisait en risquant timidement un : "Ne croyez-vous pas que si vous vous secouiez un peu par beau temps", ou qui, au contraire quand elle leur avait dit : "Je suis bien bas, bien bas, c'est la fin, mes pauvres amis", et qu'ils lui avaient répondu : "Ah ! quand on n'a pas la santé ! Mais vous pouvez durer encore comme ça", ceux-là, comme les autres, étaient sûrs de ne plus jamais être reçus. [...] En somme, ma tante exigeait à la fois qu'on l'approuvât dans son régime, qu'on la plaignît pour ses souffrances et qu'on la rassurât sur son avenir[1]. » On ne saurait mieux dire le mélange de plaisir et d'angoisse que représente le pessimisme médical.

Quand Béralde, dans *Le Malade imaginaire* de Molière, tente de convaincre son frère Argan qu'il n'est pas si malade, on voit également s'opposer pessimisme et optimisme. Ils s'écoutent sans s'entendre et s'affrontent sans se convaincre :

« J'entends, mon frère [dit Béralde], que je ne vois point d'homme qui soit moins malade que vous, et que je ne demanderais point une meilleure constitution que la vôtre. Une grande marque que vous vous portez bien, et que vous avez un corps parfaitement bien composé, c'est qu'avec tous les soins que vous avez pris, vous n'avez pu parvenir encore à gâter la bonté de votre tempérament, et que vous n'êtes point crevé de toutes les médecines qu'on vous a fait prendre.

— Mais [dit Argan], savez-vous, mon frère, que c'est cela qui me conserve, et que monsieur Purgon dit que

1. M. Proust, *À la recherche du temps perdu, op. cit.*

je succomberais, s'il était seulement trois jours sans prendre soin de moi ? [...] Mais enfin, venons-en au fait. Que faire donc quand on est malade ?

— Rien, mon frère.

— Rien ?

— Rien. Il ne faut que demeurer en repos. La nature, d'elle-même, quand nous la laissons faire, se tire doucement du désordre où elle est tombée. C'est notre inquiétude, c'est notre impatience qui gâte tout, et presque tous les hommes meurent de leurs remèdes, et non pas de leurs maladies.

— Mais il faut demeurer d'accord, mon frère, qu'on peut aider cette nature par de certaines choses.

— Mon Dieu ! Mon frère, ce sont pures idées, dont nous aimons à nous repaître ; et, de tout temps, il s'est glissé parmi les hommes de belles imaginations que nous venons à croire, parce qu'elles nous flattent et qu'il serait à souhaiter qu'elles fussent véritables[1]. »

Béralde, malgré tout son bon sens ne pourra convaincre Argan du fait qu'il est en bonne santé. Il faut plus que des conseils raisonnables pour dépasser ses angoisses : il faut aussi en comprendre l'origine et changer les certitudes qui les entretiennent.

Les psychothérapies « anti-pessimisme médical »

Les thérapeutes comportementalistes donnent des leçons d'optimisme aux plus entêtés des pessimistes. Le psychothérapeute commence par établir une relation de

1. Molière, *Le Malade imaginaire*, acte III, scène 3, Le Livre de Poche, 2012.

confiance pour remonter aux origines du sentiment de fragilité. Il trouve les symptômes, en apparence bénins, qui l'alimentent. Cette première étape peut être longue, et sa réussite impose du tact et de la patience. Le temps d'après est celui de la formulation ou de la mise en parole. Là aussi, le changement a besoin de patience, les pessimistes ayant peur de l'avenir et aussi peur de leur propre pensée. Ce temps de la thérapie permet d'aller jusqu'au bout du raisonnement pessimiste pour le dépasser :

« D'où vient votre certitude d'être malade ?

— Quand je suis couché, j'ai mal à la tête. Quand j'ai mal à la tête, je me dis que je vais mourir.

— Quelles sont vos autres pensées ?

— Je suis angoissé. Je me jette sur les livres médicaux. Je me pèse plusieurs fois par jour.

— Comment essayez-vous de vous rassurer ?

— Je vais consulter mon médecin. Je lui demande de nouveaux examens.

— Quelles autres hypothèses pourraient expliquer votre mal de tête ?

— Je ne vois pas. »

Aussi étonnant que cela puisse paraître, des croyances – même anciennes – peuvent être changées. Ceux qui sont atteints de cette étrange maladie qu'est le sentiment de fragilité peuvent sortir de cet état. Encore faut-il qu'ils abordent le problème de la bonne manière, en changeant une ou deux de leurs certitudes et en arrêtant de faire des reproches à leurs pauvres organes qui ne vont pas si mal !

CONSEIL PSY

Les pessimistes apprennent l'optimisme en changeant leurs croyances. Voici quelques-unes des pensées médicales pessimistes que j'entends le plus souvent et que je m'emploie à corriger :

« Tous les changements dans mon corps sont le signe d'une maladie grave. »

« Si je ne consulte pas mon médecin aussi vite que possible, ce sera trop tard et je ne pourrai plus être soigné. »

« Il y a tellement de maladies dans ma famille que je ne peux y échapper. »

« Je suis faible [des poumons, du cœur...] depuis que je suis enfant et je le resterai. C'est mon destin. »

LES PERSONNALITÉS « ANTI-OPTIMISTES »

Certaines personnalités exposent au pessimisme. Il est important d'en connaître les signes pour tenter de les corriger. Il est en effet des relations au monde qui sont, si j'ose dire, mauvaises conseillères. Comme toujours en psychologie, rien n'est définitif et ces traits de personnalité se changent si l'on n'en nie pas l'existence et qu'on en cherche les causes.

La plus connue des personnalités « anti-optimistes » est le *typus melancholicus*. Il a été décrit dans les années 1960 par le psychiatre et philosophe allemand Hubertus Tellenbach. Cette personnalité pessimiste s'exprime dans quatre domaines.

Le goût de l'ordre

Le pessimiste voudrait que tout aille droit. Il est obsédé par sa conception personnelle de l'harmonie. Il ne goûte ni l'imprévu ni l'impolitesse. Il veut que chacun se cantonne à son rôle social et, comme on l'imagine, il est souvent déçu... Il veut aussi éviter les conflits. Ses phrases typiques sont :

– « Je suis là pour les autres, moi, je m'oublie » ;

- « Mon bonheur ne dépend que du bonheur de ceux qui sont autour de moi, je n'ai aucun plaisir personnel » ;
- « Je ne suis pas capable d'être en désaccord avec les autres » ;
- « Je préférerais abandonner ma carrière si je devais être en conflit avec l'harmonie de ma famille » ;
- « Je fais toujours de mon mieux pour être considéré comme quelqu'un de fiable, même si je dois renoncer à un grand projet ou un grand plaisir ».

L'excès de conscience

Le pessimiste *melancholicus* s'implique particulièrement dans son travail pour ne pas se sentir coupable. Il a besoin de dépasser ses limites pour se trouver acceptable aux yeux des autres et à ses propres yeux. Il dit souvent, au risque d'épuiser ses proches :

- « La chose la plus importante pour moi est d'avoir la conscience nette » ;
- « Il ne faut pas laisser une journée se terminer avant d'avoir réglé une dispute ou une querelle » ;
- « Pour éviter les critiques, je fais toujours mon travail et, si nécessaire, aussi celui des autres » ;
- « Quand je fais quelque chose de mal, cela me revient toujours à l'esprit, je ne peux pas me sentir en paix vis-à-vis de moi-même ».

L'hypernormativité

Le pessimiste mélancolique est incapable de modifier ou de transgresser les normes sociales. Il a de grands principes, qu'il applique sans une pointe d'humour. Il veut se comporter comme la société attend qu'il le fasse. Les phrases typiques de cette hypernormativité sont :

- « Je peux me tromper, mais j'essaie toujours essayer d'être cohérent » ;
- « Je trouve difficile de changer d'avis sur quelque chose » ;
- « Je me sens très concerné par mes devoirs sociaux » ;
- « Si l'on me fait des reproches, je me sens perdu » ;
- « Quand je fais quelque chose, je me demande souvent ce que les autres attendent de moi et si je suis à la hauteur ».

Le refus de l'ambiguïté ou des sentiments mêlés

La personnalité pessimiste ne peut pas supporter d'éprouver – ce qui est pourtant normal – des sentiments opposés, comme de l'affection et de l'antipathie pour une même personne. Elle n'est pas capable de percevoir en même temps les bons et les mauvais aspects d'un être, d'une situation ou d'un objet, et elle éprouve bien des difficultés à intégrer les contrastes. Raisonnant en « tout ou rien », elle se doit d'avoir un jugement tranché, quitte à exclure les nuances qui la gênent. Les phrases ou les croyances habituelles de cet état d'esprit sont :

- « J'ai besoin d'être rassuré sur les qualités des personnes qui sont autour de moi » ;
- « Je ne peux pas avoir de doute au sujet de quelque chose ou de quelqu'un » ;
- « Si une situation ébranle mes certitudes, je peux facilement être dans un état de crise ou m'énerver » ;
- « Je me sens comme paralysé quand je m'aperçois qu'une personne à qui j'ai fait confiance n'était pas aussi honnête que je l'avais cru » ;

– « Je me sens très mal quand quelqu'un que j'aime se comporte d'une manière à laquelle je ne m'attendais pas ».

Cette personnalité rend difficile la vie amoureuse, familiale et professionnelle. Rien n'est simple au quotidien pour un pessimiste constitutionnel[1]. Il se pose davantage de questions et est plus angoissé que les autres quand il doit choisir un métier ou un vêtement, un restaurant ou une destination de vacances. Son humeur est constamment morose. Ses coups de cafard durent plusieurs mois, et sa vie est dominée par la tristesse et l'impression d'être rejeté. Il se sent inadapté, inutile, a une faible estime de lui-même et se fait des reproches plus que de raison. Inquiet, il s'attend au pire. Enfin, il est négatif et critique vis-à-vis des autres, comme il l'est pour lui-même.

La base de ce pessimisme est l'excès d'exigence. Les pessimistes attendent trop d'eux-mêmes et des autres. Ils considèrent leur vie comme un échec parce qu'ils se fixent des objectifs impossibles à atteindre. Ces solitaires sont en fait des « sociotropes cachés », des affamés d'amour, de contact et d'amitié. Ils cherchent des relations rassurantes avec leur entourage et s'effondrent quand ils ne les trouvent pas. Ils investissent de manière tyrannique les échanges avec leurs collègues, leur famille, leurs amis et se placent régulièrement en situation de dépendance. Quand une relation se solde par un échec, qu'elle s'interrompt ou qu'elle les déçoit, ils trouvent des raisons supplémentaires d'être pessimistes. Champions de l'autocritique, ils se fixent des buts personnels inatteignables et se font des reproches quand ils n'y parviennent pas. Ils sont aussi dépendants de la récompense et trop présomptueux de leurs capacités, parce que trop consciencieux.

1. Voir p. 141 pour cette notion.

Le perfectionnisme

Les pessimistes perfectionnistes se reconnaissent à d'autres indices et croyances :

Ils sont altruistes à l'excès

On peut devenir pessimiste par excès d'isolement, mais l'on peut aussi alimenter son pessimisme par une incapacité à s'intéresser à soi et un besoin avide d'aider l'autre pour s'oublier soi-même. L'altruisme morose n'est pas un dévouement utile et qui donne du sens à la vie, mais une peur de l'autre qui conduit à s'oublier soi-même. Ce pessimisme altruiste est encouragé et honoré par la société comme une forme d'héroïsme ou de sainteté laïque. Il n'en est pas moins difficile de vivre avec, et encore plus de s'en défaire quand il devient douloureux.

Ils raisonnent en « tout ou rien »

Face aux objectifs qu'ils se sont fixés, les perfectionnistes ne négocient pas et ne transigent pas. Une réussite incomplète est un échec. Ainsi, une pièce imparfaitement rangée est forcément en désordre complet, une quinte de toux ou un souci ne sont pas des signes anodins. Il faut alors consulter et se soigner tout en se disant que c'est peut-être déjà trop tard ! C'est un grand progrès à faire vers le bien-être que de renoncer à ce raisonnement binaire et de laisser un peu de côté certaines certitudes.

Ils cherchent sans jamais l'atteindre le *self-control*, l'ordre et l'harmonie

Les perfectionnistes rêvent de maîtrise. Ils apprécient l'organisation et l'harmonie dans les moindres détails. Certains contrôlent leur sommeil : « Je me réveille et m'endors toujours à heure fixe. » D'autres surveillent leur niveau de stress : « J'organise ma vie pour être à tout instant parfaitement détendu. » Ils aspirent à une existence « zen », aussi bien tempérée que le clavier de Jean-Sébastien Bach. Mais comme ils n'y arrivent pas, ils se font des reproches et nourrissent encore plus leur pessimisme.

Ils vivent sur le mode de la performance

Ils veulent gagner sur tous les tableaux en organisant leur vie de famille et leur univers professionnel. Même la santé fait l'objet d'une compétition. Ils sont fiers des résultats de leurs analyses sanguines, du tracé de leur électrocardiogramme. Ils annoncent leur taux de cholestérol et leurs chiffres de tension artérielle comme des records personnels. Ils vous mettent au défi de les égaler. Ils sont les premiers à vouloir tester leur intelligence, leur quotient intellectuel ou émotionnel, leur aptitude au bonheur, leur indice de réussite sexuelle ou conjugale. Là encore, ils espèrent être les meilleurs, tout en étant persuadés du contraire. Seule la performance semble capable de restaurer, pour un temps seulement, leur image intime défaillante.

Le perfectionnisme sexuel est également à l'origine de bien des désagréments. Il conduit à appliquer des techniques, des recettes, comme en cuisine, à essayer consciencieusement le plus possible de pratiques « complexes ». Le perfectionniste sexuel est un homme de bilan. Il évalue son couple, son potentiel érotique et sa qualité de jouissance. Il note en secret ses ébats et mesure le degré d'engagement de son partenaire. Il cherche des échelles et des tests qui lui permettront de mesurer son quotient érotique et son rendement de volupté.

Ils sont obsédés par leur santé

Même à sa façon de manger, on reconnaît le pessimiste perfectionniste. Il mâche longuement et « consciencieusement ». Il préfère le pain « diététique » et les aliments bio, il ne mange en confiance que ce qui augmente son capital santé et sa longévité supposée. À l'occasion, il complète son alimentation avec des vitamines ou des hormones de jouvence. Mais il craque de temps à autre. Après quelques jours de nourriture contrôlée, il s'offre une « grande bouffe » mêlant graisses, sucreries et fast-food, au risque de s'exposer à une authentique obésité. Quand il a fini de maltraiter son corps par la nourriture, il entre dans une salle de musculation, version moderne, pour lui, de la salle de torture, sauf qu'ici les douleurs sont librement consenties et même recherchées au nom de la quête du pectoral perdu. Tout se passe comme si l'intérieur du corps se déposait sur la peau, se retournait à la façon d'un gant et devait témoigner, par toutes les veines et tendons visibles, de l'outrage que le perfectionniste pessimiste lui a infligé.

Reconnaître une personnalité pessimiste

Il est possible de s'exercer à moins exiger des autres, pour finalement obtenir davantage. La psychanalyse poursuit le même objectif, par des chemins différents, que le travail sur les croyances. Elle laisse au pessimiste le temps de trouver pourquoi il n'a pu, ou n'a pas voulu, abandonner des attitudes qui tiennent plus de l'enfance que de l'âge adulte. Il n'est jamais trop tard pour commencer à tolérer l'incertitude, l'ambiguïté et revoir à la baisse les objectifs que l'on s'impose ou que l'on impose aux autres.

Avant d'entamer un changement, une échelle, dite « échelle de personnalité dépressive », permet de savoir si l'on est plutôt optimiste ou pessimiste.

L'échelle de personnalité dépressive

L'échelle de personnalité dépressive permet, à partir de 14 questions, de savoir si l'on est plutôt optimiste ou pessimiste de nature. Parmi les questions suivantes, choisissez la proposition qui vous correspond le mieux, selon la notation suivante : 0 = faux ; 1 = plutôt faux ; 2 = neutre ; 3 = plutôt vrai ; 4 = vrai.

	0	1	2	3	4
	faux	plutôt faux	neutre	plutôt vrai	vrai
1. Je rentre en contact facilement avec les personnes que je rencontre.					
2. Je me fais souvent tout un monde pour des choses peu importantes.					
3. Je parle souvent aux étrangers.					
4. Je me sens souvent malheureux.					
5. Je me sens souvent énervé.					
6. Je me sens souvent inhibé dans les interactions sociales.					
7. J'ai une vision plutôt pessimiste des choses.					
8. Je trouve difficile de commencer une conversation.					
9. Je suis souvent de mauvaise humeur.					
10. Je suis une personne plutôt chaleureuse.					
11. J'aimerais plutôt garder les autres à distance.					
12. Je suis souvent inquiet.					
13. Je suis souvent abattu.					
14. Quand je suis en groupe, je ne trouve pas les bonnes choses à dire.					

Comment calculer son score ?

Il est possible de calculer un score global de pessimisme en additionnant les points de chacune des réponses. Pour les questions 1, 3 et 10, les scores sont inversés. Les scores varient entre 0 (l'optimisme béat) et 40 (pessimisme exclusif). À partir d'un score global de 20, il est possible de se considérer comme « structurellement » pessimiste.

L'échelle de pessimisme mesure aussi deux sous-scores, l'affectivité négative (tendance à avoir une humeur triste) et l'inhibition sociale (le repli et l'isolement). Les scores d'affectivité négative s'obtiennent avec la somme des scores des questions 2 – 4 – 5 – 7 – 9 – 12 – 13. Le score d'inhibition sociale se calcule à partir des questions 1 (score inversé) – 3 (score inversé) – 6 – 8 – 10 (score inversé) – 11 – 14. Un résultat supérieur à 10 à chacun des sous-scores d'affectivité négative ou d'inhibition sociale traduit une personnalité dépressive.

Les scores de pessimisme

Affectivité négative (humeur pessimiste)

— homme : score moyen : 6,3 ; score très bas (très optimiste) : 0 ; score bas (optimiste) : 1 ; au-dessous de la moyenne : 2 à 3 ; moyen 4 à 6 ; au-dessus de la moyenne (plutôt pessimiste) : 7 à 10 ; haut (pessimiste) : 11 à 16 ; très haut (très pessimiste) : 17 à 28 ;

— femme : score moyen : 8 ; score très bas (très optimiste) : 0 ; score bas (optimiste) : 1 à 2 ; au-dessous de la moyenne : 3 à 5 ; moyen : 6 à 8 ; au-dessus de la moyenne (plutôt pessimiste) : 9 à 12 ; haut (pessimiste) : 13 à 18 ; très haut (très pessimiste) : 19 à 28.

Inhibition sociale

— homme : score très bas (très sociable) : 0 ; score bas (sociable) : 1 à 3 ; au-dessous de la moyenne : 4 à 7 ; moyen : 8 à 11 ; au-dessus de la moyenne (plutôt solitaire) : 12 à 15 ; haut (solitaire) : 16 à 21 ; très haut (très isolé) : 22 à 28 ;

— Femme : score très bas (très sociable) : 0 ; score bas (sociable) : 1 à 3 ; au-dessous de la moyenne : 4 à 7 ; moyen : 8 à 11 ; au-dessus de la moyenne : 12 à 15 ; haut (solitaire) : 16 à 21 ; très haut (très isolée) : 22 à 28.

Sortir du perfectionnisme

C'est en essayant de tout faire que l'on a l'impression de ne rien faire, ou de ne pas en faire assez. De même, en voulant tout réussir intégralement, on ne réussit rien vraiment. C'est vrai dans le travail, en famille ou en amour. E. Kretschmer avait rencontré, au siècle dernier, un mécanicien de locomotive pessimiste, perfectionniste et trop scrupuleux. Cet homme ne s'y retrouvait plus depuis que les locomotives avaient des foyers en fer au lieu de foyers en cuivre. Malgré tous ses efforts, ses locomotives tombaient toujours en panne. Obsédé par son travail, craignant les accidents, il ne pouvait plus ni dormir ni manger. Il se réveillait au milieu de la nuit pour aller voir la locomotive qu'il allait conduire le lendemain.

Ce mécanicien souffrait d'être trop consciencieux, avide de perfection. Sa foi et sa pratique religieuse étaient, comme le reste de sa personnalité, profondes, douces et très sincères. Modeste et tolérant pour ceux qui ne pensaient pas comme lui, il était pour lui-même impitoyable. Il lui semblait ne pas mériter son statut d'employé fidèle et respecté des chemins de fer allemands. Il ne comprenait pas pourquoi ses chefs ne lui reprochaient pas les pannes dont il se croyait responsable et qu'il se reprochait de ne pouvoir éviter. E. Kretschmer ne décrit pas plus avant la manière dont il a pu aider son conducteur à mieux vivre avec son pessimisme. Au vu de ce que l'on connaît de la psychiatrie de l'époque, on peut supposer qu'il lui a proposé une psychothérapie « morale », faite de conseils, de réassurance et d'écoute bienveillante.

Deux psychiatres anglais, Roz Shafran et Zafra Cooper voient le perfectionniste comme un être prisonnier de son pessimisme. Il ne peut que dresser des bilans négatifs de son action et de l'état du monde qui l'entoure. Son défaitisme le fige dans le regret sans lui laisser le courage de changer. Les perfectionnistes gardent à l'esprit un sentiment d'incomplétude. Quels que soient les efforts accomplis, ils ne sont pas contents d'eux-mêmes (« Je pourrais mieux faire »), ils ne savent pas s'aimer et encore moins se trouver des justifications. S'ils ont des enfants, ils se rêvent meilleurs parents qu'ils ne le sont. Ceux qui élèvent leurs enfants à la maison se reprochent par exemple de ne pas travailler à l'extérieur, et ceux qui travaillent regrettent de ne pas consacrer plus de temps à leur famille. Quand ils pensent à leur santé, ils s'accusent de ne pas faire assez d'exercice physique ou de ne pas suivre les régimes qu'on leur a prescrits. Ils achètent des guides qui aggravent leur sentiment d'échec : ils ne les lisent pas jusqu'au bout ou pensent qu'ils ne mettent pas assez en application leurs conseils.

Certains perfectionnistes sont uniquement tyranniques vis-à-vis d'eux-mêmes, d'autres le sont aussi vis-à-vis de leur entourage, de leurs enfants ou de leur conjoint. C'est pourquoi on distingue deux formes de perfectionnisme : celle qui conduit à se tyranniser soi-même et celle qui rend intolérant aux manquements de son entourage. Il arrive que les deux obsessions s'associent en un mélange détonant !

R. Shafran et Z. Cooper opposent enfin les perfectionnistes heureux aux perfectionnistes tristes, distinction que je reprends souvent dans ma pratique. Le perfectionniste triste a perdu l'espoir. Son amour du travail parfait, de la santé absolue ne nourrit plus chez lui que des regrets. Il s'est résigné à ne pas atteindre les buts qu'il s'était fixés. Et s'il accomplit un de ses objectifs, il revoit immédiatement à la hausse ses ambitions : « C'était trop facile, je n'ai aucun mérite », se dit-il en reprenant sa course à la performance. Le perfectionniste heureux, lui, ne se décourage pas. Il place la barre très haut, mais essaie de l'atteindre. Sa devise pourrait être : « Je devrais. » Le perfectionniste triste ne se dit que « j'aurais dû ». Ses débats intérieurs sont une suite de regrets et de reproches.

Je réponds souvent aux perfectionnistes qui me demandent de l'aide : nous allons ensemble apprendre à devenir un peu moins productifs, un peu moins obsédés par la réussite et la performance. Il faudra pour cela trouver des objectifs plus raisonnables et retrouver le goût du repos, du vide, de la détente et de l'instant présent. Si vraiment nous n'y arrivons pas, il nous restera toujours la possibilité de rechercher le perfectionnisme heureux[1] et d'apprendre à vivre avec ses exigences insatisfaites et ses rêves de maîtrise non réalisés.

1. Voir p. 210, le chapitre « De l'optimisme au bonheur : le nouveau défi de la psychologie », pour un point plus précis sur les thérapies actuelles.

DÉFENDRE L'OPTIMISME COLLECTIF ET LE BONHEUR NATIONAL

L'optimisme se mesure avec une échelle appelée LOT-R[1] (Scheier, Carver & Bridges, 1994), réalisée d'après un questionnaire portant sur la manière dont nous percevons les situations quotidiennes. Il estime aussi notre sociabilité et notre capacité à nous engager dans des activités.

Cette échelle montre que le niveau d'optimisme ou de pessimisme n'est pas constant. Les hommes ou les femmes en situation de stress ont un niveau d'optimisme qui baisse. Chez une femme enceinte, il est habituel qu'il augmente. Ce questionnaire est également utilisé lors du pronostic postopératoire en chirurgie cardiaque : les malades opérés du cœur ayant un fort niveau d'optimisme ont des suites chirurgicales meilleures que les pessimistes.

De manière plus générale, l'échelle LOT-R permet aussi de comparer le niveau d'optimisme propre à un pays et à une culture. Elle évalue séparément le « petit » optimisme et le « grand » optimisme. Le « petit » optimisme concerne les actions quotidiennes et nos prévisions à court terme, dans des situations banales et peu angoissantes : « Vais-je

1. Life Orientation Test-Revised.

trouver facilement une place pour me garer en arrivant demain au travail ? »... Le « grand » optimisme porte sur les prévisions à long terme : « Quel sera le destin de l'univers ? Comment mon cadre de vie ou de travail va-t-il évoluer ? » Il dépend davantage de valeurs collectives et peut changer d'un pays à un autre. Il varie aussi en fonction de la situation politique et économique. Plus abstrait, il dépend moins de nos actions personnelles. Les chiffres de l'optimisme produits par l'échelle LOT-R nous rappellent que l'optimisme n'a pas le même sens dans toutes les cultures. Mélangeant des facteurs individuels et collectifs, ils sont à prendre avec précaution.

Index d'optimisme selon les pays[1]

Allemagne : 67 ; Angleterre : 58 ; Australie : 58 ; Brésil : 73 ; Canada : 66 ; Chine : 65 ; Corée : 58 ; Espagne : 62 ; Estonie : 68 ; Finlande : 66 ; France : 59 ; Ghana : 73 ; Hong Kong : 57 ; Israël : 62 ; Italie : 63 ; Japon : 48 ; Norvège : 69 ; Pays-Bas : 66 ; Pologne : 64 ; Suède : 64 ; Turquie : 57 ; USA : 64.

Échelle LOT-R

Répondez à chacune des 10 questions. Ne laissez pas une réponse en influencer une autre. Il n'y a pas de bonne ou de mauvaise réponse. Choisissez pour chacune des 10 questions entre :

A : je suis tout à fait d'accord ; B : je suis plutôt d'accord ; C : je ne suis ni d'accord ni pas d'accord ; D : je suis plutôt en désaccord ; E : je suis tout à fait en désaccord.

1. D'après Fisher, 2008.

	je suis tout à fait d'accord	je suis plutôt d'accord	je ne suis ni d'accord ni pas d'accord	je suis plutôt en désaccord	je suis tout à fait en désaccord
1. Dans des périodes incertaines, je m'attends habituellement au meilleur.	A	B	C	D	E
2. Il est facile pour moi de me détendre.	A	B	C	D	E
3. Si quelque chose doit aller mal pour moi, ce sera le cas.	A	B	C	D	E
4. Je suis toujours optimiste à propos de mon avenir.	A	B	C	D	E
5. J'apprécie beaucoup mes amis.	A	B	C	D	E
6. Il m'est important de rester occupé.	A	B	C	D	E
7. Je m'attends rarement à ce que les choses aillent dans mon sens.	A	B	C	D	E
8. Je ne me vexe pas facilement.	A	B	C	D	E
9. Je m'attends rarement à ce que de bonnes choses m'arrivent.	A	B	C	D	E
10. Tout compte fait, je m'attends à ce qu'il m'arrive plus de bonnes choses que de mauvaises choses.	A	B	C	D	E

Comment calculer son score ?

Les questions 2, 5, 6 et 8 ne sont pas codées. Pour les questions 1, 4 et 10 : réponse **A :** 4 points, **B :** 3 points, **C :** 2 points,

D : 1 point, **E :** 0 point. Pour les questions 3, 7 et 9 : réponse **A :** 0 point, **B :** 1 point, **C :** 2 points, **D :** 3 points, **E :** 4 points.

Le score varie entre 0 et 24. 24 correspond cependant à un optimisme « extrême » ou « maximal ». Plus le score est élevé, plus le niveau d'optimisme est élevé. La plupart des personnes testées ont un score supérieur ou égal à 15, correspondant à un optimisme modéré ou raisonnable. Il n'existe bien sûr pas de score correspondant à un état normal ou pathologique. L'optimisme est une dimension de la personnalité qui peut fluctuer d'un jour à l'autre, ou selon les situations.

Les scores d'optimisme deviendront-ils un jour un argument de défense ou de critique des organisations sociales et des choix politiques ? À l'heure où le bien-être fait l'objet de tant d'attentions et de revendications, cette hypothèse ne peut être exclue. D'ores et déjà, les Américains, même s'ils ne sont pas plus optimistes, attribuent une importance particulière à cette relation au monde. Ils choisissent des Présidents qui sont des survivants. Il faut avoir surmonté avec succès des épreuves personnelles ou professionnelles pour être digne de diriger le pays. Certains ont vaincu leur dépendance à l'alcool, d'autres ont survécu héroïquement à la guerre. Et que dire de Barack Obama, qui a vaincu les préjugés raciaux et offert un slogan archétypique de l'optimisme : « *Yes, we can.* » On retrouve dans cet optimisme collectif, à la limite de la naïveté, une réminiscence de l'esprit pionnier. Il suffit d'être travailleur, positif et volontaire pour réussir sa vie et conquérir de nouvelles frontières. Il est de bon ton de se moquer de cet état d'esprit. Je le trouve plus productif que le pessimisme permanent et que jouer avec l'idée d'un pays mélancolique ou au bord du suicide collectif !

LA CYCLOTHYMIE, NOUVELLE MALADIE DU SIÈCLE ?

Si vous ouvrez un traité de psychologie ou de psychiatrie, il y a fort à parier que vous vous y découvrirez bipolaire. J'assiste avec effarement à l'extension de ce diagnostic et à l'utilisation désordonnée des régulateurs de l'humeur. Il n'est pas de peintre ou d'écrivain qui ne soit vu comme bipolaire parce qu'il a été enthousiaste ou abattu. Il n'empêche que ces troubles, même s'ils sont rares, existent. Ils désignent celles et ceux dont l'optimisme ne varie pas en fonction des événements, mais au gré des hauts et des bas de leur humeur. Ils passent souvent sans raison d'une profonde dépression à un optimisme exagéré, appelé « hypomanie ».

C'est cette alternance qu'explique le psychiatre français Jean Delay, dans *Les Dérèglements de l'humeur*[1]. Chez le cyclothymique, les changements d'humeur viennent de l'intérieur. Ce ne sont pas des évolutions mais des révolutions : l'humeur oscille entre deux pôles, l'exaltation et l'atonie. L'exaltation de l'humeur peut se faire dans le sens de la joie ou de l'expansion de l'activité.

1. PUF, 1960.

LE SAVIEZ-VOUS ?

Comment l'humeur influence notre optimisme

L'humeur n'est contrôlée par aucune zone connue du cerveau. Ses variations sont aussi imprévisibles que déterminantes dans notre tendance à l'optimisme ou au pessimisme. Pour J. Delay, c'est une notion facile à entendre mais difficile à définir que celle de l'humeur. Elle est cette disposition affective fondamentale, riche de toutes les instances émotionnelles et instinctives, qui donne à chacun de nos états d'âme une tonalité agréable ou désagréable, oscillant entre les deux pôles extrêmes du plaisir et de la douleur, du pessimisme à l'optimisme.

L'hypomane : un optimiste qui en fait trop

L'hypomanie conduit à une agitation permanente et génère une créativité souvent désordonnée. L'histoire du fabricant Quick, décrite par le psychiatre allemand E. Kretschmer, est un bel exemple d'hypomanie. Quick a le même tempérament que son père. Homme d'affaires, il a fondé en 1911, avec un associé et un capital de quelques millions de marks, une petite usine devenue un grand établissement doté de sept succursales.

Son associé est un homme sec, circonspect et solide. Il complète parfaitement M. Quick qui, à l'inverse, est un homme courtois, aimable et toujours de bonne humeur. Il parle très vite et beaucoup, s'écarte de son sujet, y revient et ne finit jamais. En un seul coup d'œil, il a saisi et évalué commercialement toute l'installation d'une pièce, jusqu'aux moindres petits clous. Son flair pour les bonnes affaires est inouï. Quand il n'a pas d'argent disponible, il fabrique des lampes à charbon par wagons. L'hiver suivant, quand l'éclairage au gaz ralentit, il vend ses lampes avec un grand profit. Il est tenace dans ses projets, ne souffre pas qu'on le contredise. Ses employés le considèrent comme un homme un peu fou mais compétent.

Quick est un petit monsieur un peu bedonnant, d'allure correcte et aisée. Il s'habille avec élégance, se parfume et assortit la couleur de sa cravate à celle de sa pochette. L'une et l'autre sont repassées avec un petit fer à repasser de poche. Il souligne volontiers que non seulement il boit beaucoup, mais qu'il aime surtout la bonne table. Pour lui, pas de déjeuner convenable sans une livre de caviar. Quand il a beaucoup bu, il devient facilement grossier. Il a aussi des accès de colère au bureau.

Sa chambre et son bureau sont meublés de petits coussins, de rideaux, de franges en perles, de bibelots. Sur sa table, et suspendue au mur, s'étale une collection d'articles de sa fabrication : une installation électrique qui éclaire soudain et s'éteint aussitôt, un grand éléphant en porcelaine blanche qui s'éclaire de l'intérieur, absorbe la fumée et rend un parfum agréable. On trouve encore une brosse à vêtements qui fait de la musique quand on s'en sert et un rouleau de papier hygiénique pourvu d'une tabatière à musique qui entonne une romance sentimentale quand on tire une feuille.

L'hypomane est un optimiste qui en fait vraiment trop. Il éprouve le besoin de s'épancher en confidences, en rires, en pleurs. Il recherche ce qui alimente son enthousiasme et son énergie. Il aime faire la fête et rencontrer sans cesse de nouveaux amis. Il est hypersyntone, c'est-à-dire trop familier, trop en phase avec le milieu extérieur. Il anime toutes les situations par la chaleur de ses sentiments. L'hypomane s'engage volontiers pour les grandes causes politiques ou humanitaires. Mû par une sensation permanente de bien-être, il puise en lui-même et dans les autres des raisons d'être optimiste. Très remuant et familier, facilement influençable, il s'attache à chaque nouveau venu et s'en fait un ami. Adaptable, tolérant et sympathique, l'hypomane séduit, mais finit par agacer et fatiguer ceux qui croisent son chemin. Il est agréable d'échanger avec un optimiste, il est épuisant de suivre un hypomane dans la multitude de ses projets grandioses et changeants. On reste malgré tout impressionné par ses qualités de ténacité et d'endurance au travail. Beaucoup d'entre eux, actifs et doués, dépassent la moyenne par leur activité. Ils grossissent les rangs des grands orateurs, penseurs et journalistes.

Thomas Meyer, un psychologue allemand, a publié en 2007 une échelle d'hypomanie, qui intègre les signes les plus actuels de l'excès d'optimisme. Son questionnaire montre que les personnes les plus euphoriques sont aussi celles qui sont le plus exposées aux dépressions et qui vont avoir le plus besoin d'une psychothérapie. Cette échelle a permis à T. Meyer de trouver deux formes, très différentes, d'optimisme pathologique. L'une consiste à être enjoué et hyperactif, l'autre à prendre des risques et à se montrer irritable. L'une est productive, l'autre conduit au désordre et à l'agitation. Les optimistes irritables, preneurs de risques, étaient énervés et buvaient plus de café. Les optimismes hyperactifs avaient davantage confiance en eux, voyageaient plus et étaient sexuellement plus actifs.

OÙ EN ÊTES-VOUS ?

Les 32 affirmations spécifiques de l'hypomanie

Comment savoir si l'on est hypomane ? Si la frontière entre optimismes normal et excessif n'a pas encore été déterminée, ceux qui valident plus de 10 de ces affirmations ont probablement un niveau d'optimisme qui fluctue et une humeur plus labile que les autres.

1. J'ai besoin de moins de sommeil.
2. Je me sens plein d'énergie et plus actif.
3. J'ai plus confiance en moi.
4. J'apprécie plus mon travail.
5. Je suis plus sociable (je téléphone plus, je sors plus).
6. Je veux voyager et je voyage plus.
7. Je conduis plus vite et je prends plus de risques quand je conduis.
8. Je dépense plus ou même trop d'argent.
9. Je prends plus de risques dans la vie quotidienne (dans mon travail et dans d'autres activités).
10. Je suis physiquement plus actif, je fais plus de sport.
11. J'ai plus de projets.
12. J'ai plus d'idées, je suis plus créatif.
13. Je suis moins timide et moins inhibé.
14. Je porte des vêtements plus colorés et plus extravagants.
15. Je veux rencontrer plus de gens.
16. Je suis plus intéressé par la sexualité et je ressens une augmentation de mon désir sexuel.
17. Je flirte plus et je suis plus actif sexuellement.
18. Je parle plus.
19. Je pense plus vite.
20. Je fais plus de blagues quand je parle.
21. Je suis plus facilement distrait.
22. Je m'engage dans beaucoup de nouvelles choses.
23. Ma pensée saute facilement d'un sujet à un autre.

24. Je pense plus rapidement et plus facilement.
25. Je suis plus impatient et je m'énerve plus facilement.
26. Je peux être énervant pour les autres.
27. Je me fâche plus que d'habitude.
28. Mon humeur est plus optimiste.
29. Je bois plus de café.
30. Je fume plus de cigarettes.
31. Je bois plus d'alcool.
32. Je prends plus de drogue.

La vraie cyclothymie : le passage de l'optimisme au pessimisme

Alain l'écrivait dès 1908 dans « Neurasthénie » : « En réalité, les motifs qu'on a d'être heureux ou malheureux sont sans poids ; tout dépend de notre corps et de ses fonctions, et l'organisme le plus robuste passe chaque jour de la tension à la dépression, de la dépression à la tension, et bien des fois, selon les repas, les marches, les efforts d'attention, la lecture et le temps qu'il fait, votre humeur monte et descend là-dessus, comme le bateau sur les vagues[1]. »

Comme le pressentait le philosophe, certaines personnalités sont marquées par un passage rapide de l'optimisme au pessimisme (Charles Van Valkenburg et coll., 2006). Cette tendance constitutionnelle à la cyclothymie est dépistée par les trois questions suivantes : « Êtes-vous le genre de personne qui a souvent des jours où vous vous sentez pessimiste et des jours où vous vous sentez

1. Alain, *Propos sur le bonheur*, Gallimard, 1985.

plus optimiste que la normale ? » ; « Est-ce que cela veut dire quelque chose pour vous d'être la plupart du temps "trop haut" ou "trop bas" ? » ; « Est-ce que votre humeur change souvent sans raison ? ». Cette personnalité cyclothymique est aussi appelée « personnalité labile ». Ses mouvements entre l'optimisme et le pessimisme sont trop rapides et son humeur est trop variable. Les cyclothymiques passent de moments où ils sont trop énergiques, trop actifs à des moments où ils se sentent fatigués et n'ont envie de rien.

E. Kretschmer raconte les accès d'optimisme et de pessimisme du fonctionnaire cyclothymique Franz-Xaver Wurzner. Le père de Franz-Xaver était toujours content. Il travaillait pour que ses enfants puissent s'instruire, et le soir, il restait couché sur son divan avec son chat et une canette de bière. Il ne disait pas grand-chose, mais il était heureux de son destin d'homme paisible, aimé de tous. Il jouait bien de l'orgue, avait beaucoup de livres, composait des poèmes qu'il gardait pour lui et élevait des abeilles. La mère de Franz-Xaver était également une excellente femme, joyeuse et pleine de vie. Elle chantait dès le matin en faisant son café, sa maison était toujours pleine de visiteurs, et les mendiants venaient à elle de tous les environs. Dans sa jeunesse, Franz-Xaver était doté d'une bonne humeur que tous lui enviaient. Excellent musicien, il jouait de l'orgue et du piano. Cependant, à 45 ans, Franz-Xaver dut prendre sa retraite. À ce moment, il était euphorique et débordait d'énergie. Ressemblant à un taureau sauvage qu'on taquine avec un foulard rouge, il devenait brusquement furieux pour un rien. Jour et nuit, il se mit à composer un poème épique en cinq volumes et en vers sur la guerre de 1870. Puis il sombra dans le pessimisme et la mélancolie. Au soir de sa vie, il a, semble-t-il,

OÙ EN ÊTES-VOUS ?

Avez-vous des pensées optimistes ou pessimistes ?

Voici la liste des humeurs dans lesquelles se reconnaissent plus ou moins les optimistes et les pessimistes (Farmer et coll., 2004).

Optimisme	Pessimisme
Impression d'être bien réveillé	Impression d'être endormi
Esprit en apparence clair	Esprit en apparence confus
Intéressé par le monde qui l'entoure	Ennuyé
Calme ou motivé	Instable
Heureux	Triste
Sentiment de liberté	Angoisse
Souriant	En colère
Sociable	Solitaire
Fier	Honteux
Alerte	Endormi
Relaxé	Tendu
Sensations intellectuelles et physiques agréables	Sensations désagréables
Sensation d'être soutenu par l'entourage	Sensation d'être rejeté
Sentiment de sécurité	Sentiment de menace
Satisfaction	Insatisfaction
Impression de force	Impression de faiblesse
Impression d'être plein	Impression d'être vide
Activité	Passivité
Ouvert	Fermé

trouvé un compromis avec sa nature, son tempérament et ses sautes d'humeur. S'adonnant à la musique et à la littérature, il s'est tenu à distance des grandes passions, des accès d'euphorie et de pessimisme. Durant ses longues veillées d'hiver, il lisait de bons livres qui émouvaient son âme sans déchaîner ses passions. Il fréquentait un cercle d'échecs dont on l'avait nommé président. Tout le monde le connaissait dans son village et l'appréciait, non sans redouter ses possibles sautes d'humeur. Au printemps, il retrouvait un peu d'allant et s'extasiait devant les fleurs nouvelles. Il interpellait les enfants qui se disaient : « Le vieil ours grognon est de bonne humeur ce matin. »

Quelques portraits classiques de pessimistes pour prendre des leçons d'optimisme

E. Kretschmer décrivait en 1930 des exemples de pessimistes encore bien actuels :

Les pessimistes raffinés et distingués

Ils fuient tout ce qui est vulgaire. Leur système nerveux est fragile. Leur sociabilité ne s'étend qu'à un cercle rigoureusement choisi. Scrupuleux, ils sont choqués par un vêtement mal repassé, s'attachent aux détails esthétiques, ont des petites vanités et de la pédanterie mondaine. Ils soignent leur propre personnalité, en connaissent les moindres détours. Ils sont extrêmement sensibles aux dépressions et au rhume des foins. Très susceptibles, ils peuvent s'offenser profondément sans qu'on le remarque. Un mot suffit pour les refroidir à jamais envers un vieil ami. Les tonalités moyennes leur font défaut. Ils sont ou exaltés ou d'une froideur glacée. Leur sens artistique est raffiné et civilisé, un peu blasé. Leurs sentiments ont quelque chose d'incomplet, d'incertain, de vague et d'ironique. Dans une atmosphère ordonnée, ils se sentent à leur aise et sont d'une amabilité ensorcelante : fins, courtois, attentifs, presque intimes derrière un voile imperceptible de distance. Ils sont capables de sentiments sincères pour quelques proches élus. Leur manière de penser est subtile, souffrant seulement de brusquerie en raison d'antipathies personnelles insurmontables et aiguës.

Les idéalistes rêveurs

Ils édifient en silence un monde d'idées philosophiques. Ils ont un idéal professionnel, qu'ils conçoivent comme un sacrifice de soi. Ils préfèrent ce qui est abstrait. Leurs relations avec autrui souffrent de leur timidité et de la gaucherie de leur comportement. Ils sont amis avec quelques personnes seulement, puisque c'est uniquement dans cette intimité que les idées peuvent être discutées. Leur dédain des ornements et du confort de la vie peut aller jusqu'à une négligence extérieure et une sobriété extrême. Ils peuvent être sarcastiques, nerveux, irritables ou boudeurs. Ils frappent par leur ignorance puérile du monde.

Les dominateurs froids

Insensibles au danger, ils ont un comportement discipliné et froid. Le cercle de leurs intérêts est restreint et leur conscience du devoir très développée. Leur amour-propre est toujours en éveil et facilement vulnérable. Ils font des dépressions violentes quand on touche à leurs points sensibles. Malgré leur amour de la justice et du droit, ils sont facilement brusques et partiaux. Ils ne connaissent que les alternatives extrêmes. Habiles au commandement et à la direction d'un travail, ils ont des difficultés dans les relations individuelles, et, dans toute personne pensant autrement qu'eux, ils ne voient que des misérables.

Les secs et les impotents

Chez ceux-là, point d'humour et point d'entrain. Ils sourient à peine, se recroquevillent timidement. Leurs gestes sont gauches. Incroyablement silencieux, taciturnes, presque muets, parfois froidement bavards. À moitié avenants, à moitié hostiles, ce sont de tristes sires aux lubies hypocondriaques.

DE L'OPTIMISME AU BONHEUR : LE NOUVEAU DÉFI DE LA PSYCHOLOGIE

Les psychothérapies comportementales s'attaquent aux racines du pessimisme. Je mets ainsi en place avec mes patients des exercices et des expériences pour travailler sur l'isolement, le perfectionnisme et la tendance à se mettre en situation d'échec. Nous apprenons ensuite, étape par étape, à revoir à la baisse les exigences que l'on a pour soi, tant au travail que dans la vie privée, et à ne plus considérer comme des échecs les imprévus de la vie.

Pour arriver au bonheur, les thérapies cognitives proposent de véritables exercices d'optimisme. Elles s'organisent en plusieurs étapes. Le premier temps fait reconnaître les schémas de pensée alimentant le pessimisme. Ces schémas se nourrissent de certitudes comme :

- « Je ne suis pas capable de réaliser tout ce que je veux » ;
- « Je dois toujours être le meilleur » ;
- « Un échec en appelle forcément un autre » ;
- « Je ne mérite pas l'affection des autres » ;
- « On ne m'aime pas assez et on ne fait pas assez attention à moi » ;
- « Je dois réussir tout ce que j'entreprends ».

La thérapie apprend à remettre en question ces schémas et à trouver autrement que dans la réussite permanente des raisons de croire en soi. Une technique couramment utilisée est l'expérience de la pondération. Le thérapeute montre les avantages et les désavantages des schémas de pensée pessimistes et suggère prudemment des changements. Le pessimiste écoute et note sur une feuille les effets positifs et négatifs de ses croyances. Après avoir pris conscience de ses schémas de pensée stressants, il lui est possible de passer au temps de la formulation. Le pessimiste prononce à haute voix une nouvelle règle moins contraignante, qu'il va essayer de substituer à son schéma pessimiste de départ.

Tolérer l'imprévu, apprécier le hasard

Les psychologues canadiens, pionniers de la thérapie cognitivo-comportementale, traitent un autre aspect de la personnalité pessimiste : l'intolérance à l'incertitude. Les pessimistes réagissent de manière négative aux situations qu'ils ne peuvent pas maîtriser complètement. Ils sont sûrs que les issues imprévisibles seront toujours pour eux de mauvaises surprises. Comme l'incertitude fait partie de la vie, le pessimiste trouve de nombreuses raisons de s'inquiéter. Les pessimistes suivis par les psychologues canadiens commencent par faire un inventaire des situations incertaines qu'ils fuient par peur de ce qui pourrait leur arriver. Avec une des patientes traitées dans mon service en appliquant les principes de la thérapie comportementale, les projections pessimistes que nous avons trouvées étaient :

- « Je ne pars pas en voyage par peur de l'imprévu et des accidents » ;

- « Je ne conduis pas ma voiture par peur des accidents » ;
- « J'ai peur que mes enfants s'ennuient, alors je les occupe en permanence » ;
- « Je fais faire des exercices à mes enfants pendant les vacances pour augmenter leurs capacités intellectuelles » ;
- « Je consulte toujours plusieurs médecins par peur d'une erreur médicale » ;
- « Je demande l'avis de mon entourage avant de prendre la moindre décision ».

En dressant cet inventaire, la dame trop pessimiste s'est aperçue de l'inutilité de ses fausses protections. Quand elle tentait de fuir l'incertitude, elle augmentait ses angoisses et diminuait sa capacité de réaction. Elle a pris conscience de l'intérêt qu'elle aurait à accepter l'incertitude puisque, quoi qu'elle fasse, sa vie restera incertaine.

On apprend ensuite aux pessimistes des stratégies dites « d'exposition cognitive ». Le problème est le suivant : les pessimistes entretiennent leurs croyances tristes, tout en essayant de les oublier. Ils tentent de se distraire, de se rassurer, mais ils n'affrontent pas leurs projections pessimistes. La thérapie vise donc à les confronter à leurs propres pensées. Pour cela, le pessimiste écrit de courtes histoires sur ce qu'il prévoit de pire pour le futur. Il lit ensuite plusieurs fois ses histoires en acceptant de tolérer l'angoisse qu'elles provoquent.

Le premier scénario d'angoisse de la patiente pessimiste que nous avons rendue optimiste portait sur l'avenir de son fils. Elle imaginait qu'il pourrait devenir obèse, sans amis ni travail, s'ennuyant constamment ; et que tout cela serait sa faute. Au début de l'exercice, nous l'avons surprise en l'invitant à ne pas penser au mot

« chameau ». Évidemment, il a suffi qu'elle essaie d'éviter ce mot pour y penser en permanence. De cette démonstration psychologique, elle a pu tirer plusieurs leçons :

- tout ce que nous essayons d'éviter nous envahit ;
- essayer d'éviter les projections pessimistes est aussi normal qu'inutile ;
- plus on fait d'efforts pour chasser une pensée, plus elle revient.

On peut comparer cette exposition cognitive ou intellectuelle à celle qui sert à traiter les phobies des animaux. Celui qui a peur des chiens ne guérit de sa phobie qu'en allant caresser Médor ou Milou. Il fait des expériences successives de confrontation qui le renforcent. L'exposition intellectuelle aux prédictions pessimistes est une manière équivalente de changer ses schémas de pensée. Les thérapeutes usent de la technique socratique : ils font ressortir, par des questions ciblées, le caractère excessif du pessimisme. Puis, ils demandent au défaitiste de chercher d'autres hypothèses que les plus catastrophistes (Leblanc et coll., 2006) qui lui viennent à l'esprit.

Un psychologue américain, Martin E. P. Seligman, identifie trois autres éléments qui conduisent à l'optimisme et au bien-être : les émotions positives, l'engagement et le sens donné à l'existence. Les émotions positives aident à résoudre les problèmes quotidiens. Elles rendent la pensée plus souple ou plus fluide. L'engagement correspond à la poursuite active d'un but important pour soi, et qui mobilise l'attention et l'énergie. La poursuite d'un but renforce aussi le sens donné à l'existence. Les optimistes subliment leurs difficultés personnelles au profit de tâches et de causes qui les dépassent. Ils se plaignent d'être surmenés, de ne pas avoir de temps pour eux, mais leur investissement dans des actions auxquelles ils croient est la condition de leur optimisme (Antoine et coll., 2007). Selon cette conception, les pessimistes n'ont pas acquis spontanément les déterminants du bien-être, mais ils peuvent les retrouver à la faveur d'un travail sur eux-mêmes.

Dans un registre bien différent, Freud assure, dans *Malaise dans la civilisation,* que le bonheur est impossible : « [...] il n'est point entré dans le plan de la "Création" que l'homme soit "heureux". Ce qu'on nomme bonheur, au sens le plus strict, résulte d'une satisfaction plutôt soudaine de besoins ayant atteint une haute tension, et n'est possible de par sa nature que sous forme de phénomène épisodique[1]. » Une thérapie peut quand même aider à trouver moins de plaisir à la morosité et au pessimisme. Le pessimisme hypocondriaque, par exemple, est une dérivation du désir sexuel vers l'idée de maladie. Le pessimiste érotise sa maladie, ses relations à la médecine, et ne peut imaginer une existence qui lui fasse renoncer à ces bonheurs paradoxaux. La thérapie aide à repérer la manière dont le pessimisme – peur de la maladie ou rumination morose – intensifie son existence. Il y a une jouissance paradoxale, mais bien réelle, à traiter son corps de manière masochiste, à le surveiller, l'écouter, le soigner. Il faut bien du travail sur soi pour renoncer à ce plaisir et accepter l'optimisme.

On pourrait enfin trouver un précurseur des thérapeutes de l'optimisme en la personne de Montaigne. Il prônait dans ses *Essais* l'optimisme et démontrait sa pertinence à toutes les étapes de la vie. Après avoir entendu les chimistes, prenons le temps d'entendre le philosophe : « Je suis exempt de la tristesse. Je ne l'aime pas ni ne

1. Freud, *Malaise dans la civilisation*, Payot, 2010.

l'estime quoique tout le monde l'honore. [...] La tristesse est une qualité toujours nuisible, toujours folle et toujours basse[1]. » Plus loin, il ajoute : « Nous nous trompons dans les causes de nos malheurs. Nous nous en prenons parfois à nous-mêmes quand nous sommes malheureux. Le philosophe Bion disait d'un homme qui s'arrachait les cheveux de malheur que la pelade ne soulage pas le deuil. [...] L'empereur Auguste avait subi une tempête. Il se prit à défier Neptune. Il fit enlever sa statue pour se venger de lui. Nous ne dirons jamais assez d'injures au dérèglement de notre esprit[2]. »

L'avenir de l'optimisme

Il est probable que les nouvelles thérapies vont aborder de plus en plus directement la question de l'optimisme, tant ce facteur détermine un grand nombre de nos comportements et aussi notre santé. Dans la recherche d'un facteur majeur de la longévité et de la résilience sur lequel agir facilement, la thérapie de l'optimisme devrait compter. La cyclothymie, longtemps considérée comme l'effet d'une personnalité trop émotive, est maintenant de plus en plus reconnue. Identifier les fluctuations internes de l'humeur représente un enjeu d'avenir pour les psychiatres et tous les médecins. Nos états d'âme et nos humeurs ne sont pas seulement expliqués ou justifiés par notre présent et peut-être même pas par notre passé. L'enjeu d'avenir sera de faire la différence entre

1. *Op. cit.*, livre I, chap. 2, « De la tristesse ».
2. *Ibid.*, chap. 4, « Comme l'âme décharge ses passions sur des objets faux ».

les fluctuations normales de l'humeur, c'est-à-dire productives ou non gênantes, et celles qui empêchent de vivre. Certains cyclothymiques font de l'alternance entre optimisme et pessimisme un moteur de leur vie. Ils s'inspirent de leur tristesse pour se remettre en question et trouvent dans l'euphorie l'énergie de nouvelles entreprises. D'autres sont bridés par leurs périodes d'abattement. Ils s'isolent, fuient le monde et rendent impossible la vie de leurs proches, tant ils sont énervés et, à tous les sens du terme, de mauvaise humeur. Ils passent aussi beaucoup de temps à se remettre des choix aventureux que leur a dictés un excès d'optimisme.

Comme dans d'autres domaines de la pharmacologie, les médicaments agissant sur l'humeur devraient devenir de plus en plus puissants. Ils ne donneront certainement pas « le bonheur sur ordonnance », mais ils devraient traiter les formes les plus gênantes de pessimisme dépressif. Ils pourraient aussi mieux équilibrer les fluctuations improductives de l'humeur.

Le mouvement devrait être le même avec les médicaments de l'humeur qu'avec les antibiotiques. Au fur et à mesure de la découverte de traitements plus actifs et plus sélectifs, ceux qui les prennent comme ceux qui les prescrivent devront apprendre la modération dans l'usage de la chimie. Comme pour les antibiotiques, « les antidépresseurs, c'est pas automatique ». Plus la médecine saura soigner avec des médicaments toutes les formes de dépression et de cyclothymie, plus elle devra prendre du temps pour faire la différence entre ce qui relève de l'existence normale, de l'émotion, du sentiment, et ce qui relève de la maladie. La question restera toujours épineuse et difficile. Nous continuerons à hésiter, comme Freud, entre « deuil et mélancolie », et c'est ce temps de la réflexion qui évitera les médicalisations excessives de toutes les formes de l'optimisme et du pessimisme.

Les dangers d'une dictature de l'optimisme

Une autre évolution prévisible et inquiétante est la dictature de l'optimisme. Pascal Bruckner, dans *L'Euphorie perpétuelle*[1], a bien montré ce que le devoir d'optimisme peut avoir de déprimant. Il se demande comment pourront être heureux et vraiment optimistes les enfants auxquels on aura appris qu'ils sont condamnés à l'être et à le rester quelles que soient les circonstances extérieures. Soyez heureux, soyez optimistes ! Sous son air aimable, cette injonction est paradoxale et terrible. Pourquoi faut-il être optimiste et comment peuvent se défendre ceux qui savent qu'ils n'arrivent pas à l'être ? Ne risquent-ils pas de se considérer à tort comme des déprimés et d'attendre que la chimie, agissant comme un dopage, les guérisse d'une maladie qu'ils n'ont pas ? L'optimisme n'a de sens que s'il est une attitude librement consentie. Comme le bonheur ou l'amour, il fuit ceux qui le poursuivent. Le projet d'être heureux et l'obligation d'optimisme débouchent sur l'ennui ou l'apathie. Ils nient le caractère naturellement changeant de l'humeur et le poids des épreuves qui ne sauraient être abordées sur le seul mode du « tout va bien ». En essayant d'éliminer le pessimisme et la douleur, on souffre à force de ne pas vouloir souffrir. Selon cette conception, le malheur n'est plus seulement un moment difficile de l'existence, mais il est pire encore : c'est un échec, un manque de volonté ou un défaut de

1. Le Livre de Poche, 2008.

constitution. Le devoir d'optimisme rejette dans la honte ceux qui ne le suivent pas. L'émancipation des Lumières incitant les hommes à être libres et heureux devient un dogme, un catéchisme collectif.

Il ne s'agit pas d'être contre l'optimisme. Nous en avons vu tous les bienfaits, tant sur le corps que sur l'esprit. Il s'agit de se méfier de la transformation de l'optimisme naturel en un « stupéfiant collectif », un opium du peuple. Faute de quoi, le risque est grand de ressembler à la Julie de *La Nouvelle Héloïse*, déclarant : « Je ne vois partout que des sujets de contentement et je ne suis pas contente. Je suis trop heureuse et je m'ennuie[1]. » L'optimisme imposé risque de devenir une valeur marchande. Écoutons encore P. Bruckner, quand il voit poindre une éthique du paraître bien dans sa peau. Les livres qui se vendent le mieux sont ceux qui vous expliquent comment devenir votre meilleur ami, gagner l'estime de vous-même, croire en votre présent et plus encore en votre futur. L'optimisme est une industrie au même titre que la spiritualité « utilitaire » qui saupoudre un peu de métaphysique sur les angoisses de l'existence. Elle est, ou risque de devenir, un nouvel ordre moral face auquel une pointe de pessimisme apparaîtra comme la seule révolte possible. Elle transforme l'« incertaine attente du ravissement » en un serment et une semonce que l'on s'adresse à soi-même. Au lieu d'admettre que le bonheur est un art qui n'arrive que par inadvertance, on nous le propose comme un objectif immédiatement accessible, recettes à l'appui. Les recettes pour y accéder varient, de la psychothérapie positive aux médicaments miraculeux, mais la base de toutes les techniques reste la même : le contentement

1. Le Livre de Poche, 2008.

ou l'optimisme sont à votre portée. Il suffit de vous en donner les moyens, par une discipline éthique du corps et de l'esprit, qui vous permettra d'arriver jusqu'à eux : « Formidable inversion de la volonté qui tente d'instaurer son protectorat sur des états psychiques, des sentiments et, peut-on ajouter, des comportements, traditionnellement étrangers à sa juridiction[1]. »

1. P. Bruckner, *op. cit.*

3e partie

ALTERNER ROUTINE ET RECHERCHE DE NOUVEAUTÉ

« Au contraire de tant d'autres, l'habitude est une condition de mon plaisir.
Plus j'ai de souvenirs, d'images de mes plaisirs passés, plus grand est mon plaisir du moment. »

Paul Léautaud, *Propos d'un jour*, « Amour ».

FAITES-VOUS PARTIE DES ROUTINIERS OU DES AMATEURS DE SENSATIONS ?

Sans doute viennent-ils de planètes différentes, les amoureux de la routine et ceux de la nouveauté. Ils se croisent sans se comprendre. Ils ne cherchent pas le même optimisme et ne se comportent jamais de la même manière. Les uns construisent une vie ritualisée, calme et répétitive. Ils voient le hasard et l'imprévu comme une source d'angoisse. Les autres s'ennuient vite, ont besoin de coups de théâtre, de ruptures et d'étonnement. Tout les oppose, de leur manière d'aimer et de travailler à celle de choisir un loisir ou d'adopter une opinion politique.

Notre vie quotidienne est une suite d'habitudes, acquises sans y penser, et presque impossibles à quitter. Par exemple, si vous courez chaque matin ou chaque semaine, vous entrez dans une logique d'habitude. Tout se passe comme si vous programmiez votre corps et votre esprit à garder le même rythme et à reproduire le comportement appris. Amoureux des mots croisés, des sudokus ou des jeux informatiques, vous expérimentez aussi la force de l'habitude. Même la pratique religieuse est une question d'habitude. Georges Brassens l'a bien chanté : « Mon voisin du dessous un certain Blaise Pascal m'a gentiment donné ce conseil amical / Mettez-vous à genoux, priez et implorez, faites semblant de croire et bientôt vous croirez ! » De la même manière, les pessimistes s'habituent à leurs idées noires et les anxieux aux prédictions catastrophistes qu'ils font sur leur santé ou leur avenir. Même l'image que les autres ont de nous-mêmes est une question d'habitude. Celui qui se présente de manière pessimiste habitue son entourage à n'attendre de lui que des plaintes.

LE SAVIEZ-VOUS ?

L'habitus est notre nature

La médecine a gardé de la notion d'habitude le terme *habitus* pour décrire l'apparence générale du corps en tant qu'indicateur de l'état de santé. Pour les sociologues, l'habitus est la manière d'être d'un individu. Constitué d'un ensemble de signes socialement codés, il se manifeste en particulier dans l'apparence corporelle : maintien, gestuelle, mimique, voix, vêtements, soins cosmétiques.

Aimeriez-vous passer chaque nuit dans un nouveau lit ?

Les aventuriers modernes sont des champions de la recherche de nouveauté ou des phobiques de l'habitude. Ils traversent la mer, changent de pays, de religion ou de métier et se peignent eux-mêmes comme des « junkies du départ ». Certains, par jeu ou par nature, ne veulent jamais dormir deux nuits dans le même lit. Alors, ils abordent des inconnus dans la rue et leur demandent de les héberger. Un nouveau tourisme se met en place où il est moins question de découvertes, de sensations et d'émotions que de fuite. On sent que ces voltigeurs de la rencontre imprévue ont la hantise de l'ennui. Ils ont besoin d'expériences inédites. Pour s'arracher à la routine, ils se fabriquent une vie papillonnante, en constante ébullition. Ils ne veulent pas s'attacher, se bloquer, prendre le temps de penser à eux ou aux autres. Ils communiquent plus qu'ils n'écoutent ; et de leur propre aveu, ils fonctionnent plus sur le mode de l'émission que de la réception. Rien ne plaît tant à ces nouveaux aventuriers que le suspense, l'inconnu, la découverte d'une maison ou d'un pays dont ils ne savent rien et dans laquelle ils vont passer une nuit ou au plus une semaine. Ils aiment les contacts sans lendemain, ressemblant, selon leurs propres termes, à des amours de vacances.

Un de mes amis dort chaque semaine dans une nouvelle maison et éprouve ce besoin de nouveauté et de sensations fortes depuis l'enfance. Il a organisé sa première fugue à l'âge de 5 ans : il avait convaincu son jeune voisin de palier de l'accompagner à Paris. Sans surprise, il n'a pas fait une grande carrière scolaire et s'est ainsi fait renvoyer du lycée sans son bac. Incapable de se conformer aux règles sociales de l'école, il s'est éduqué seul, a lu et appris par cœur tous les modes d'emploi possibles. À la manière de Knock qui avait appris la médecine en lisant les notices des médicaments, il a constitué sa propre érudition, hétéroclite et originale. Fort de sa science du mode d'emploi, il a été embauché comme assistant dans une galerie d'art contemporain.

Quand il parle de son enfance, il me donne quelques explications à son besoin d'expériences, d'aventures et de nouveauté. Sa famille a connu la faillite, les déménagements au milieu de la nuit, les huissiers, les appartements vidés de meubles transformés en terrains de jeux. « Mes parents, me dit cet ami, m'ont appris à vivre avec des repères flottants. Certains ont besoin d'un cadre rigide. Chez nous, le cadre était évolutif... On ne savait jamais combien nous serions pour dîner. Pour moi, seuls le mouvement et l'imprévu sont rassurants. »

Mon ami chercheur de nouveauté voit dans l'habitude et la répétition un arrêt de l'existence, un prélude à la mort. L'écrivain hongrois Sándor Márai raconte bien dans *Métamorphoses d'un mariage*[1] les dangers de l'habitude : on se transforme en machine, on observe un règlement rigoureux à la maison comme dans le travail. On mange, on travaille, on se distrait, on se cultive à heure fixe. Au sein d'un tel ordre, qui confine à la folie, la vie se fige. L'auteur compare l'habitude à la glace, et l'homme routinier à un explorateur parti à la découverte de paysages luxuriants dont le navire n'avance plus. L'explorateur, condamné à l'immobilité, doit abandonner son projet de voyage.

Le processus de l'habitude peut conduire aussi à la glaciation d'une famille. Chacun de ses membres, trop attaché aux détails et à leur répétition, perd de vue l'ensemble, c'est-à-dire la vie elle-même. À quoi conduisait l'habitude chez les nobles ou les bourgeois ? On se réfugiait sans passion véritable dans les relations sociales, les mondanités et le luxe. Aujourd'hui, on cherche à s'occuper : on bricole, on mène grand train, on collectionne des éventails, des pierres précieuses, des insectes, des images sur le disque dur de son ordinateur. On s'accroche à un ordre aussi pénible que minutieux. On organise, on classe des dossiers, on prévoit des réunions ou des rendez-vous galants.

1. Le Livre de Poche, 2008.

Après la toilette du matin peuvent venir différents rites : le petit-déjeuner, la lecture des journaux, en ligne évidemment. Chaque étape de la vie est accomplie avec une attention portée aux détails comme si l'on était surveillé, comme si l'on devait chaque jour rendre compte de l'exécution d'actes sacrés. Une vie aussi ordonnée ressemble à la marche d'un paquebot qui file droit, dans une mer d'huile et sous un ciel serein, vers un iceberg qu'il ne voit pas. Un danger mortel le menace, même si rien ne permet de l'annoncer. Les hommes et femmes d'habitude finissent par ressembler à des objets de valeur, comme des vases de Chine ou des tables Renaissance. Raffinés, policés, leur cote est stable et reconnue. Mais leur place est derrière une vitrine ou le cordon d'un musée ; là où la vie et ses soubresauts ne risquent pas de les abîmer. À trop se couvrir, ils s'engoncent ; à trop se protéger, ils s'étouffent. Ils consacrent toute leur énergie à la répétition des rituels du groupe qu'ils se sont choisi. Ils cherchent les titres et les décorations. Ils veulent devenir présidents, vice-présidents ou présidents honoraires d'un cercle, d'un parti, d'une chapelle ou de tout autre groupe qui flatte leur vanité. Ils revendiquent ces honneurs, non pour ce qu'ils entreprennent, mais au nom de leur ancienneté ou de leur assiduité. Pourtant, à tant être présents, ils ne se font même plus remarquer.

Préférez-vous les montagnes russes ou les glaces italiennes ?

Le psychanalyste Michael Balint voit dans les fêtes foraines[1] un moyen unique de faire la différence entre ceux qui recherchent la nouveauté et ceux qui recherchent l'habitude. Si les fêtes foraines existent partout dans le monde, c'est qu'elles répondent à un besoin essentiel. Elles rompent la routine quotidienne qu'impose le travail, favorisent un relâchement des règles gouvernant la vie en société ; enfin, elles plaisent à ceux que M. Balint appelle « les philobates ».

Le premier plaisir des philobates en recherche de sensations fortes vient de la nourriture. Les aliments vendus dans les fêtes foraines sont souvent très sucrés et très bon marché. Ils procurent un plaisir qui tient du retour à l'enfance et de la régression. L'autre plaisir des fêtes foraines est la proposition de jeux agressifs ou déstabilisants : tirer sur une cible, éprouver sa force, monter sur un manège qui fait peur, tester le hasard dans une loterie, connaître son avenir auprès d'une diseuse de bonne aventure, etc. Cette forme de plaisir permet de satisfaire ses pulsions destructrices et agressives. La fête foraine représente ainsi une soupape de sûreté pour les émotions réprimées dans la vie normale. Elle autorise la rupture de l'habitude et la recherche de nouveauté que les hommes ne peuvent pas se permettre à un autre moment. À ce moment et dans ce lieu, nous sommes autorisés à donner libre cours à notre agressivité... et nous en sommes même récompensés ! Plus on se met en danger, plus on tire et on dépense de l'argent, plus on a profité de la fête. M. Balint voit dans

1. *Les Voies de la régression*, Payot, 1972.

ce lieu en apparence banal l'endroit où peut s'exprimer la recherche de frissons et de nouveautés. D'autres espaces peuvent abriter cette fonction : les stades, les casinos ou, plus récemment, les cybercafés permettant de se massacrer joyeusement en réseau.

Dans toutes ces situations, non seulement l'agressivité est tolérée, mais l'on se réjouit de ses expressions les plus virulentes. À tous les sens du terme, les autres joueurs, les écrans d'ordinateur ou les stands de la fête foraine s'offrent pour cible. À la manière d'un enfant qui tyrannise sa mère avec le consentement de celle-ci, l'amoureux du frisson peut faire des demandes et avoir des exigences de satisfaction sans délai. Il veut l'exclusivité (les autres ne doivent pas avoir d'autre intérêt que celui de lui faire plaisir). Il attend la réalisation de ses désirs et de ses désirs de nouveauté. Le plaisir des expériences agressives est bien chez lui un retour à l'enfance et à ses caprices. Telle est aussi la base des jeux en ligne, qui se mettent complètement au service de celui qui est connecté et lui donnent, avec une nouvelle identité et des aventures sur mesure, une illusion de toute-puissance comme seul en connaît le nourrisson. Le jeu fini, il trouvera un journal personnalisé ne lui offrant que des informations en relation avec ses centres d'intérêt. La névrose du virtuel rejoint ici celle de la nouveauté.

Certains sont ravis de ces moments, ils sont excités par ce qui déclenche chez eux des sensations fortes. D'autres font des efforts pour entrer dans l'action, mais restent inhibés, ne jouant pas complètement le jeu. Ils ne sont jamais en phase avec la lutte ou la fête foraine. Certains, enfin, ne manifestent aucun intérêt pour les manèges et les stands de tir. Ils éprouvent même de l'ennui, de la gêne ou du dégoût : ils ne comprennent pas comment on peut passer tant de temps dans une auto-tamponneuse, à entrechoquer d'autres voitures ou à tirer sur des monstres de toutes formes et de toutes couleurs. Ils méprisent ces activités qui leur semblent absurdes et inutiles. Quand la situation met encore plus en jeu notre tranquillité et nous fait vraiment peur, la différence se creuse davantage entre les amateurs d'habitude et les chercheurs de sensations fortes. Les personnes qui recherchent la tranquillité réagissent en se crispant de manière réflexe ou instinctive, tandis que d'autres se laissent aller voluptueusement au plaisir du vertige.

Quelles sont les situations les plus révélatrices de notre goût ou peur du risque ? On retrouve la vitesse, la course automobile, le défi physique des sports impliquant un saut ou une perte d'équilibre et la satisfaction d'un plaisir nouveau. Le goût du risque est un attrait pour ce qui est vierge, qu'il s'agisse d'une terre, d'une route vers un sommet, de la vitesse, d'aliments ou de vêtements neufs. Tout nouveau partenaire sexuel (vierge pour nous) représente également une source inédite de frissons. Les caractères communs des situations déclenchant des sensations fortes sont :

- un danger externe objectif, suscitant la peur ou l'excitation, par attrait du risque ou de la nouveauté ;
- une exposition délibérée et intentionnelle à ce danger ;
- le ferme espoir qu'en fin de compte, tout finira bien.

D'une manière générale, le frisson est d'autant plus intense que l'on s'éloigne de sa zone de sécurité, que l'on va vite, que l'on part pour longtemps ou dans l'inconnu. Chacune de ces aventures démontre l'indépendance de celui qui s'y adonne. M. Balint, et bien d'autres psychanalystes suggèrent une relation symbolique entre la durée de l'expérience, nouvelle ou dangereuse, et la durée ou la puissance d'une érection.

Les enfants trouvent dans leurs jeux des équivalents à cette recherche de nouveauté. Le jeu du chat continue à leur faire peur et plaisir, de même que la balle au prisonnier et les chaises musicales. Ils sont fondés sur la présence :

- d'un danger extérieur représenté par celui qui attrape, cherche ou chasse ;
- d'autres joueurs qui abandonnent leur zone de sécurité, leur « camp de base » en acceptant plus ou moins volontairement de s'exposer au danger ;
- du ferme espoir, là encore, de retrouver la zone de sécurité.

L'enfant apprécie cette mise en danger qui n'est qu'une illusion, et lui fait voir sous un jour nouveau la tranquillité qu'il retrouve. Tout ce qui fait frissonner implique ainsi d'abandonner et de retrouver sa zone de sécurité. Les plaisirs éprouvés dans chacune des deux phases (en restant dans sa zone de sécurité, en la quittant pour y revenir ensuite) sont très forts. La situation est plus inquiétante avec le jeu du foulard, qui se rapproche d'un jeu avec la mort.

Ocnophile ou philobate, deux manières de voir la vie

Pour comprendre le besoin d'habitude ou de risque, partons de l'expérience de l'acrobate et du funambule. L'acrobate nous fait frissonner par sa capacité à prendre des risques. Plus il s'éloigne du sol, plus les sensations sont fortes. Acrobate signifie « celui qui marche sur les extrémités », c'est-à-dire loin de la terre ferme. Par extension, le philobate est celui qui aime la nouveauté, le vertige et la rupture des habitudes. À l'opposé des philobates se situent les ocnophiles, soucieux de routine et de sécurité. Le mot vient du grec *okneo* qui signifie « se dérober, hésiter, se cramponner, s'accrocher à, se rétracter ». Les ocnophiles aiment en effet s'accrocher : ils s'accrochent à leur santé, leurs habitudes ou leurs principes. La monotonie les émerveille. La musique de leur vie se joue sur une seule note. L'ocnophile se conduit comme un enfant qui ne saurait nager que d'une bouée à une autre. Quand il joue au football, il garde la balle trop longtemps ; lorsqu'il conduit, il se sent obligé de raser le trottoir ou de rester derrière un camion qui roule au ralenti. S'il fait du ski, il n'ose pas se pencher en avant autant qu'il le faudrait. Au moment de sauter, il donne l'impression d'être collé au sol. Il peut prendre des risques, mais malgré lui, par excès de prudence. Hésiter trop longtemps avant de traverser une rue est parfois aussi dangereux que de passer en courant...

Le philobate est souvent plus heureux, plus authentiquement tranquille que celui qui se protège sans cesse. Une brève sensation de peur l'amuse, il la recherche et joue avec elle. Il supporte l'idée de s'exposer délibérément à un danger modéré qui, il le sait bien, ne l'anéantira pas. Mais alors de quoi ont peur les chercheurs de sensations et les philobates ? D'appartenir à la nation des « béats éternels » qui ont, une fois pour toutes, accroché une grimace radieuse à leur visage comme s'ils purgeaient une condamnation à vie à la tranquillité et la répétition. Goûtant l'excitation de ne pas savoir de quoi demain sera fait, il est sûr que l'incertitude est la base du vrai plaisir. Il préfère les surprises et les étonnements à la promesse d'un bonheur immuable. Il aime le romanesque, cette faculté merveilleuse qu'a le destin de nous arracher aux rails d'une vie sans histoires.

L'ocnophile, lui, a besoin de se cramponner, de se rassurer et de se protéger. Il perd son calme à trop le chercher. Son besoin de tranquillité et sa peur de la nouveauté l'empêchent de jouir de la vie. Il s'accroche à une personne, un objet ou une situation qui lui donne l'illusion d'être au calme. S'il risque de se noyer, il préférera se cramponner à un brin d'herbe plutôt que d'essayer de nager vers le rivage. Il va sans cesse d'objets connus en objets connus, et abrège le plus possible son séjour dans les espaces vides de repères.

La première image qui vient à l'esprit pour comprendre l'ocnophile est celle de l'enfant qui s'accroche à sa mère avant de la quitter. Les objets qu'affectionnent les ocnophiles représentent ou rappellent la mère aimante et sûre. Ils ressemblent aux objets transitionnels (les célèbres « doudous » du pédiatre et psychanalyste Donald W. Winnicott) qu'ils serraient contre eux dans leur enfance. La contraction, le repli sur un objet rassurant n'est pourtant qu'une fausse protection. Elle a été utile à l'enfant. Quand elle dure trop, elle empêche l'adulte d'exprimer ses potentialités. Les entraîneurs sportifs le savent mieux que quiconque. Ils apprennent aux skieurs et aux golfeurs à relâcher leurs muscles pour améliorer leurs performances. Celui qui s'accroche à ses skis ou à ses bâtons risque plus de tomber que celui qui file dans la pente. On voit pourtant des pointes d'ocnophilie chez les plus grands chercheurs de nouveauté. Le funambule tient une perche dans ses mains, le dompteur un fouet et le chef d'orchestre une baguette. Même les statues tiennent quelque chose dans leurs mains ! Chacun de ces objets, du bâton du skieur au levier de vitesse du pilote peut, selon les psychanalystes, rappeler symboliquement l'image du pénis. Cela explique en partie l'affection particulière que chacun porte à ses objets ocnophiles, de sa raquette de tennis à son ordinateur.

On peut encore expliquer l'obsession de l'habitude par une phobie de l'émotion, une « peur d'avoir peur », d'être trop ému. L'ocnophile se méfie de ses propres sentiments. Il détourne son regard ou son chemin des personnes susceptibles de lui faire perdre le contrôle de lui-même. Il n'aimerait pas gagner au casino et trouverait qu'un banco ne serait pas un plaisir mérité. Craignant le monde, il essaie d'en maîtriser les aspects imprévisibles en contrôlant ce qu'il dit et pense. Je comprends souvent cette angoisse comme une phobie des émotions trop fortes et une conséquence directe de l'angoisse de parents trop protecteurs. Je retrouve, dans l'enfance des ocnophiles, des parents qui n'ont pu ou su établir une relation suffisamment sécurisante pour que l'enfant s'autorise ensuite à les quitter et à explorer le monde sans culpabilité,

Mon métier de thérapeute consiste à répéter, jusqu'à emporter la conviction de ceux qui veulent bien m'écouter, que l'habitude n'est pas un mal irréversible. L'esprit recèle en lui, même masqués, même à distance de la conscience, des trésors de souplesse qui ne demandent qu'à s'exprimer. Encore faut-il se faire confiance ou faire confiance à une parole qui vous révèle à vous-même.

Si l'on veut comprendre nos comportements, il me paraît essentiel de savoir si l'on est plutôt charmé par la routine ou par la nouveauté. Notre relation à l'amour, à l'amitié, au travail et à l'argent est modulée par notre goût plus ou moins marqué de la répétition ou de l'innovation. Il n'y a pas qu'en politique que s'opposent les conservateurs et les révolutionnaires. Savoir dans quel camp on se situe permet de prévoir ses réactions. On peut et on doit aussi savoir si l'on ne souffre pas d'un excès de bougeotte ou de conservatisme. Sommes-nous des routiniers ou des instables heureux ? Avons-nous besoin de corriger une tendance qui met en péril nos amours ou notre travail ? Ocnophiles et philobates n'ont pas la même manière d'accéder à l'optimisme, mais chacun peut trouver le sien.

VOTRE CERVEAU A-T-IL BESOIN DE SENSATIONS FORTES OU DE ROUTINE ?

Un cerveau « en éveil » ou « endormi »...

À l'opposé des chercheurs d'habitude (ou ocnophiles), les chercheurs de sensations fortes (ou philobates) ont besoin d'expériences risquées et originales, quitte à mettre en jeu leur sécurité. Il y a près de quarante ans, un psychologue américain, Marvin Zuckerman, a suggéré que les amateurs de sensations fortes avaient un cerveau « endormi », ce qui expliquerait leur besoin de stimuler leur activité cérébrale (de « réveiller » leur cerveau) par des expériences dangereuses ou excitantes.

Selon M. Zuckerman, la recherche de sensations se traduit, au niveau du comportement, par quatre tendances : la recherche de nouveauté, la peur de l'ennui, le goût de l'aventure et la désinhibition. Ce dernier facteur signifie qu'un niveau élevé de recherche de sensations augmente la tendance à boire de l'alcool, à fumer du tabac, et à tomber souvent dans l'excès. Cette observation est confirmée quels que soient les pays ou les cultures étudiés : chez les préadolescents (entre 11 et 14 ans), la recherche de sensations détermine la consommation d'alcool et de tabac. Le risque de consommer de la drogue

OÙ EN ÊTES-VOUS ?

Êtes-vous un chercheur de nouveauté ?

Certainement, si vous vous reconnaissez dans la majorité (ou même la totalité) des affirmations suivantes :

– Je rêve souvent que je pourrais être un alpiniste.
– Je trouve plus stimulant que les gens ne soient pas d'accord avec moi.
– Je souhaiterais n'avoir pas besoin de gaspiller autant de temps à dormir.
– J'aime essayer de nouveaux plats.
– Je ne supporte pas de voir un film une seconde fois.
– Je m'énerve rapidement dès que je dois rester chez moi.
– Je trouve souvent de la beauté dans les couleurs discordantes et les formes irrégulières de la peinture moderne.
– La boisson à volonté est la clé de la réussite d'une fête.
– J'aimerais bien essayer une drogue qui produit des hallucinations.
– Presque tout ce qui est agréable est illégal ou immoral.
– On devrait avoir beaucoup d'expériences sexuelles avant le mariage.
– Souvent, j'aime me stimuler en buvant de l'alcool ou en fumant de l'herbe.
– Je prends plaisir à une discussion intellectuelle bien échauffée, même si les gens deviennent quelquefois excédés.
– Parfois, j'aime bien faire des choses incongrues, juste pour en voir l'effet sur les autres.
– Si l'on peut prédire toutes les paroles et tous les actes d'une personne, c'est qu'elle doit être ennuyeuse.
– Regarder des vidéos ou des photos de voyage chez quelqu'un m'ennuie à mourir.
– Je préfère les fêtes « sauvages » et désinhibées aux fêtes tranquilles où l'on discute paisiblement.

est déterminé, certes par l'environnement (le nombre d'amis qui prennent de la drogue), mais tout autant par la recherche de sensations.

Chez les obsédés de la routine, la situation est inverse. Anticipant les catastrophes, ils sont en permanence en alerte. Pour se calmer et s'apaiser, ils ont besoin de rendez-vous répétitifs. Ils n'ont pas peur de l'ennui ou du vide, ils les recherchent même et tentent d'éviter le trop-plein d'émotions que pourrait leur apporter une expérience imprévue.

Plusieurs modifications biologiques se retrouvent chez les chercheurs de nouveauté. L'une d'entre elles concerne l'activité neuronale appelée « potentiels évoqués cérébraux ». Une stimulation est produite sur le cerveau par une image que l'on présente à celui que l'on examine ; 300 millisecondes après la présentation de cette image, le cerveau réagit. Son activité produit une onde, appelée « onde P300 ». L'amplitude de cette onde révèle le tonus du cerveau. Chez les personnes les plus impulsives, la capacité de réaction cérébrale est réduite. L'amplitude de l'onde est diminuée. Ce marqueur est l'un des plus fortement associés aux comportements imprévisibles, à la recherche de nouveauté et même aux comportements agressifs.

Edward Bernat et son équipe de chercheurs ont comparé l'amplitude de l'onde P300 chez des prisonniers américains ayant commis de nombreux crimes et délits (vols, agressions sexuelles, kidnappings) et chez des Américains bien tranquilles. Il est apparu que les plus grands chercheurs de sensations et de nouveauté avaient une onde P300 plus basse. Tout se passe comme si leur cerveau était moins réactif et qu'ils avaient besoin de leur dose de risque et d'adrénaline pour se sentir exister.

D'autres zones du cerveau sont impliquées dans la recherche de nouveauté. La plus connue est le lobe frontal, cette partie du cerveau située à l'avant de la boîte crânienne. Elle est moins active chez celles et ceux qui recherchent le plus la nouveauté.

Les chercheurs de risques manquent de mémoire

Une autre explication de la recherche de nouveauté est le manque de mémoire. Un travail anglais (Dolan et Fullam), conduit en 2005 et reproduit plusieurs fois depuis, a comparé des hommes chercheurs de nouveauté à des amateurs d'habitude. Il a montré que les chercheurs de nouveauté avaient objectivement du mal à se souvenir des situations qui déclenchaient leurs émotions. Les psychologues anglais leur ont présenté une série de diapositives. L'une racontait par exemple l'histoire d'une mère et de son fils quittant la maison pour aller retrouver le père au travail. En chemin, l'enfant est renversé par une voiture et emmené à l'hôpital. Pendant qu'il est soigné, la mère essaie de prévenir par téléphone le père et les frères de l'enfant. Les diapositives émotionnelles montraient le moment de l'accident, l'action des médecins sur l'enfant. Les dernières diapositives, plus neutres, représentaient la mère en train de téléphoner.

À l'issue de la projection, les chercheurs de nouveauté éprouvaient plus de difficultés que les autres à se souvenir des scènes mobilisant fortement leurs émotions. Il est donc possible que la recherche de nouveauté soit déclenchée par l'oubli. Peut-être sommes-nous obligés de revivre les situations dont nous n'arrivons pas à nous souvenir ? Peut-être le goût de la nouveauté est-il un appétit amnésique de répétition ?

Qui est à la recherche d'un amour « à risque » ?
Celui qui...

— ... aime les expérimentations sexuelles.
— ... croit que plus une relation est fortement sexuelle, meilleure elle est.
— ... peut être décrit comme secret et mystérieux.
— ... veut passer, le plus rapidement possible, les nuits les plus excitantes possibles.

QUAND LA RECHERCHE DE SENSATIONS FORTES EST UNE MANIÈRE PARADOXALE DE CHERCHER L'OPTIMISME

Pourquoi les adolescents ont-ils tant envie de tatouages et de sports à risque ?

C'est le malentendu éternel entre les adultes qui parlent de sécurité et certains adolescents qui ne rêvent que de frissons. Plus on les menace, plus on les met en garde, plus ils ont envie d'affronter ce qui peut les mettre en danger. Les amateurs de sensations ne se contentent pas du corps que la nature leur a donné, mais ils apprécient l'expérience, même dangereuse, de s'en façonner un nouveau. Ils veulent le modifier, le renouveler. Dès le XVIe siècle, le chirurgien de Bologne, inventeur de la reconstruction du nez, Gaspare Tagliacozzi, savait qu'il travaillait plus sur la psychologie que sur l'anatomie : « Nous réparons ces parties de la face que la nature a données mais que les circonstances de la vie ont enlevées, pas tellement pour le plaisir des yeux mais bien pour remonter le moral des patients qui en sont affligés. »

Aujourd'hui, les chercheurs de nouveauté ne se limitent pas à une chirurgie qui embellit ou prétend rajeunir. Ils veulent décorer et personnaliser leur corps par des interventions multiples (tatouages, piercings, etc.). Selon les psychologues spécialistes de la question, le phénomène est particulièrement important en Allemagne : 8,5 % des Allemands se font tatouer et 6,5 % se font faire des piercings. La fréquence de ces comportements est encore plus grande entre 14 et 24 ans, où 41 % des femmes et 27 % des hommes ont tendance à se faire tatouer ou percer. Or, on observe que ces adeptes de modifications corporelles ont un niveau de recherche de sensations sensiblement plus élevé. Ceux qui cherchent la routine et l'habitude ont moins recours à ces pratiques et veulent garder leur corps comme il est. Les psychologues allemands qui ont interrogé des chercheurs de sensations voient, dans cette volonté de changer de corps, une envie de briser la routine et de modifier l'image que l'on a de soi.

Je rencontre chez les adolescents qui veulent arrêter l'alcool ou le tabac bien d'autres conduites dangeureuses. L'une d'elles est le *parkour*. Cet art du déplacement, aussi appelé *free running*, est l'une des expressions les plus caricaturales de la recherche de sensations chez l'adolescent. Il s'exerce dans des milieux citadins où l'accès à la nature est restreint. Ses fondateurs le définissent comme un art permettant de passer n'importe quel obstacle pour aller d'un point de l'espace vers un autre, au moyen des possibilités offertes par le corps humain. Il consiste à s'approprier la ville comme un terrain de jeux et d'aventures en trouvant de nouvelles et potentiellement dangereuses voies de circulation pédestre. Les pratiquants ou « traceurs » courent, sautent, glissent. Ils escaladent des murs, courent sur les toits des immeubles, bondissent de balcon en balcon. Ils recherchent la fluidité, l'esthétique et, bien sûr, le risque. Chez les adolescents consommateurs de tabac, d'alcool et de drogue, le *parkour* vient compléter l'expression de la recherche de sensations. Il m'est difficile de convaincre ces jeunes gens avides de danger des bienfaits de l'arrêt du tabac, de l'alcool ou de ces sports extrêmes. Mais peu à peu, nous trouvons ensemble d'autres aventures, plus intellectuelles ou professionnelles, qui leur procurent elles aussi des sensations fortes. Le trait de personnalité ne change pas. Il se déplace.

Les amateurs de risques ou de nouveauté recherchent aussi les confrontations violentes et les punitions. Cette confrontation les fascine, les distrait, et leur permet d'éloigner des émotions négatives, comme l'angoisse ou la dépression. Le *parkour*, parmi d'autres pratiques, représente un mode de révolte contre la routine et l'habitude. Il permet aux adolescents, regardés comme des irresponsables, de s'opposer aux valeurs d'une société attachée aux principes de sécurité et de prévention. Le psychologue Nicolas Cazenave a rencontré 53 traceurs adeptes du *parkour* et 55 gymnastes. Les gymnastes prennent aussi des risques. Ils n'ont cependant pas le goût du danger pour lui-même. Leurs objectifs sont sportifs, tandis que les traceurs cherchent la nouveauté et le danger pour lui-même. Les traceurs interrogés décrivaient les effets excitants de la prise de risque et de l'aventure en trois temps :

- l'attente, comme une suprême tension dans un moment qui n'en finit pas ;
- le moment de l'acte, avec une sorte d'orgasme et de plaisir qu'ils ne trouvent dans une aucune autre circonstance ;

– l'après-coup, avec le soulagement d'avoir survécu et l'impression d'être un élu, protégé par le sort et digne d'admiration.

Mais ce comportement s'étend bien au-delà des adolescents. On retrouve ces pratiques extrêmes chez ceux qui ne trouvent pas d'autres moyens d'accéder à une image personnelle ou sociale dont ils soient fiers. Ils ont des collègues, des amis et une famille qui, de leur point de vue, les rejettent ou les ignorent. La prise de risques est le seul moyen qui leur reste pour exprimer leur besoin de puissance, leur originalité ou leur personnalité.

Le syndrome de James Dean

Les traceurs et autres chercheurs d'aventures se croient au sommet de la modernité, tout en reproduisant le schéma antique de l'ordalie. « Soit je réussis l'épreuve, je survis et je suis protégé. Soit j'échoue et je meurs », nous dit le jugement de l'ordalie. Les adolescents du film *La Fureur de vivre* de Nicholas Ray jouaient au *chicken* (qui correspond à notre « poule mouillée ») pour oublier leur ennui et souder leur groupe. Ils étaient riches et en pleine santé, mais se disaient en manque d'émotions et de sensations fortes. Pour se distraire, ils lançaient leurs voitures dans la nuit jusqu'à ce que l'un d'eux se dégonfle, et soit le *chicken*, ou gagne le jeu, quitte à y laisser sa vie. Dans un raccourci qui a marqué l'histoire et le cinéma, J. Dean a incarné ce rebelle sans cause du film de N. Ray. Tout le film entretient le doute entre la réalité et la fiction. La scène de combat à l'arme blanche a été réalisée avec de vrais couteaux (seule une cotte de mailles sous leurs manches protégeait les acteurs des coups perdus). C'est Frank Mazzola, autrefois membre d'un gang de Hollywood, qui apprit à J. Dean à manier le couteau. L'acteur, qui avait en plus attrapé la malaria pendant le tournage, fut véritablement blessé au poignet lors de la scène de son arrestation par la police. La fiction influença même la réalité, puisqu'en tournant ce film, J. Dean s'est pris de passion pour les courses automobiles. Il a acheté sa première Porsche, une 356 Speedster, avec laquelle il a commencé à gagner quelques courses. C'est au volant de cette même voiture qu'il est mort, l'année de la sortie du film, en septembre 1955, à l'âge de 24 ans. Ce jour-là, il voulait participer à une compétition automobile au nord de la Californie. Il est parti tôt le matin de Los Angeles. En route, il est arrêté par un contrôle de police et reçoit une contravention pour excès de vitesse. Il repart, toujours en roulant vite de peur d'arriver en retard à la course. Après avoir roulé quatre heures, J. Dean traverse Cholames, une petite ville de Californie. Un jeune étudiant croise son chemin au volant d'une Ford. J. Dean voit la Ford, mais ne freine pas. Il essaie en vain de la contourner. Les deux voitures se percutent. Le jeune étudiant s'en sort avec seulement quelques hématomes ; J. Dean meurt sur le coup. Il a perdu la partie dans ce dernier jeu avec le destin. Il est devenu l'icône, ou le modèle, de l'adolescent à la recherche de sensations fortes. Ce parcours terrible est devenu un objectif pour les philobates.

LE SAVIEZ-VOUS ?

Les enfants nés en hiver sont plus casse-cou

Carol Joinson, biologiste en Angleterre, est partie d'une hypothèse étonnante. Elle suggère que le niveau de recherche de sensations n'est pas le même selon le mois de naissance. Elle a testé 448 étudiants anglais. Les étudiants, âgés de 20 à 45 ans, nés entre octobre et mars avaient un niveau de recherche de sensations plus élevé que ceux qui étaient nés les six autres mois. Ces résultats sont bien difficiles à expliquer. Peut-être que le niveau d'activité des récepteurs à la dopamine et du système dopaminergique du cerveau n'est pas le même selon le mois de naissance. La dopamine pourrait être contrôlée par la mélatonine. Son activité pourrait donc dépendre du niveau d'ensoleillement qu'a connu la mère pendant la grossesse. Le risque d'infections, et notamment de grippe, pendant la grossesse n'est pas non plus le même selon les mois de l'année. Ces infections, si elles sont contractées très tôt pendant le développement fœtal, pourraient modifier l'installation du système dopaminergique. Ces données intrigantes doivent bien sûr être confirmées.

ON PEUT GUÉRIR DE SES DÉPENDANCES EN CHANGEANT D'HABITUDES

Qu'est-ce qu'une dépendance si ce n'est une forme d'habitude mauvaise pour la santé ? L'addiction est une routine dont on ne sort que si on la reconnaît. Les dépendants de l'alcool et du tabac ne trouvent plus beaucoup de plaisir dans leur prise de substance. Leur besoin de boire ou de fumer sont des actes machinaux, auxquels ils ne pensent pas, mais dont ils ne peuvent se passer. À la contrainte du comportement qui se répète, s'ajoute rapidement une dépendance physique induite par le produit qu'ils consomment. Les symptômes de manque ou de sevrage renforcent l'obligation de sacrifier ces habitudes.

L'habitude de boire et de fumer

Le sketch de Gad Elmaleh sur le tabac montre bien que le fait de fumer est avant tout une histoire de répétition et d'entraînement. Il raconte combien il est difficile de commencer à fumer. C'est une nouvelle habitude qui demande bien des efforts. Au début, il n'aime ni le goût ni l'odeur du tabac, et il lui faut plusieurs jours pour devenir un vrai fumeur. Ensuite, il ne pourra plus s'arrêter. Pour certains, le geste de fumer donne une contenance, il occupe les mains. D'autres fumeurs ont bien du mal à s'engager dans une activité intellectuelle difficile sans une cigarette. Quand ils travaillent, écrivent ou réfléchissent, le tabac leur vient naturellement comme un adjuvant ou un stimulant. Ils apprennent à identifier ces moments de dépendance particulièrement aigus. L'habitude de fumer, enfin, rassure comme tous les comportements répétitifs. Les fumeurs sevrés doivent trouver d'autres manières de se détendre, d'avoir une contenance en société ou de se concentrer.

Parmi les dépendants de l'alcool se retrouvent aussi des buveurs par habitude. Ils boivent, de manière ritualisée, leur même verre aux mêmes heures. Ils ne recherchent ni l'ivresse ni l'endormissement dans l'alcool. Ils ont seulement besoin de répéter chaque jour un geste machinal, auquel ils ne pensent pas beaucoup et n'attribuent pas une grande importance. Ils ne cherchent dans l'alcool aucune griserie, mais ils ne peuvent se passer du fait de boire un verre à chaque repas ou chaque soir. Ils seraient bien étonnés d'être considérés comme dépendants.

Les producteurs d'alcool savent que les consommations sont avant tout déclenchées par l'habitude. Ils offrent aux étudiants des *open bars* de vodka ou de champagne. Ils servent à volonté leurs futurs clients, qu'ils transformeront en buveurs réguliers. Les *premix*, ces petites bouteilles colorées qui se présentent comme des sodas corsés ou branchés, ciblent de manière particulièrement malhonnête les plus jeunes. Le goût de l'alcool est couvert par le sucre pour séduire, malgré lui, le nouveau consommateur et créer une relation de dépendance dont il aura bien du mal à se passer, une fois l'habitude prise.

L'habitude, quand elle est installée, tend à se prolonger au nom du principe de répétition. Nous aimons ce qui organise notre vie et nous fait croire que nous maîtrisons notre destin. L'habitude peut même persister d'une génération à l'autre. Les acheteurs et les joueurs compulsifs racontent souvent qu'ils poursuivent une habitude familiale, qu'ils prolongent un comportement appris dès l'enfance, de leurs parents.

L'habitude de travailler

Les bourreaux de travail se font souffrir et font souffrir leur famille. Leur habitude de travail vient de leur éternelle insatisfaction. Ils pensent qu'ils n'ont jamais donné le meilleur d'eux-mêmes. À la manière d'un sportif qui tente de mettre la barre encore plus haut, ils veulent toujours aller plus loin. Ils s'octroient parfois des loisirs, mais à condition qu'ils soient utiles : par exemple, le ménage, ou le bricolage. Ils n'ont pas de temps pour se soigner, ne font attention ni à ce qu'ils mangent, ni à leur forme physique. Il peut leur arriver de fumer ou de boire pour se stimuler, croient-ils. En réalité, ils mettent bien leur santé en péril.

Le *workaholique* investit le travail comme l'alcoolique la boisson. Il travaille trop et, finalement, assez mal. Il ne délègue rien, relit ses notes et ses dossiers trop souvent et tout seul. Il n'a confiance ni en ses collaborateurs (on ne peut rien leur confier) ni en ses patrons (ils ne le comprennent pas et ne le méritent pas).

Les différents profils du travailleur excessif

• *Le travailleur perpétuel* : Il travaille jour et nuit, y compris pendant les vacances. Il hésite beaucoup et relit, encore plus souvent qu'il ne les lit, ses dossiers. Il est le premier à son bureau et le dernier à le quitter.

• *Le travailleur inattentif* : Papillonnant d'une activité à l'autre, il ne peut se fixer sur une tâche. Il passe beaucoup de temps à travailler mais ne termine rien. Il dépense aussi beaucoup d'énergie dans les salles de réunion et les cafétérias, avant ou après les réunions.

• *Le gourmet du travail* : Il travaille lentement et le plus longtemps possible. Il aime ce qu'il fait, dégustant chacune de ses activités. Son bureau ressemble à un salon douillet : il y apporte ses objets familiers et y écoute de la musique douce.

Les psychanalystes voient dans la boulimie de travail une réponse à des sentiments anciens et cachés de culpabilité remontant à l'enfance. L'enfant qui se sent coupable a l'impression de mériter une punition. Devenu adulte, il aura besoin de s'imposer des tâches interminables et fastidieuses, pour se punir d'une faute dont il n'a pas conscience. Il pense mériter les échecs et ne voit les réussites que comme des états transitoires ne laissant présager rien de bon. L'une des causes de l'habitude laborieuse est donc le masochisme moral. Il conduit à se maltraiter, de manière subtile, en se refusant ce qui fait plaisir, en s'imposant des efforts et des tâches répétitives. Une autre cause fréquente, et souvent cachée, du surmenage volontaire est le syndrome de l'imposteur. Celui qui ne s'aime pas assez et n'a pas confiance en lui, compense l'image qu'il a de lui-même par un excès de travail.

Il trouve, dans les efforts incontestables qu'il accomplit, une garantie symbolique de sa valeur. L'épuisement qu'il recherche lui apparaît comme un signal positif. Il l'empêche de penser et lui fait dire qu'il ne peut aller plus loin dans le travail.

Les errants de la chair, amoureux à perpétuité

L'habitude de tomber amoureux est maintenant décrite comme une forme de dépendance. Certains ont un besoin irrépressible des premiers dîners, de ces situations qui les intimident et les passionnent en même temps. De manière assez paradoxale, ils prennent l'habitude de tomber amoureux par peur d'un engagement réel. Ces « errants de la chair », selon l'expression du psychanalyste Jean-Pierre Winter, multiplient les relations affectives et sexuelles pour se convaincre de leurs désirs et de leurs choix. C'est parce qu'ils ne sont pas sûrs de leurs amours, mais aussi de leur capacité à aimer, qu'ils prennent l'habitude du coup de foudre.

Marilyn Monroe était ainsi une *love addict* ou une errante de la chair, avec un besoin permanent de coups de foudre et de nouvelles histoires d'amour[1]. Elle vivait toutes ses relations amoureuses et professionnelles sur le mode de la contrainte et de la répétition. Elle ne pouvait jamais rompre complètement ou simplement une histoire sentimentale. Elle a entretenu avec son deuxième mari, le joueur de base-ball Joe DiMaggio, une histoire étonnante de dépendance. Elle l'a rencontré dix ans avant

1. Voir à ce sujet mon livre *Du plaisir à la dépendance. Nouvelles addictions, nouvelles dépendances*, Points, 2009.

sa mort et l'a épousé. Puis, le couple s'est déchiré, et ils ont divorcé neuf mois après leur mariage. Peu après son divorce, Marilyn a repris contact avec Joe DiMaggio, et en 1962, ils se sont remis ensemble, évoquant la possibilité d'un remariage. Entre-temps, elle n'avait jamais rompu le contact avec lui, l'appelant à l'aide pour sortir des hôpitaux psychiatriques où ses multiples autres habitudes (alcool, barbituriques, stimulants) l'avaient conduite.

Ce comportement de *love addict* se retrouve également au sein des relations professionnelles de Marilyn, qui entretenait une relation particulière avec Lee et Paula Strasberg, ses professeurs de théâtre. Ceux-ci étaient devenus ses directeurs de conscience. Elle ne pouvait se passer de leur présence et leur demandait de l'accompagner partout. Elle ne répondait pas à un journaliste sans vérifier qu'ils étaient d'accord avec ce qu'elle allait dire.

Enfin, les psychiatres étaient utilisés par Marilyn comme des drogues et des équivalents de relation amoureuse. Son dernier psychiatre, Ralph Greenson, a probablement été le plus envahissant. Médecin personnel de Marilyn depuis 1960, il tenait une place qui n'avait plus grand-chose à voir avec celle d'un psychothérapeute. Marilyn lui demandait conseil pour tout. Elle lui laissait régenter sa vie, choisir ses amis et les membres de sa famille qu'elle pouvait continuer à rencontrer. Mêlant une dépendance à une autre, elle terminait ses étranges séances de thérapie en partageant avec son psychiatre préféré une coupe du champagne qu'elle avait mis au frais dans son cabinet !

Toutes les habitudes se ressemblent du point de vue du cerveau

Pour le psychiatre et psychanalyste Aviel Goodman, la base de toutes les addictions est une incapacité à ne pas répéter les habitudes que l'on contracte. La plupart des habitudes et addictions commencent dans l'enfance ou à l'adolescence et ont tendance, une fois installées, à durer longtemps. Les hommes ou les femmes d'habitude ont souvent plusieurs dépendances. Ils peuvent, successivement ou en même temps, consommer de l'alcool, de la drogue, faire des crises de boulimie, des achats inconsidérés ou jouer de l'argent. Un homme ou une femme ayant acquis une première habitude a, plus que les autres, tendance à en subir une autre. Les dépendants de l'alcool sont plus souvent boulimiques, joueurs ou dépendants de l'amour. Les joueurs, eux, boivent et fument plus. Il en est de même des boulimiques, plus enclins à prendre l'habitude de jouer, boire ou se droguer.

Les habitudes sont encore une affaire de famille. Les parents et les enfants ont souvent les mêmes habitudes. Ils fréquentent, d'une génération à l'autre, les mêmes restaurants ou les mêmes milieux sociaux. De même, les vraies addictions sont aussi transmises des parents vers les enfants. Le fait d'avoir des parents ayant l'habitude de boire ou de fumer augmente chez les enfants le risque d'avoir soit la même habitude, soit le besoin de jouer ou de faire des dépenses exagérées.

Certains traits de caractère exposent à l'addiction et à l'habitude. A. Goodman cite l'agressivité, l'intolérance aux frustrations, le pessimisme et les accès de tristesse ou d'anxiété. L'homme ou la femme d'habitude est en proie à des moments de découragement qu'il doit traiter lui-même en recourant à une drogue ou à un comportement qui le rassure. Un cercle vicieux de conditionnement s'installe vite entre l'angoisse et l'habitude. Ainsi, cette jeune femme prenant l'habitude de compenser ses moments de solitude par des crises de boulimie. Chaque accès d'angoisse l'incite à se précipiter dans sa cuisine ou dans une pâtisserie. Après ce qu'elle appelle ses « grandes bouffes », elle se sent encore plus angoissée et a de plus en plus besoin de manger. En retour, ces « grandes bouffes » l'entretiennent dans une situation solitaire.

Bien d'autres comportements s'expliquent par la compulsion de répétition. Ainsi, les séries télé ne peuvent être consommées que de manière répétitive. Elles sont faites pour nous accompagner le plus longtemps possible. Un épisode n'a que peu d'intérêt, alors qu'une saison est vite suivie d'une deuxième. Nous nous identifions aux personnages principaux, qui entrent dans notre vie et nous parlent sur le mode de la connivence. Ce sont des amis de la famille. Si le premier épisode peut être ennuyeux, la suite devient une habitude, et nous retrouvons notre série comme d'autres leur cognac du soir. De la même manière, le téléphone, depuis qu'il est devenu portable, ne sert plus seulement d'instrument de communication mais aussi de compagnon rassurant. On le garde sur soi comme un lien qui protège et dont on ne peut se passer. Sa disponibilité permanente induit bien sûr un manque dès qu'on l'oublie ou que ses batteries sont déchargées.

Un site Internet pour changer d'habitudes et tenir ses résolutions[1]

Deux universitaires de Yale, Dean Karlan et Ian Ayres, proposent de vous aider à changer d'habitudes. Pour cela, ils ont ouvert un site (stickk.com) pour vous faire tenir vos résolutions et ils vous proposent de passer un contrat avec vous-même. Vous prenez par exemple l'engagement de perdre trois kilos en un mois. Vous allez, avec eux, être vraiment obligé de changer. Vous désignez un arbitre qui va vérifier votre changement d'habitudes et vous peser à une date précise. Mais stickk.com ne se limite pas à la déclaration d'intention : il vous fait aussi choisir votre punition si vous ne changez pas d'habitudes. Vous pouvez afficher vos performances sur le site et recueillir l'admiration des autres visiteurs si vous avez tenu vos résolutions. Ce site reprend le mode de fonctionnement des groupes classiques de dépendants qui veulent s'en sortir. Les tabagiques qui tiennent le sevrage sont fiers d'annoncer à leurs collègues de thérapie ou de défi leur changement d'habitudes, et les autres y voient un encouragement à suivre ce bon exemple. On trouve bien des groupes de dépendants qui s'encouragent et s'intimident par l'exemple. Citons les Weight Watchers, les Débiteurs Anonymes, les Alcooliques Anonymes, les Outremangeurs Anonymes et même les Dépendants affectifs et sexuels Anonymes.

Avec leur idée de punition, D. Karlan et I. Ayres proposent une autre méthode que la pression du groupe : l'argent. Si vous ne tenez pas vos résolutions, vous devez verser une somme d'argent à une organisation caritative.

1. Voir à ce sujet mon ouvrage *Changer... en mieux. Les dix chemins du changement positif*, Le Livre de Poche, 2013.

Le site choisit l'organisation qui va recevoir votre argent. Avec une pointe de perversion – mais tout est bon pour changer d'habitudes –, ils optent pour une organisation dont les buts sont radicalement opposés à vos valeurs. Ils citent l'exemple d'un catholique très opposé à l'interruption volontaire de grossesse qui a dû financer une association militant pour cette pratique et un communiste qui a financé les Scouts d'Europe. D. Karlan avait commencé par expérimenter cette thérapie sur lui-même. Alors qu'il préparait sa thèse, il avait signé un contrat avec un autre étudiant, où chacun s'était engagé à changer ses habitudes alimentaires et à perdre du poids. Celui qui échouait devait 5 000 dollars à l'autre. L'expérience a marché et les deux étudiants ont réussi à progresser. D. Karlan met en place des actions de changement d'habitudes encore plus ambitieuses. Il a choisi 700 fumeurs philippins qui voulaient arrêter la cigarette, et il leur a demandé de déposer de l'argent sur un compte. Six mois plus tard, un test d'urine « surprise » déterminait ceux qui avaient réussi à sortir de la dépendance et pouvaient garder leur mise. Seuls 11 % des fumeurs ont accepté ce pari. Après six mois, 11,6 % des fumeurs auxquels on avait présenté l'expérience (qu'ils l'aient ou non accepté) avaient arrêté de fumer. Dans un autre groupe de fumeurs, auxquels aucune expérience de pari n'avait été proposée, seuls 8,6 % avaient arrêté de fumer. Allons-nous généraliser ces pratiques dans les consultations d'addictologie ? Pour l'instant ce n'est pas le cas, mais tous les addictologues savent déjà que le travail sur la motivation est une part importante de leur intervention de soin.

LES MANIES DE PROUST ET LE SYNDROME D'OBLOMOV

Proust, lui-même homme d'habitude, a décrit ses manies avec un luxe de détails. La plus célèbre, qui ouvre la *Recherche*, est le besoin du narrateur de recevoir un baiser de sa mère avant d'aller se coucher. L'obsession de la répétition ressemble ici à la dépendance qui oblige l'alcoolique ou le toxicomane à boire ou à se droguer. On y retrouve la peur du manque, l'anticipation anxieuse et l'incapacité à changer. « Je ne quittais pas ma mère des yeux », dit le narrateur en attente du baiser habituel, « je savais que quand on serait à table, on ne me permettrait pas de rester pendant toute la durée du dîner et que pour ne pas contrarier mon père, maman ne me laisserait pas l'embrasser à plusieurs reprises devant le monde, comme si ç'avait été dans ma chambre[1]. » Quand l'habitude ne peut être satisfaite, l'enfant est dans un vrai manque. Il ne voit pas comment affronter sans protection un inconnu qui se dérobe : « Et il me fallut partir sans viatique ; il me fallut monter chaque marche de l'escalier, comme dit l'expression populaire, à "contrecœur", montant contre mon cœur qui voulait retourner près de ma mère parce qu'elle ne lui avait pas, en m'embrassant, donné licence

1. *À la recherche du temps perdu, op. cit.*

de me suivre. [...] Une fois dans ma chambre, il fallut boucher toutes les issues, fermer les volets, creuser mon propre tombeau, en défaisant mes couvertures, revêtir le suaire de ma chemise de nuit[1]. »

Devenu adulte, le narrateur de la *Recherche* garde son obsession de l'habitude : « Les traits de notre visage ne sont guère que des gestes devenus, par l'habitude, définitifs. La nature, comme la catastrophe de Pompéi, comme une métamorphose de nymphe, nous a immobilisés dans le mouvement accoutumé[2]. » La perspective d'une nouvelle chambre l'angoisse particulièrement, alors, quand il doit malgré tout voyager, il anticipe les désagréments de la nouveauté : « Dès le second jour, il me fallut aller coucher à l'hôtel et je savais d'avance que fatalement j'allais y trouver la tristesse... » On sait à quel point Proust connaissait lui-même ce besoin de repli dans une chambre-refuge. Il conviait autour de son lit ses amis, et même des quatuors à cordes pour lui jouer les morceaux préférés qu'il n'osait aller écouter à l'extérieur. Ingénieux par habitude, il invente presque la radio en écoutant au téléphone son cher opéra de Claude Debussy, *Pelléas et Mélisande*. Avec sa science de la psychologie jamais prise en défaut, Proust mesure les effets bénéfiques de l'habitude. Elle nous empêche de penser et nous anesthésie : « Nous modifions inlassablement notre demeure autour de nous ; et au fur et à mesure que l'habitude nous dispense de sentir, nous supprimons les éléments nocifs de couleur, de dimension et d'odeur qui objectivaient notre malaise[3]. »

---

1. *Ibid.*
2. *Ibid.*
3. *Ibid.*

Il est des habitudes positives qui sont des principes de stabilité de l'existence. J'invite ceux qui en ont à les garder et même les défendre. L'habitude, pour qui sait en profiter, économise du temps et de l'énergie. Elle permet de ne pas avoir à tout refaire chaque matin et elle crée des réflexes pour absorber les incidents ou l'imprévu. Les règles de vie épargnent des efforts répétés. L'habitude est aussi un effet de l'éducation : c'est par habitude que l'on apprend un métier ou que l'on maîtrise un art. Le pianiste ne se concentre sur l'émotion qu'une fois qu'il a acquis la technique, par l'habitude et la répétition. Ces habitudes et cette expérience sont notre identité et notre talent. Un bon médecin a l'habitude de soigner et un bon peintre l'habitude de mélanger les bonnes couleurs. Nous tenons donc à nos habitudes parce qu'elles impriment un rythme à nos existences, et en constituent la colonne vertébrale.

Si la force de l'habitude est universelle, nous n'entretenons pas tous la même relation avec elle. Certains figent leurs comportements (toujours le même menu, le même travail, les mêmes fins de semaine et les mêmes amis), tandis que d'autres alternent l'imprévu et la routine. Les premiers voient tout écart dans l'ordre classique des événements comme un motif de trouble ou de déplaisir. L'habitude leur fait oublier la peur et même la sensation du temps qui passe. Ils trouvent dans les rituels (familiaux, religieux ou politiques) un puissant anesthésique. Les autres, tout en étant rassurés par leurs habitudes, aiment à ce qu'elles soient de temps à autre contrariées. Ils peuvent ou savent trouver du plaisir en dehors de la répétition.

Le syndrome d'Oblomov

Un romancier russe un peu oublié, Ivan Gontcharov, a décrit les dangers de l'excès de calme et de routine. Oblomov, le héros qui a donné son titre au roman, est persuadé de ne pouvoir supporter aucune contrariété. Il fuit les émotions fortes, les conflits et la nouveauté : « Ma vie, dit-il, commença par l'extinction. C'est bizarre mais c'est ainsi. Dès les premières minutes où j'eus conscience de moi, je sentis que je m'éteignais[1]. » Sa relation au monde a été décrite comme une forme de maladie, l'oblomovisme. Riche et oisif, Oblomov se soigne de façon préventive en enchaînant les grasses matinées puis les siestes. Quand il doit faire un choix, quand il est contraint de déménager ou de s'occuper de ses biens, il retourne vers son refuge préféré : son lit. Il s'allonge, commence à réfléchir et... s'assoupit. C'est dans son lit qu'il goûte les moments les plus tranquilles de sa vie : « La position allongée, écrit Gontcharov, n'était pour [lui] ni nécessaire, comme pour un malade ou pour un homme qui veut dormir, ni accidentelle comme pour une personne fatiguée, ni voluptueuse comme chez le fainéant ; c'était son état normal[2]. »

Le vêtement préféré d'Oblomov est bien sûr sa robe de chambre. Il lui trouve des qualités inestimables. Il aime sa douceur et sa souplesse, véritables invites à la paresse. Elle ne pèse pas sur son corps et ne le quitte pas quand il s'allonge. Il complète sa panoplie du repos parfait par des pantoufles longues, moelleuses et larges. Il les a choisies parce que ses pieds s'y glissent tout seuls.

---

1. I. Gontcharov, *Oblomov*, Le Livre de Poche, 2008.
2. *Ibid.*

Même quand il quitte son refuge et ses couvertures, Oblomov ne sort pas complètement de sa léthargie. Ses mouvements sont empreints de mollesse et d'une paresse non dénuée de grâce. Dès que l'ombre d'un souci remonte du fond de son âme, son regard s'embrume. Il commence à douter, à se sentir triste. Il aurait bien envie de se recoucher pour échapper au tracas qui s'annonce. S'il ne peut céder à sa drogue préférée, l'homme ressent une tristesse vague et une angoisse. Il n'a vraiment pas le courage d'affronter le monde, ses dangers et ses événements imprévisibles. Son inquiétude, pourtant, reste floue, elle ne s'incarne pas dans une menace particulière. Les livres d'histoire, qui parlent de révolutions, de guerres et de mouvements de foule, il ne les ouvre jamais.

Refusant les excès, Oblomov n'aime que la routine et redoute tout changement dans l'organisation de sa vie. La perspective d'un déménagement, pourtant inéluctable, lui apparaît comme une catastrophe. Il fera tout pour l'éviter. Comment imaginer de changer la place de son lit ? Si Oblomov tient tant à son lit, c'est aussi parce qu'il est persuadé que le monde ne lui réserve que des mauvaises surprises, des êtres mauvais et dangereux. À un voyage, même agréable, il préfère la contemplation d'une lézarde dans le plafond.

Bien qu'il ne sorte pas, Oblomov a l'impression que la vie le harcèle, menace l'équilibre qu'il a si patiemment mis en place. Sans jamais l'atteindre, il cherche une sorte de paradis perdu, un nirvâna de la maîtrise. Il prend chaque jour de nouvelles précautions pour mieux garantir sa sécurité. Il envisage les catastrophes et les calamités comme des ennemis qui ne dorment jamais et s'affairent à sa perte ou à sa porte.

Même son langage est une défense, une protection. Les expressions qu'il apprécie sont celles qui laissent la place au doute et à l'indécision. Il les utilise parce qu'elles ne l'engagent pas, ne l'obligent pas à choisir, à dire oui ou non : « Avec un peu de chance », « peut-être », « d'une manière ou d'une autre » rythment ses propos. « Les événements de sa vie, écrit Gontcharov, s'étaient réduits à des dimensions microscopiques, sans qu'il pût toutefois les maîtriser. Ces événements jonglaient avec Oblomov, comme s'il était ballotté par des vagues, incapable qu'il était d'y opposer la force de sa volonté ou de les suivre en pensée. Il vit ainsi comme une fleur exotique dans une serre, grandissant lentement et mollement comme elle, sous sa cloche de verre[1]. »

Les moines, à trop longtemps fuir la nouveauté, peuvent être atteints d'un syndrome comparable à l'oblomovisme : l'acédie (du grec *akedia*, qui signifie « indifférence »). Le moine frappé d'acédie devient un toxicomane de l'inaction. Il s'éloigne de ses frères et de ses prières. Il perd le courage, comme l'écrivait bien le philosophe Vladimir Jankélévitch, d'« endurer la durée ». Il continue à redouter la nouveauté sans plus pouvoir supporter ses tâches routinières. Ce profond découragement peut aussi frapper les hommes d'action qui, au sommet de leur réussite, découvrent le caractère routinier de leurs tâches et voient se révéler d'un coup ce qu'elles ont d'aliénant.

Oblomov, solitaire, ne tombe pas dans l'acédie, et continue à nourrir des projets même s'il n'a pas l'énergie de les réaliser. Il ne désespère pas de trouver une femme qui l'accompagne dans sa recherche du calme. Il voudrait une compagne qui soit un puissant sédatif, qui le pro-

1. *Ibid.*

tège de ses angoisses. Il s'imagine avec volupté dans un mariage qui incarnerait le cours éternellement régulier d'un sentiment partagé. Près d'une épouse fière, douce et paisible, il est persuadé qu'un homme comme lui peut dormir sans souci. Dans le secret de ses rêveries, il envisage la vie conjugale comme une routine vaguement sensuelle abolissant le temps. Le mari comblé, à en croire Oblomov, « s'assoupit avec la certitude de croiser au réveil le même regard humble et sympathique. Et vingt, et trente ans plus tard, à son regard chaleureux, dans les yeux de sa femme brillera doucement la même humble lueur de sympathie. Et comme ça jusqu'au tombeau ! ».

On ne sera pas surpris d'apprendre qu'Oblomov restera célibataire... Aucune femme n'a voulu partager avec lui un idéal si soporifique ! Il ne quittera jamais ses manies et son lit. Il n'arrivera pas à surmonter, en dépit des encouragements de ses amis, ses fausses croyances et sa fragilité imaginaire. Il mourra persuadé d'être incapable de supporter l'air extérieur ou les rencontres avec des inconnus. Il ne laissera derrière lui que le souvenir mélancolique d'un homme muré dans sa maison, ses rituels et ses manies.

La peur du changement et la tendance à la rêverie traduisent, chez Oblomov comme chez bien d'autres drogués du calme ou de l'habitude, à la fois un besoin de protection et la certitude que la pensée remplace l'action. Oblomov prépare constamment le futur et ne vit jamais le présent. La peur du changement l'incite à se cramponner à son état et à ce qu'un psychothérapeute appellerait « ses symptômes ». Sa situation est bien connue des thérapeutes. Certaines personnes font de la résistance passive, opposant l'oblomovisme à leur psychothérapie. Ils abordent les traitements sur le mode de la résistance au changement et détournent la cure vers un processus de maintien des symptômes en l'état. Pour eux, le statu quo est un moindre mal, comparé aux risques de l'imprévu ou de la nouveauté.

Des célébrités aux habitudes quelque peu étranges...

Alexandre Souvorov est l'un des plus grands généraux de l'histoire russe. Il se couchait à six heures du soir pour se lever à deux heures du matin. Il commençait sa journée en se versant un bassin d'eau froide sur le corps et en criant « cocorico ». Tout au long de sa carrière, il dormit couché sur de la paille.

L'empereur Néron se baignait avec des poissons. Il croyait que les poissons émettaient des champs électriques et guérissaient ses rhumatismes.

Lord Byron, selon la légende, se mettait en fureur quand il voyait une salière.

Winston Churchill avait l'habitude de jouer avec ses soldats de plomb, même au milieu des guerres réelles, impliquant des soldats de chair et de sang.

Charles Dickens, lorsqu'il écrivait, prenait une gorgée d'eau chaude toutes les 50 lignes.

Le compositeur **Johannes Brahms** cirait en permanence ses chaussures pour trouver son inspiration.

Ludwig van Beethoven se versait un seau d'eau froide sur la tête avant de commencer à composer pour stimuler sa créativité.

Honoré de Balzac ne commençait à écrire qu'après avoir bu 5 ou 7 tasses de café. On calcule qu'il aurait pu dans sa vie boire 50 000 tasses de café.

Voltaire buvait, lui, 50 tasses de café par jour.

LES DIFFÉRENTES EXPRESSIONS DU GOÛT POUR LE FRISSON OU LA ROUTINE

À chaque personnalité son sport préféré

Les joueurs d'échecs ne ressemblent pas tout à fait aux boxeurs. Les surfeurs sont plus amateurs d'expériences et de frissons que les golfeurs. Le résultat était prévisible, le voilà confirmé par Rebekah Diehm, une psychologue australienne. Que ce soit une Australienne qui se penche sur la psychologie du surfeur, rien d'étonnant non plus, direz-vous. Toujours est-il qu'elle a comparé la tendance à rechercher des sensations chez 41 surfeurs et 44 golfeurs (R. Diehm, C. Armatas, 2004). Elle a choisi les deux sports qui lui apparaissaient extrêmes : l'un pour sa sécurité, l'autre pour sa prise de risque. Chez chacun de ces sportifs, elle a mesuré le goût pour la nouveauté, les expériences et la peur de l'ennui. Le résultat révèle une recherche de sensations deux fois plus importante chez les surfeurs que chez les golfeurs. Elle confirme ainsi de manière objective ce dont on se doutait un peu : les personnes ayant une forte tendance à rechercher les expériences extrêmes préfèrent les sports à risque aux sports réputés tranquilles. Elle a également montré que ce goût pour les sports à risque n'était pas spécifiquement masculin ou féminin : il dépend plus de la personnalité que du sexe.

Score de recherche de sensations chez les surfeurs et les golfeurs

	Surfeurs	Golfeurs
Score de désinhibition	2	1
Score d'intolérance à l'ennui	2,2	1
Recherche de danger et d'aventure	1,2	1
Recherche d'expériences	1,5	1

Grégory Michel, psychologue spécialiste (entre autres domaines) du saut à l'élastique, a étudié 80 adeptes de ce sport, 51 hommes et 29 femmes. La plupart étaient des étudiants, dont l'âge moyen était de 24 ans. Les sauteurs à l'élastique avaient une tendance plus élevée que la moyenne à rechercher des sensations, particulièrement les sauteurs compulsifs (ceux ayant accompli plus de 500 sauts). G. Michel a par ailleurs montré que ces sauteurs compulsifs étaient peu enclins aux émotions positives, c'est-à-dire qu'ils n'arrivaient pas à prendre de plaisir dans leur vie quotidienne. Il suggère que la pratique de cette activité à risque représente une compensation émotionnelle à leur émoussement affectif. Quand ils ne peuvent sauter à l'élastique, ces amoureux du risque stimulent leur cerveau d'une autre manière : ils flattent leur goût du frisson grâce au parachute, à l'alpinisme ou au ski pratiqué dans des conditions extrêmes. Ils veulent sentir leur cœur s'emballer quand ils se jettent d'un pont ou affrontent une vague ; ils ont besoin de se confronter au risque vital et de jouer avec leur destin. Un parachutiste me racontait ainsi qu'il frôle la mort pour savoir s'il est ou non protégé par sa bonne étoile. Sans le savoir, il reproduit lui aussi, comme James Dean, le rituel de l'ordalie.

Il y a mille et une manières d'assouvir son besoin de sensations fortes. Les chasseurs d'orages et de tornades vont les chercher aux quatre coins du monde pour les observer et les photographier. Les *base jumpers* sautent en parachute du haut d'une falaise ou d'un immeuble. Les adeptes du *skysurf* jaillissent d'un hélicoptère, une planche de surf aux pieds. Les chercheurs de sensations sont aussi des pionniers, au sens où ils sont les premiers à tester une nouvelle expérience dangereuse. Ils attendent le *space diving* qui leur permettra de sauter d'une hauteur de 45 000 mètres. D'ici là, ils pratiquent l'alpinisme extrême, ils enchaînent les courses les plus dangereuses pour se confronter au maximum de défis.

Les amateurs de routine préfèrent les longues marches en montagne ou les terrains de golf. Ils goûtent le silence, la détente, une certaine lenteur et un univers tranquille, à l'abri des bruits et des risques de la ville. N'ayant aucune envie de jouer avec le destin, ils ne comprennent pas comment on peut trouver du plaisir à se jeter dans le vide accroché à un élastique ! Ils ne veulent pas tester leur capital de protection et préfèrent éviter au maximum les dangers.

Les métiers où l'on est en sécurité ou en danger

Professionnellement, les chercheurs de nouveauté apprécient les emplois qui mobilisent leurs réflexes et leur esprit d'entreprise. Tout vaut mieux pour eux qu'un travail répétitif ou routinier. Ils se tournent volontiers vers les nouvelles technologies, comme le commerce sur Internet. Le fait que la Bourse oscille leur plaît : ils peuvent y assouvir leur envie de jeu et de prise de risque. Ils aiment les situations dans lesquelles les grandes réussites suivent de près les faillites.

À l'inverse, de nombreux métiers objectivement à risque sont exercés par des hommes et des femmes qui, en réalité, fuient le danger. C'est par exemple le cas des coureurs automobiles. Les champions de sport automobile le disent dès qu'ils en ont l'occasion : s'ils veulent avoir une chance de survivre dans ce métier, ils ne doivent pas chercher le danger.

De même, les guides de haute montagne regardent avec étonnement les touristes qui pratiquent le ski extrême. Pour eux, le risque est, une fois encore, imposé. Il est une contrainte de la nature. S'ils exposent leur vie, c'est d'abord pour la gagner ; l'amour de la montagne entrant aussi en ligne de compte, mais pas celui du risque de mort.

Les amateurs de tranquillité essaient d'éviter toutes ces situations dangereuses ou aventureuses. Ils préfèrent les emplois de bureau classiques. Ils n'ont peur ni de la routine ni des tâches répétitives, mais du stress, de l'imprévu et de la prise de risques. Les plus ocnophiles trouvent un métier routinier qui ne les expose pas aux voyages ou aux conflits. Ils ne veulent pas prendre de décisions en urgence et fuient parfois les promotions qui pourraient rompre la sérénité qu'ils ont eu tant de mal à trouver. Ils préfèrent travailler seuls ou dans une entreprise devenue pour eux peu à peu une famille. Ils envient les carrières comme celle de l'écrivain suisse Henri Frédéric Amiel qui, au XIXe siècle, partageait sa vie entre des observations botaniques et de longues rêveries. H.-F. Amiel avait une vie tellement répétitive qu'il avait le temps de s'écouter vivre, et de noter le moindre

LE SAVIEZ-VOUS ?

Fausses idées sur les toréadors

Les toréadors ne sont pas en quête de danger. Le risque est davantage pour eux une contrainte professionnelle qu'un objectif. Ils l'assument, mais ils savent ou pressentent que s'ils augmentent leur exposition au danger, ils ne toucheront jamais leur retraite. Un célèbre travail espagnol, conduit par Juan José Lopez Ibor il y a plus de cinquante ans, a même montré que les joueurs de poker aimaient plus les sensations fortes que les toréadors. Pour les toréadors, le risque est vraiment extérieur, imposé par la corrida. Ils n'ont, à en croire les psychologues espagnols, que peu d'attrait pour le risque en tant que tel. Ils en cherchent les bénéfices : la gloire et l'argent. Les joueurs de poker, eux, sont à l'affût des situations qui font battre leur cœur.

changement de son esprit et de son corps dans son *Journal intime,* devenu plus célèbre par son ampleur (près de vingt mille pages) que par son contenu. On connaît, en le lisant, l'heure et la fréquence de ses migraines, de ses indigestions. « L'effroyable tâche, écrit P. Bruckner, de ne pas exister et de consigner cette absence[1]. » H.-F. Amiel lui-même se présente dans son journal comme un « eunuque de vocation, un être sans sexe, vague et timoré ». Ce champion de l'ocnophilie dit souffrir d'« inanition morale et d'asphyxie spirituelle » et rêve toutes les vies pour se consoler de ne pas en avoir eu une « vraie ». Son bonheur routinier est « méditatif,

1. P. Bruckner, *op. cit.*

silencieux – il s'écoute palpiter, il se déguste religieusement lui-même ».

Votre dernier voyage révèle votre goût du risque ou de la routine

Le choix de vos vacances dépend avant tout de votre personnalité et notamment de votre goût pour la routine ou pour la nouveauté. C'est par ces détails de la vie que se révèle le mieux la manière dont vous cherchez à vous faire plaisir. Aimez-vous plutôt découvrir ou retrouvez un lieu de vacances ? Cultivez le frisson ou le farniente ? Une étude psychologique, qui cherche à mettre en rapport les traits de caractère et les destinations de prédilection, a établi quatre profils de touristes. On distingue ainsi deux types d'introvertis : l'explorateur et le touriste guidé ; et deux types d'extravertis : l'aventurier et l'amateur de groupe.

L'explorateur

Il est souple, déterminé et exclusif. Il n'est pas organisé, bien au contraire. Rétif à toute forme de contrôle, il n'aime pas les horaires définis à l'avance et évite la foule. Il voyage seul et, lorsqu'il doit partir en groupe, il se montre calme et ne se fait pas remarquer. Il n'a pas, en fait, l'aisance sociale qui pourrait lui donner l'envie de communiquer ou de s'intégrer à un groupe. Ce qu'il aime, c'est rencontrer les cultures étrangères et les personnes. Il applique à ses vacances le principe de la recherche de sensations maximales. Il aime les défis autant qu'il redoute l'ennui.

L'aventurier

Il est spontané, intrépide, innovant. Comme l'explorateur, il préfère les voyages qui ne sont pas organisés, aime explorer différentes cultures et rencontrer de nouvelles personnes. En revanche, ce n'est pas un solitaire : il apprécie de voyager avec quelques amis. Ce qu'il recherche dans le voyage, c'est le sentiment de liberté qu'il procure. Quand il reste trop longtemps au même endroit, il commence à s'ennuyer. Il ne peut comprendre ceux qui louent chaque année la même chambre d'hôtel dans la même station balnéaire.

Le touriste guidé

Méticuleux, précautionneux, il prépare tout. Il aime voyager avec des personnes familières (son partenaire ou de très proches amis) et il a peur des groupes. Il se sent facilement isolé et redoute la solitude. Il aime que tout soit arrangé à l'avance pour éviter les soucis et redoute les dépenses imprévues. Ainsi, quand un endroit lui plaît, il s'y fixe et en devient un habitué. Il réserve d'une année à l'autre le même appartement, pour être sûr de retrouver l'organisation qui le rassure. Il voit les vacances comme une manière d'échapper aux problèmes de sa vie et de se relaxer. Il trouve cet apaisement dans la prévisibilité et la répétition.

Le voyageur en groupe

Grégaire, il aime les groupes, les amicales et les voyages organisés. Il se déplace avec de véritables meutes d'amis. Il privilégie les vacances à la plage et celles qui lui proposent des distractions nocturnes. Il aime le sport, les parcs d'attractions. Il va là où va la foule. Il apprécie le mélange de routine et d'aventure encadrée que lui offre le voyage organisé.

Le niveau de recherche de sensations détermine aussi le lieu de vacances préféré. Assez logiquement, les plus aventuriers choisissent des destinations considérées comme plus dangereuses (risques sanitaires, routes périlleuses, criminalité) que les destinations exploitées depuis longtemps par les tour-opérateurs et leurs hordes de cars climatisés. On les verra plus pister le lion dans certains pays d'Afrique qu'admirer le *David* du Bernin à Rome. Encore que les voyages culturels ne sont pas si exempts de risques et de sensations fortes qu'on pourrait le croire... Comme nous allons le voir dans le paragraphe suivant, certaines villes, par l'émotion qu'elles provoquent, bouleversent profondément ceux qui les arpentent.

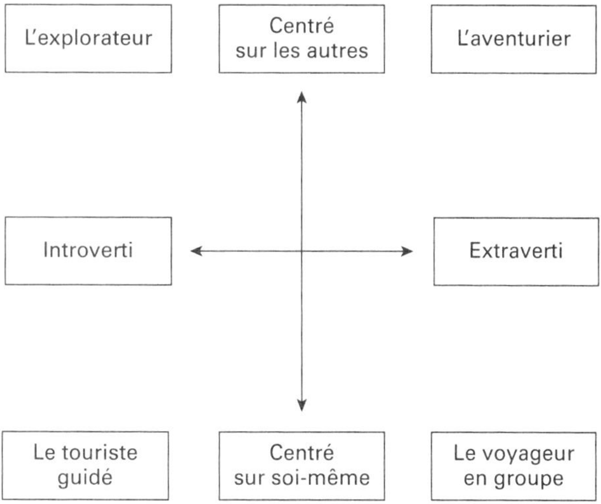

Le voyage qui rend fou

Parfois, un voyage procure tellement de sensations fortes qu'il crée sa propre folie, son syndrome de Stendhal ou de Jérusalem. « J'étais, écrit Stendhal à Florence en 1817, arrivé à ce point d'émotion où se rencontrent les sensations célestes données par les Beaux-Arts et les sentiments passionnés. En sortant de Santa Croce, j'avais à peine un battement de cœur, la vie était épuisée chez moi, je marchais avec la crainte de tomber[1]. » La psychiatre florentine Graziella Magherini a décrit plus de 100 cas similaires parmi les touristes de Florence. Elle y voit la conjonction d'une personnalité à risque et d'une culture particulièrement sensible aux charmes de l'Italie. Le facteur déclenchant de la crise est le plus souvent la visite de l'un des cinquante musées de la ville, où le visiteur est subitement saisi par une œuvre. Les réactions sont parfois extrêmes : certains s'évanouissent, d'autres tentent de détruire les tableaux. Les gardiens de musée sont au courant de cette particularité locale et surveillent les comportements des touristes.

Proche du syndrome de Stendhal est le syndrome de Jérusalem. Cette ville peut profondément modifier la personnalité de certains visiteurs ou pèlerins : 1 200 personnes auraient ressenti ce syndrome depuis vingt ans et une quarantaine de personnes sont hospitalisées chaque année à l'hôpital de Kfar Shaul ; 66 % des voyageurs bouleversés par Jérusalem étaient juifs, 33 % chrétiens et 1 % sans religion. Comment s'exprime la modification de la personnalité induite par Jérusalem ? Les « victimes » sont inquiètes et nerveuses. Elles

1. Stendhal, *Rome, Naples et Florence,* Gallimard, 1987.

veulent se détacher de leur groupe et de leur famille pour visiter Jérusalem seules. Elles éprouvent le besoin d'être propres et pures. Elles prennent des bains et des douches, taillent les ongles de leurs mains et de leurs pieds. À un stade supérieur, elles se préparent, souvent à l'aide des draps de lit d'hôtel, une robe ressemblant à une toge (cette robe est évidemment toujours blanche). Elles crient, hurlent ou chantent à haute voix des psaumes, des versets de la Bible, des hymnes religieux ou des negro spirituals. Elles marchent vers un des Lieux saints et déclament un sermon pour sauver le monde... L'écrivain russe Nicolas Gogol a souffert de ce syndrome. Il racontait avoir eu une révélation le poussant à visiter Jérusalem en 1848 et à réciter des prières spéciales dans les Lieux saints.

Les psychiatres parisiens se retrouvent également face à des touristes qui perdent leurs repères et le sens de la réalité après une visite au Louvre, à la tour Eiffel ou à Notre-Dame. On signale aussi une autre forme de réaction excessive à la découverte de Paris, qui touche chaque année quelques touristes, asiatiques pour la plupart. Ayant fantasmé un Paris de carte postale (Ville lumière, ville des amoureux, etc.), ils sont à ce point déçus par la réalité qu'ils peuvent faire de violentes crises de découragement et d'angoisse nécessitant un rapatriement rapide...

Les causes de ce syndrome des grandes villes restent mal connues. Sans doute faut-il y voir l'expression d'une overdose d'émotions et d'admiration. Il n'atteint pas tous les touristes, seulement les plus anxieux et ceux chez qui la confrontation à une métropole nouvelle constitue une expérience de l'ordre de l'extase ou de la révélation.

Le moins que l'on puisse dire est qu'ils n'ont pas trouvé le juste équilibre entre leurs besoins de sécurité et de mise en danger. Ils se sont trop exposés et n'en sont pas revenus indemnes. Je connais des amis chercheurs de sensations qui rêveraient de vivre un syndrome de Stendhal ou de Jérusalem. Ils cherchent pour leurs vacances la destination qui leur fera le plus perdre leurs repères ou leurs habitudes.

CONSEIL PSY

Que tirer en pratique de toutes ces études sur l'habitude et le jeu avec le risque ?

Trois grands principes utiles pour construire son optimisme :

La situation la plus agréable est un équilibre entre risque et sécurité. Il n'existe pas de personnalité idéale, mais celle avec laquelle on se débrouille le mieux dans la vie sait concilier innovation et sécurité, tolérance de la répétition et envie d'innover.

Si vous vous reconnaissez plus dans les chercheurs de sensations, sachez que vos comportements « anti-optimisme » risquent d'être le recours aux drogues et aux sports extrêmes.

Si vous vous reconnaissez plus dans les obsédés de la routine et de la sécurité, vous construirez votre optimisme en vous lançant des défis et en vous mettant un peu en danger. Le risque est l'enfermement dans vos pensées, le même cercle d'amis et des activités répétitives qui finissent par vous ennuyer ou ennuyer vos proches.

4e partie

SORTIR DE LA NÉVROSE DU VIRTUEL ET DE L'INFORMATION PERMANENTE

« Tchaïkovski est mort du choléra. Walter Scott de la poliomyélite. Napoléon d'un carcinome de l'estomac. Gambetta d'une péritonite. Rimbaud d'une tumeur au genou. Je ne sors pas aujourd'hui. »

Patrice Delbourg,
Le Journal d'un hypocondriaque.

LA NÉVROSE MÉDIATIQUE, À L'ORIGINE D'UNE NOUVELLE FORME DE PESSIMISME

Les vrais moments d'intimité se font rares maintenant. Qui d'entre nous peut profiter d'un rendez-vous, d'un dîner sans être interrompu par des *breaking news*, un *push* ou un SMS ? Au fond de notre poche, une machine dite « intelligente » devient un partenaire de plus en plus encombrant. Sitôt rentrés chez nous, c'est la boîte mail qui nous rattrape avec son trop célèbre syndrome de la messagerie. Elle est vide : on nous oublie. Elle est trop pleine : nous n'aurons jamais le temps de répondre à tous les messages. Entre deux mails, ce sont les catastrophes de l'actualité qui tombent, sans oublier les Facebook, Twitter et autres *buzz*. Chaque heure connaît sa nouvelle secousse. Nous sommes invités ou contraints à prendre des nouvelles de la planète, de notre système politique, d'un pays en guerre ou d'un autre qui va bientôt l'être, d'une vedette trop prolixe ou d'une autre qui a disparu. Les menaces sont tellement présentes que celui qui ne mesurerait pas chaque jour leur progression serait un inconscient ou un imprudent pour lui-même et sa famille. Il y a, dans cette obligation de connexion et d'information, une névrose aussi moderne qu'envahissante. Cette névrose médiatique nous détermine dans nos choix les plus intimes. Elle nous gave de mauvaises nouvelles et nous enferme dans une relation d'attente défaitiste et passive. Cette névrose médiatique ne nourrit pas un engagement à long terme. Elle incite plutôt à des identifications successives, au gré de la catastrophe du moment. Internet et les nouvelles technologies l'ont fait pénétrer dans toutes les classes sociales et dans tous les lieux. Il n'est pas un bureau qui ne soit connecté à un monde virtuel qui dicte des modes, des sujets d'indignation ou d'inquiétude. Cette obligation se pare des atours du progrès et de la technologie. En repérer les signes, les ruses dont elle use pour nous piéger, est une manière de défendre son bien-être et sa liberté.

L'enseignement d'Orson Welles

Il fut un temps où la journée des Londoniens était rythmée par la livraison du *Times*. Mais aujourd'hui, avec l'actualisation à chaque heure des sites d'information, la pression de l'actualité est bien plus forte et l'impact des médias traditionnels se réduit. Nous suivons les nouvelles et surtout les nouvelles nous suivent. O. Welles, dans les années 1930, a été l'un des premiers à montrer que l'actualité pouvait plonger dans l'angoisse et contrôler le comportement de toute une population. Il a illustré les principes de la névrose médiatique, qui ne se sont jamais démentis depuis :

- faire peur permet de gagner de l'argent et assure la gloire ;
- tout l'impact de l'actualité réside dans la présentation. Il faut trouver la bonne manière de présenter un événement pour susciter de l'intérêt. La logique du roman

policier ou du film fantastique est, en l'occurrence, plutôt efficace. Elle permet de révéler d'heure en heure de nouveaux détails ;
- seules les mauvaises nouvelles et les annonces de menaces nous intéressent vraiment ;
- une interprétation pessimiste rend la mauvaise nouvelle encore plus palpitante ;
- il suffit de raconter une bonne histoire pour que chacun se sente concerné et change son comportement en relation avec la menace.

Avant d'avoir créé une névrose médiatique, O. Welles ne jouissait que d'un succès d'estime en tant producteur de pièces de théâtre. Sa troupe, le Mercury Theater, n'était connue de personne. Il va sortir de l'ombre en terrorisant ses auditeurs, en créant une panique collective. L'histoire commence un lundi 30 octobre 1938 aux États-Unis. Ce jour-là, sur CBS, l'émission « Mercury Theater on the Air » présente une adaptation de *La Guerre des mondes* de l'écrivain d'anticipation Herbert George Wells.

L'émission de O. Welles commence comme à son habitude. Un annonceur prend l'antenne et dit : « Le réseau CBS et ses postes affiliés vous présentent le Mercury Theater, avec Orson Welles. Mesdames, messieurs, voici le directeur du Mercury Theater, monsieur Orson Welles. » L'acteur, encore inconnu mais plus pour longtemps, s'installe au micro et prépare ses effets : « Merci. Bonsoir. Ce soir, le Mercury Theater vous présente une dramatisation du célèbre roman de H. G. Wells, *La Guerre des mondes*. » Il prévient bien son public. Et dans le même temps, avec une pointe de perversion, il commence à jouer avec leurs nerfs. Il veut leur faire perdre leur sentiment de sécurité. La musique qui accompagne l'émission est interrompue plusieurs fois. L'antenne grésille. D'étranges bruits parasitent le poste. L'annonceur arrive, essoufflé : « Nous interrompons l'émission en cours pour vous transmettre un bulletin de nouvelles exceptionnelles. De son observatoire, dans le nord de l'État de New York, le professeur Smith annonce qu'il a observé, il y a quelques instants, des explosions d'une intensité peu commune sur la planète Mars. Demeurez à l'écoute de ce poste. Nous vous transmettrons les plus récents développements de cette nouvelle au fur et à mesure qu'ils nous parviendront. Ici, le Mercury Theater. Nous retournons maintenant à la musique de l'orchestre de la radio diffusée en direct. »

O. Welles avait vraiment tout compris au fonctionnement de la névrose. Il laisse monter le doute (et l'adrénaline). Une fois encore, la musique s'arrête. Les *news* inquiétantes se succèdent. Un observatoire européen confirme l'arrivée des Martiens. Un savant valide l'hypothèse de l'invasion de la Terre par des extraterrestres. À la manière de nos experts contemporains, il explique les menaces les plus simples avec des mots compliqués. Le vocabulaire scientifique, que l'on comprend peu ou mal, rend l'événement encore plus crédible. Les explosions observées par télescope sont le résultat du lancement de fusées spatiales par les Martiens. On ne sait pas encore bien ce qui se passe, mais il n'y a plus de doute, nous sommes bel et bien en danger. La Terre n'a plus que quelques heures devant elle. D'autres annonces font monter l'angoisse. Appliquant la technique de manipulation du strip-tease[1], elles révèlent quelques détails supplémentaires, qui valident la thèse du danger. « Notre atmosphère est envahie par des vaisseaux spatiaux », dit O. Welles. Puis, la chaîne annonce l'atterris-

1. Voir p. 300, l'encadré.

sage d'un étrange cylindre rougeoyant sur une ferme du New Jersey, à quelques miles de New York. « Ça y est ! s'exclame O. Welles, les Martiens viennent d'envahir la Terre ! »

En quelques heures, l'angoisse s'est propagée. Certains doutent, d'autres y croient dur comme fer et ceux qui ont peur donnent à ceux qui résistaient encore de nouvelles raisons de s'inquiéter. Plus personne ne se sent vraiment tranquille. La contagion se propage rapidement à la manière d'une infestation virale. Les auditeurs appellent la police... qui ne sait rien. Personne ne peut confirmer ou contredire l'arrivée des Martiens. Les autres chaînes de radio ne parlent pas de l'invasion, mais pour autant les auditeurs ne sont pas rassurés. L'émission continue avec un reportage dans une ferme du New Jersey. Le prétendu reporter décrit la scène. Il interviewe des témoins qui sont tremblants de peur. Au milieu d'effets sonores de crissements de métal et de sifflements, le journaliste raconte : « Mesdames, messieurs, le... le cylindre s'ouvre. Il en sort quelque chose que j'aperçois à travers la vapeur. C'est... attendez ! Ah ! C'est une tête hideuse ! C'est affreux ! » Aujourd'hui, nous ajouterions à ces commentaires des images exclusives trouvées sur Internet. Dans les années 1930, les trucages sonores suffisaient pour que la menace soit crédible.

Tous les auditeurs, même les plus calmes, cèdent alors à la panique. Ils réveillent leurs enfants, cherchent à sauver leur vie et celle de leur famille. L'annonceur ne s'arrête pas au milieu du canular. Il brode, fier de son succès : « Nous avons perdu la communication avec notre reporter au New Jersey, mais aux dernières nouvelles, les Martiens s'approchaient de la rivière Hudson, en direction de New York, détruisant tout sur leur passage. Le pont

George-Washington, les tunnels Lincoln et Holland sont bloqués. Ici, le Mercury Theater ! »

On voit des gens affolés descendre dans les rues. Leur spectacle finit de convaincre les plus sceptiques. Il n'est pas possible qu'il n'y ait pas une part de vrai. Certains auditeurs se réfugient dans des églises ouvertes en cette veille de la Toussaint. Ils opposent aux menaces modernes les valeurs protectrices ancestrales de la religion. Ceux qui écoutent encore la radio entendent l'annonceur siffler la fin du canular : « On nous apprend à l'instant que les monstres martiens... que le danger est passé. Les monstres, semble-t-il, s'écrasent et meurent après avoir été exposés à notre atmosphère... Le cauchemar est terminé. » Peu après, O. Welles reprend la main et s'explique : « Ici Orson Welles. Ce soir, au Mercury Theater, nous vous avons proposé une adaptation radiophonique du roman de H. G. Wells *La Guerre des mondes*. Nous espérons que l'émission vous a plu. D'ici la semaine prochaine, au revoir et... joyeuse Halloween ! »

Le bilan de cette émission se compte en centaines de chocs nerveux, en milliers d'appels (à la police, aux studios de CBS et à la Garde nationale) et de personnes ayant fui de chez elles. Un château d'eau a été détruit parce que confondu avec une machine de guerre martienne. Si l'on avait mesuré la fréquence des passages aux urgences, on les aurait certainement trouvés en augmentation. Sur le moment, il est possible que les Américains piégés par la mise en scène en aient voulu à O. Welles, mais ils sont ensuite devenus les spectateurs de ses films. Comme il avait su leur faire croire à un scénario catastrophe, ils ont eu confiance en son talent et même en sa parole. Nul doute que les pourvoyeurs de l'information ont, eux aussi, retenu la leçon : celui qui fait peur gagne gloire et argent. Il faut, pour réussir son scoop ou son canular, beaucoup de préparation, un certain sens de l'improvisation et le goût de la mise en scène. Qu'importe si l'on ne respecte pas la vérité historique. O. Welles a appliqué le précepte psychologique de base selon lequel la peur est un sentiment que les hommes aiment éprouver quand ils sont sûrs d'être en sécurité. L'époque a bien changé depuis l'Antiquité, qui mettait à mort les porteurs de mauvaises nouvelles. Aujourd'hui, on les retrouve sur les plateaux de télévision, à parler de la mort imminente du pays. Comme les enfants qui ont besoin d'une histoire de préférence horrible avant de s'endormir, nous voulons notre dose quotidienne de mauvaises nouvelles pour oublier nos angoisses personnelles.

Séparez actualité et jeu avec vos nerfs

Bien sûr, l'actualité n'est pas toujours porteuse de bonnes nouvelles, mais ce n'est pas une raison pour ne pas résister à la morosité qu'elle impose. Il y a dans toute information dramatique une part de manipulation qui joue avec nos nerfs. Pourquoi, dès lors, ne pas essayer de séparer ce qui relève du spectacle ou du spectaculaire de ce qui tient de la véritable information ? Quand des hommes ou des femmes sujets à l'anxiété me demandent comment résister à cette pression de l'actualité, je leur souffle trois idées :

- Changez de rôle et passez de spectateur accablé à acteur engagé. Ne soyez plus seulement contemplatif. Trouvez une manière d'influer sur les événements qui vous attristent ou vous énervent. Cela peut passer par un engagement humanitaire ou politique. Vous regarderez l'actualité différemment si vous savez que vous pouvez influer sur ce qu'elle vous raconte.

- Renoncez à l'information permanente. Nous avons besoin de connaître l'état du monde, mais pas toutes les heures. Limitez vos contacts avec l'actualité à un ou deux par jour. Vous n'en serez pas moins au courant, mais vous serez sûrement moins angoissé.
- Débarrassez-vous de la fausse croyance selon laquelle les mieux informés sont les plus protégés. Aujourd'hui, c'est la surinformation qui fragilise et plonge dans un état de pessimisme ou d'inquiétude. Vous pouvez, pour un jour ou un mois, laisser votre pays ou votre parti politique vivre sa vie. Vous ne le mettez pas en danger et ne vous exposez pas non plus à une infusion de stress en continu.

Quelques peurs collectives fabriquées par l'actualité médiatique

La Bourse baisse : Vous devez vendre rapidement pour ne pas tout perdre, sauf si vous achetiez pour faire de bonnes affaires.

L'immobilier s'envole : Faut-il acheter maintenant, n'est-ce pas le dernier moment où vous pouvez encore vous loger ?

L'immobilier continue à s'envoler : Et si vous attendiez la fin de la bulle spéculative ?

L'immobilier baisse : Saurez-vous en profiter ?

Un attentat est annoncé : Faut-il changer la destination de vos vacances ?

Un cas de grippe aviaire ou d'Ebola a été repéré à l'autre bout du monde : Êtes-vous prêt en cas d'épidémie ?

Un autre cas de grippe aviaire repéré : Suivez les avis des spécialistes qui vous diront s'il faut ou non manger du poulet.

La planète se réchauffe : Avez-vous vérifié que vous n'habitez pas dans une zone inondable ?

Le palmarès des meilleurs hôpitaux vient de paraître : Avez-vous fait le bon choix pour vous-même et vos proches ?

Les dix films de l'année à ne pas manquer : Êtes-vous à la page et les avez-vous tous vus ?

LE SYNDROME DU 11-SEPTEMBRE

Chacun de nous se souvient du 11 septembre 2001 et garde en mémoire les premières images qu'il a vues des attentats. En un instant, une information a créé un état de stress planétaire. L'optimisme de la planète s'est effondré en même temps que les Tours jumelles. Nous avons changé notre relation au monde après avoir allumé la télévision ou écouté la radio. Nous avons perdu notre impression de sécurité et d'invulnérabilité. Notre relation à l'argent et à l'économie, elle aussi, a changé. Nous avons substitué à l'esprit d'entreprise et d'aventure le souhait de maîtrise et de protection. Nous nous sommes sentis concernés par des événements et un choc des civilisations qui, jusque-là, paraissaient bien lointains. Ces attentats ont renforcé le pessimisme et l'obligation d'information. Nos parents avaient pris l'habitude de stocker de la farine et du sucre à l'annonce d'une guerre. Nous découvrons quant à nous, depuis ce 11-Septembre, le besoin de stocker des nouvelles, des ordinateurs et autres moyens de communication. De ce monde qui peut basculer si vite, il serait irresponsable de ne pas prendre des nouvelles régulièrement. La panique collective du 11-Septembre justifie aujourd'hui encore, consciemment ou non, la boulimie d'actualité des plus inquiets, qui croient que l'information les protège, si ce n'est de l'événement lui-même, au moins de son effet de surprise. Ils se sentent contraints de vérifier le plus souvent possible que leur ville ne sera pas la prochaine victime d'une guerre, d'une épidémie, des inondations ou des caprices de la nature. La névrose de l'actualité est l'endroit où se rejoignent les peurs du futur et les techniques très personnelles d'exorcisme ou de conjuration.

Les effets de la névrose médiatique sur notre comportement

Quels sont les signes de la névrose médiatique après un attentat comme ceux du 11-Septembre ? Le premier temps est celui d'une paralysie. Il sidère et arrête la pensée. Il laisse sans voix ni capacité de réaction. Le spectateur de l'information est hébété par le choc. L'arrêt de la pensée est une manière archaïque de se protéger face à ce qui nous dépasse. Les mauvaises nouvelles laissent à la fois médusé, stupéfait et plongé dans l'hébétude. Telle est la situation du spectateur moderne de l'actualité. Il contemple une image qui le laisse sans réaction ni défense. La « stupeur » – terme employé dès le XIVe siècle pour qualifier la suspension de l'activité du corps et de l'esprit – est une autre manière de décrire l'arrêt de la pensée ou de la réflexion.

Une fois le premier temps de la paralysie passé, deux attitudes peuvent s'observer : la fuite ou la boulimie d'informations. Dans le premier cas, celui du *stress post-traumatique*, la personne cherche à oublier tout ce qui rappelle l'événement désagréable. Elle fuit les informations et leurs commentaires et se replie sur des activités le plus éloignées possible de l'agitation du monde. Dans le second cas, celui du *stress post-médiatique*, l'individu cherche à se tranquilliser en se surinformant. Il commente sans fin ce qui l'a bouleversé, revoit les images en boucle, confronte les témoignages et les explications. L'attaque terroriste du 11-Septembre a ainsi été le modèle d'un événement authentiquement traumatisant et repris en permanence par l'actualité. Aux États-Unis, quelques jours après les attentats, 44 % des adultes présentaient au moins cinq symptômes de stress *post-traumatique ou post-médiatique*.

Évaluation de l'exposition médiatique des lycéens anglais après l'attentat du 11-Septembre	
Avez-vous vu les images à la télévision des avions s'écrasant sur les tours ?	100 %
Avez-vous vu les images de l'attentat dans un journal ?	88 %
Avez-vous entendu parler de l'attentat à la radio ?	55 %
Avez-vous entendu vos parents parler en permanence de cet événement ?	84 %
Votre instituteur vous a-t-il parlé de l'attentat ?	92 %
Avez-vous parlé de l'attentat avec des amis ?	76 %
Avez-vous déjà visité New York ?	9 %
Avez-vous déjà visité les États-Unis ?	21 %
Avez-vous de la famille vivant aux États-Unis ?	40 %
Avez-vous des amis aux États-Unis ?	25 %
Avez-vous été terrorisé quand vous avez vu les images ?	28 %
Avez-vous eu l'impression que votre vie était en danger ?	18 %
Avez-vous ressenti des nausées devant ces images ?	14 %
Avez-vous eu l'impression que ces images n'étaient pas réelles ?	21 %
Considérez-vous le monde comme plus dangereux depuis ces images ?	38 %

Angoisses créées par les images du 11-Septembre		
Signes d'angoisse	Pourcentage 2 mois après l'attentat	Pourcentage 6 mois après l'attentat
Images angoissantes	17 %	6 %
Cauchemars	6 %	2 %
Impression que l'attentat va recommencer	8 %	8 %
Gêne corporelle devant les images	10 %	4 %
Signes d'évitement :		
– essaient d'oublier l'attentat	17 %	2,6 %
– essaient de ne pas faire des choses qui rappellent l'attentat	11 %	5 %
– désintérêt pour les activités quotidiennes	5 %	2 %
– incapacité à éprouver des sentiments forts	8 %	4 %
– impression d'avenir bouché	6 %	9 %
Signes d'énervement :		
– troubles du sommeil	14 %	11 %
– irritabilité	8 %	5 %
– troubles de la concentration	2 %	9 %
– excès de prudence	21 %	11 %
Perte d'intérêt :		
– rencontres avec les amis	11 %	18 %
– pratique d'un loisir	13 %	18 %
– moments très heureux	21 %	14 %

Quand les news *déprimantes vous font trop boire...*

La névrose médiatique peut aussi inciter à boire ou à fumer. Les images du 11-Septembre ont augmenté la consommation d'alcool et de marijuana des New-Yorkais (Boscarino et coll., 2006). Un groupe de 2 368 New-Yorkais a été suivi entre octobre et décembre 2002, puis de nouveau en 2003 et 2004. Un an après les attentats, les New-Yorkais buvaient plus d'alcool, et deux ans après, ils avaient repris leur consommation habituelle. Les plus exposés à l'alcool étaient les célibataires, les hommes et les personnes ayant un niveau socioculturel élevé. L'alcool est apparu comme un traitement sauvage de l'angoisse créée par les événements.

Chez les enfants, la fréquence du stress était de 35 %. Ce stress était clairement en lien avec le nombre d'heures passées devant la télévision : les enfants dont les parents ne limitaient pas l'accès à l'information étaient les plus angoissés (certains pouvaient suivre l'actualité jusqu'à trois heures par jour). Ils avaient plus de mal que les autres à s'endormir, devenaient plus souvent irritables et nerveux. D'autres avaient peur de se séparer de leurs parents. La névrose collective s'est poursuivie bien après le 11-Septembre ; 65 % des enfants âgés de 11 à 16 ans suivaient de manière anxieuse les informations bien après les attentats. Un tiers des élèves des classes élémentaires les regardait tous les jours plusieurs mois plus tard. Les enfants ont désigné, comme seuls facteurs de protection face à l'actualité, les discussions qu'ils pouvaient avoir avec leurs parents et le fait de ne pas être seuls devant les images de catastrophes. Des réactions comparables ont été observées quand les enfants nord-américains ont vu en direct à la télévision l'explosion de la navette spatiale Challenger. Dans les cinq à sept semaines qui ont suivi, ils redoutaient les explosions et avaient peur d'être seuls. Ils avaient l'impression qu'un nouvel événement catastrophique était sur le point de se produire.

Un véritable *stress post-médiatique* peut ainsi être induit par l'actualité et ses reprises en boucle sur Internet ou à la télévision. Emily Holmes, psychiatre à Oxford, suggère que c'est l'image en tant que telle qui crée une émotion angoissante. Chez les plus jeunes comme chez les adultes, la répétition de ces images met en péril le sentiment de sécurité. La transmission de l'angoisse passe autant par les médias que par la confrontation directe aux attentats. Les élèves d'une école anglaise située à Londres ont ressenti autant d'angoisse face aux images retransmises par la télévision que les étudiants américains.

CONSEIL PSY

Quelle leçon tirer de cette angoisse du 11-Septembre ?

Même en cas de catastrophe absolue, regarder en boucle des images d'horreur ne sert à rien. Il faut ménager, en plus du temps d'information nécessaire, des moments de relaxation, de dialogue, où l'on se dégage du traumatisme que cela représente. C'est encore plus important pour les enfants.

Au-delà de ces catastrophes historiques, méfions-nous des médias qui trouvent chaque jour un nouveau 11-Septembre. Ils jouent plus avec nos nerfs qu'avec notre raison et, une fois encore, nous manipulent par l'image et les projections catastrophiques.

À la contemplation de ces images tristes, préférons les explications qui permettent de se reconstruire et donnent du sens. Encore une fois, choisissons le rôle de militant (ou tout au moins d'acteur), plutôt que celui de victime. En cultivant l'explication, la révolte, l'action. C'est bon pour l'esprit et le moral.

REGARDER LES *NEWS* AU LIEU DE PENSER À SOI

L'étrange jeu des Dupont

L'écrivain Sándor Márai, dans *Métamorphoses d'un mariage*[1], raconte son plaisir à jouer au jeu des Dupont et indique que nous sommes tous plus ou moins des Dupont. Les discussions sur l'actualité sont la manière la plus simple d'y jouer. Il se pratique en société, au milieu de nombreux autres Dupont qui, contrairement aux initiés, ne se doutent pas qu'ils y participent. Face aux catastrophes de l'actualité, les Dupont parlent tranquillement. Ils font assaut de bon sens. Ils reçoivent d'une humeur apparemment égale l'annonce des inondations, des krachs économiques, des guerres et des attentats. Un acteur célèbre divorce ; un homme politique est contraint à la démission ; un autre se suicide dans une maison de passe. « Ce sont des choses qui arrivent », disent les Dupont en hochant la tête, avant de lâcher une énorme banalité comme « le drame est le propre de l'homme », ou « on ne fait pas d'omelette sans casser des œufs », ou encore « il faut toujours peser le pour et contre ». Et ils ont toujours raison les Dupont car les lieux communs ont toujours raison. Une

1. *Op. cit.*

autre façon de jouer aux Dupont consiste à regretter le temps qui passe tout en scrutant les effets de l'actualité. « De mon temps, regrette le Dupont, l'économie fonctionnait mieux, le monde était plus sûr et les chansons plus agréables. Le sucre était plus sucré et l'eau plus humide. » L'actualité offre ainsi un inépuisable registre d'événements, banals ou exceptionnels, à napper de lieux communs. Ce jeu des Dupont évite de penser. Ils n'ont pas à se pencher sur eux-mêmes, tant ils sont concentrés à écouter le bruit de fond de l'actualité. Progressivement, leur relation à l'actualité change. Les Dupont ne lisent pas et ne se connectent pas pour prendre des nouvelles du monde, mais plutôt pour garder leurs distances avec leurs propres angoisses. Le jeu des Dupont est contagieux : il incite ceux qui les écoutent à débiter le plus de généralités possible.

L'actualité tient, chez certains d'entre nous, le rôle de la météo. En discutant des saisons en avance ou en retard, on évite de parler de soi ou de ce que l'on ressent. L'actualité permet de disposer d'un sujet de conversation neutre au plan émotionnel. Il en est de même dans des débats faussement passionnés : il est plus facile de parler de la fin de l'Univers que de notre propre peur de la maladie ou de la mort. Mais cette protection peut devenir un piège. Celui qui ne parle que de l'actualité ou de la politique s'enferme dans un débat qui ne lui permet plus d'accéder à ses propres émotions. Il intègre les émotions collectives comme si c'étaient les siennes. Quand il entend que le pays est morose, il se trouve morose et quand la foule chavire dans l'euphorie, comme après un trophée sportif, il se trouve aussi de bonne humeur.

Je propose aux « Dupont » de chercher dans leur vie et celle de leurs proches, une autre actualité, beaucoup plus intime. Il s'agit de prendre des nouvelles non pas du monde, mais d'eux-mêmes et de ceux qu'ils aiment. Le déni de ses émotions peut apparaître un temps comme une protection. Cette défense a tôt fait de se transformer en contrainte. Rien ne vaut l'authenticité et le retour aux vraies émotions pour sortir du jeu des Dupont.

Comment l'information s'allie au virtuel pour nous vider le cerveau

Internet et les nouveaux outils de communication aggravent le jeu des Dupont et font perdre à leurs utilisateurs toute capacité à choisir. Chacun de nous en fait l'expérience. Après quelques minutes sur la Toile, nous oublions notre but premier et commençons à errer d'un site à un autre, plus fascinés par le web et ses potentialités sans limites que par son contenu objectif. C'est ainsi que des sites sans aucun intérêt et ne délivrant pas d'informations ont des spectateurs passionnés. Ils fascinent par leur vacuité même. Il y a près de dix ans, une jeune habitante de Washington avait créé un site dans lequel il ne se passait absolument rien. Les internautes qui se connectaient avaient le droit de la voir se promener dans son salon. Elle tenait au courant ses fidèles de ses gestes les plus quotidiens. L'absence d'événements n'a découragé aucun spectateur. Le site, qui a fait beaucoup d'émules, a fidélisé des adeptes monomaniaques. Pourquoi les internautes passaient-ils tant de temps à surveiller cette jeune Américaine ? Sans doute par perversion, leur voyeurisme rencontrant l'exhibitionnisme de la promotrice du site. Mais aussi par fascination pour une actualité anecdotique, aussi insignifiante soit-elle, transmise par Internet. Les épisodes les plus banals de la vie étaient traités sur le mode du scoop : le lever, le coucher, le ménage, les courses... Chacun des spectateurs se trouvait des raisons de s'inquiéter de ce que devenait sa nouvelle amie. Chacun avait aussi le plaisir d'appartenir à la famille des internautes *addicts* de la même non-information. Sans le savoir, nombre de sites Internet appliquent ce qu'avait tenté, sans succès, le Congrès de Banalyse dans les années 1990. À l'époque, un dessinateur hollandais avait fait vœu de non-information et faisait paraître, de façon aléatoire, un magazine composé seulement de pages blanches.

SE PROTÉGER DE LA MANIPULATION MENTALE DES MÉDIAS

Les manipulations médiatiques portent sur des sujets fort différents, mais elles répondent au même schéma. Toutes partent de vrais dangers dont nous nous percevons comme les premières victimes potentielles. Elles font appel à des experts qui, alternativement, nous rassurent et nous inquiètent. Enfin, elles trouvent dans l'actualité des événements en apparence anodins, mais qui leur permettent d'entretenir le suspense en nourrissant le pessimisme collectif.

Décoder la manipulation médiatique avec John Sommerville

Professeur à l'université de Floride, J. Sommerville a été l'un des premiers à dénoncer les dangers de la surinformation. En 1999, après avoir étudié l'histoire de la presse en Angleterre, il a commencé à expliquer la manière dont les *news* « nous rendent fous » et a mis en garde ses contemporains contre les dangers du Journal de vingt heures (le *Six O'Clock News* des Américains). Il a montré comment l'actualité, sous prétexte de nous garder en alerte, nous conditionne malgré nous à des fins avant tout commerciales. Selon J. Sommerville, l'asservissement médiatique est avant tout une bonne affaire pour les propriétaires des sites Internet d'information. Comme O. Welles face à son public[1], les pourvoyeurs d'informations ont besoin de se faire connaître et d'exercer une emprise sur leurs clients. Autrement dit, ils doivent « nous rendre fous » pour nous transformer en clients réguliers. Ensuite, ils peuvent nous vendre leur dose de terreur quotidienne mais aussi leurs conseils et leurs publicités. L'industrialisation de l'information déclenche un processus de conditionnement et de décérébration collectifs. Le sous-titre du livre de J. Sommerville ne laisse pas de doute sur son propos : « La mort de la sagesse dans une société de l'information[2]. »

C'est le renouvellement continu de l'information qui donne ce pouvoir aux médias. Dans la logique du marché de l'actualité, une journée sans nouvelles ne peut pas exister. Imagineriez-vous le présentateur du Journal de vingt heures annoncer : « Aucune information importante pour aujourd'hui. Je ne retiens pas plus longtemps votre attention. Je referme ce Journal pour ne pas vous faire perdre votre temps » ? Il se condamnerait au chômage. Il ne nous intéresserait pas et nous ne lui ferions même pas confiance. Il ne suffit pas de nous rendre gourmands, il faut nous rendre insatiables pour nous garder sous contrôle.

Les médias savent se rendre indispensables même quand l'ordinateur ou la télévision sont éteints. Ils offrent, à tout hasard, l'adresse d'un bon hôtel ou d'un bon restaurant dans une ville étrangère qu'ils vous invitent à visiter.

---

1. Voir p. 280.

2. C. John Sommerville, *How the News Makes Us Dumb. The death of wisdom is an information society*, InterVarsity Press, 1999.

LE SAVIEZ-VOUS ?

La pratique du *strip-tease*

Pour entretenir le pouvoir de l'information, les médias usent de la technique du *strip-tease*. Les *news* nous tiennent en haleine en ne dévoilant que progressivement les événements. Ils font durer la tension, s'appesantissant, comme O. Welles, sur des détails qui gardent leur audience captive.

L'objectif du *strip-tease* est, comme on le sait, de retarder le plus longtemps possible l'exposition de la nudité complète. Le *strip-tease* médiatique fait de même. Pour les informations sportives, il ne nous présente pas en même temps tous les résultats sportifs de la semaine. En matière de santé, il commence par nous faire peur (êtes-vous prêts à résister à la prochaine épidémie de grippe aviaire ou d'Ebola ?) et, seulement après, il déclare qu'il n'y a pas tant de risques que cela. Il nous conditionne en alternant tension et détente, menace et conseils de santé. Les procès surtout, avec leur lot de révélations et de coups de théâtre, permettent une révélation lente de la vérité. Quand une nouvelle n'est pas suffisamment angoissante, on lui ajoute une rumeur ou un témoignage sujet à caution. Nous sommes alors en alerte. Nous avons besoin d'une information complémentaire.

À chaque étape, les médias relancent l'identification : une même affaire pourrait vous arriver. Vous pouvez être la prochaine victime. Ne devriez-vous pas travailler moins, ou différemment, pour éviter que votre enfant ne se drogue ou ne devienne un tueur en série ? Les faits divers sont plus faciles à utiliser pour le *strip tease* que les analyses approfondies. Les commentaires, les dossiers ne jouent pas autant avec la peur et la capacité d'identification.

Au moment des soldes, ils envoient des coupe-files et des avant-premières pour des ventes censées être privées ou réservées. Et pour être bien sûrs de nous transformer en acheteurs compulsifs, ils mettent à notre disposition un crédit, gratuit aujourd'hui et payable seulement dans trois mois. Que dire encore des critiques de films ou de livres rédigées sur le ton du conseil personnalisé ? Il est d'autant plus difficile d'y résister qu'elles semblent écrites spécialement pour nous, chuchotées sur notre écran.

Si la névrose médiatique contamine si bien les individus, c'est aussi parce qu'elle entre en résonance avec une tendance collective à l'angoisse, la prudence, la préservation et la précaution. Les plus informés sont aussi les plus anxieux. Chez eux, les hypothèses les plus effroyables prennent le pas sur la réalité.

Faites une cure de déconditionnement médiatique

L'actualité que l'on grignote le plus facilement et qui impressionne le plus est « pré-zappée ». Pour cela, elle est présentée en termes simples, les sujets s'enchaînent rapidement pour ne pas laisser place à l'ennui, elle reste sur la crête des événements. Un travail est aussi fait au niveau visuel. L'image qui la porte doit être stimulante, choquante ou émouvante. Sur Internet, l'impact des images chocs est bien plus net que celui d'une analyse. L'objectif est d'agir sur nos opinions et nos comportements en commençant par ce qui nous bouleverse : l'émotion prime sur l'analyse. Pour asseoir son emprise, l'information utilise donc quelques principes simples, qu'il est bon de connaître pour ne pas se laisser endoctriner.

La techno-information. Les premiers présentateurs des journaux télévisés s'invitaient chaque soir à l'heure du dîner et devenaient ainsi des amis des téléspectateurs. Aujourd'hui, ce sont les objets connectés qui sont devenus des amis dont on ne peut se passer. Nous suivons les informations à la télévision, les conseils de notre ordinateur portable et surtout de notre téléphone.

L'organisation du propos est aussi importante que le contenu. La manière dont une information est rapportée, les images qui l'accompagnent, sa mise en scène comptent autant que le fond. Nous la suivons d'autant plus qu'elle est bien présentée, pour faire peur ou émouvoir.

Le champ d'investigation est le monde. Les informations auxquelles nous sommes connectés ne se limitent plus à un pays. Nous pouvons nous protéger d'une maladie dont les seules victimes sont à l'autre bout de la planète.

L'utilisation abusive de la comparaison. Les comparaisons viennent masquer soit la pauvreté des faits, soit le manque d'information. Si la Bourse baisse, c'est que l'ombre du krach de 1929 n'est pas loin. Quant à la multiplication des conflits armés, ne préfigure-t-elle pas une nouvelle guerre mondiale ? Même si la réponse est négative, l'information a commencé à nous marquer... nous avons envie d'en savoir plus.

L'ajout de détails techniques. Les chiffres font sérieux. Ils semblent une preuve scientifique. Le nombre de chiffres après la virgule garantit la vérité de l'information. De même, l'annonce d'un accident s'accompagne de détails techniques auxquels nous ne comprenons pas forcément grand-chose, mais qui contribuent à nous maintenir sous l'emprise de l'information. Nous apprenons l'âge du conducteur, la vitesse du véhicule. Tout est bon pour que nous devenions des amis intimes des victimes. Le langage doit aussi être coloré. La poésie se porte volontiers au secours de la névrose médiatique. Les métaphores et les procédés littéraires renforcent l'émotion.

L'intimidation familière. Le présentateur utilise une ambiguïté très au point. Il est amical, souriant et, en même temps, il nous fait peur. Ce cocktail de sourire et de peur est irrésistible. La peur est souvent complétée par l'avis de l'expert *ad hoc*, qui explique le présent, prédit le futur et, au besoin, renforce la menace du passé. Son avis est d'autant plus intéressant qu'il est souvent improvisé et qu'il porte sur un domaine où sa compétence est défaillante. Il est amusant de demander à un médecin des avis sur l'économie, à un psychiatre s'il trouve le corps social déprimé ou d'essayer de savoir si le capitaine d'une équipe de football a ou non un moral de vainqueur. Les experts ont ceci de particulier et de paradoxal qu'ils sont censés être des experts en tout ! Il n'est plus besoin de maîtriser son sujet pour en parler d'un ton docte. Rappelons-nous que l'objectif principal des médias est de diffuser l'inquiétude et l'envie de continuer à « jouer » avec sa névrose.

Le règne des rumeurs. Parallèlement à la névrose médiatique prolifèrent les spécialistes de la rumeur qui devinent derrière chaque événement la main invisible des conspirateurs et comploteurs de toutes officines. Leur métier consiste à dire que tout ce que l'on vous apprend est faux. « La vérité est ailleurs. » Les images ont été manipulées. Les explications officielles ne sont pas les bonnes. On vous trompe, on vous ment, ne faites confiance à personne. Ces rumeurs participent à la névrose de l'information. Nous redoutons tout autant que les nouvelles qui nous font trembler soient vraies ou fausses.

CONSEIL PSY

Quelques névroses médiatiques à connaître pour ne pas en être dupe

L'environnement. C'est un bon pourvoyeur de névrose médiatique, puisque la situation est déjà grave et elle ne pourra qu'empirer. Les théoriciens anxieux s'intéressent aux modifications du climat, aux ondes et autres polluants aux dangers réels. En réponse, les citoyens anxieux se voient comme les premières victimes d'inondations ou de pollutions. Ils anticipent les effets des crues centennales et peuvent, dans les moments de grande tension, se représenter leur vie future dans un monde brûlé par le soleil, sans couche d'ozone, irradié par le grésillement des antennes téléphoniques et de leurs portables. Ils adaptent leur comportement au-delà des précautions recommandées par l'écologie. Ils seraient prêts à construire une arche s'ils en avaient le temps et s'ils trouvaient un espace sans radiations...

La météo. C'est sûr, les hivers sont trop froids et les étés trop chauds. Les ouragans se rapprochent et les canicules deviennent une habitude. La banquise fond à vue d'œil comme l'optimisme face à l'actualité.

Les épidémies. Sources incontournables d'angoisses, les épidémies induisent une prévention obligatoire. Nous ne manquons pas de raisons de nous sentir en danger, entre le sida et l'épidémie d'Ebola, la grippe aviaire et les prions, qui n'ont pas dit leur dernier mot. L'information ne peut, dans ce domaine, que nourrir l'angoisse ; d'autant plus qu'aucun spécialiste ne peut être complètement rassurant. Un nouveau conditionnement médiatico-sanitaire apparaît. Il fait traiter et prévenir des maladies – lointaines ou probables –, quitte à négliger les gestes de bon sens utiles à la santé.

Le terrorisme et les dictatures. Les chercheurs rendent compte de nos civilisations qui s'entrechoquent. Les plus anxieux regardent leur voisin dans le métro ou dans l'avion en se demandant s'il n'est pas un terroriste. Ils voyagent de moins en moins et cherchent un désert encore protégé où installer leurs nouveaux bureaux. Ils votent en choisissant le candidat qui pourra les prémunir des angoisses de l'actualité.

Les destins brisés. Les médias sont férus des grands drames que traversent les géants de la finance ou du cinéma. L'effet psychologique est double : on se rassure en trouvant sa vie apaisée, mais l'on s'inquiète en se disant que l'on n'est vraiment jamais à l'abri d'une faillite, d'un désastre personnel ou public.

Comment résister à la folie des news *sans briser sa télévision ou son ordinateur ?*

Le paradoxe de la névrose médiatique est qu'elle finit par avoir raison. Elle ne se contente pas de suivre les événements, mais elle en crée de toutes pièces, produisant des « prophéties auto-réalisatrices ». Ainsi, quand elle annonce que le pays est en proie à la morosité, elle entame vraiment le moral de ceux qui écoutent. Quand elle dénonce les effets de l'excès de travail, chacun se sent un peu fatigué. Qu'elle prédise une vague de chômage, et nous changeons notre manière de travailler. La névrose médiatique prête aux individus des émotions collectives qui finissent par être acceptées et intériorisées comme des idées personnelles.

Mais on peut vaincre la peur par tout ce qui donne du sens à la vie. Une fois encore, l'action est un bon antidote. L'histoire en est un autre : elle rappelle que toutes les menaces actuelles ne sont que la répétition ou la transformation de peurs éternelles. Autre piste non négligeable pour s'en sortir : c'est en trouvant la manière dont les peurs collectives s'accordent avec nos névroses personnelles que l'on y résiste le mieux. Nous n'avons pas tous les mêmes angoisses et nous ne sommes pas égaux face à la manipulation médiatique. Identifier ses peurs est donc une bonne manière de commencer à se protéger des médias[1].

Il existe aussi, pour qui s'y aventure, un cercle vertueux de l'optimisme. Il remet à sa place les menaces collectives et individuelles. À celles et ceux qui n'osent pas faire ce premier pas, je rappelle volontiers que l'optimisme est une prophétie positive, elle est aussi auto-réalisatrice. Celui qui s'attend au meilleur, même devant l'actualité, finit par le vivre, alors que celui qui n'envisage que des catastrophes finit par les subir.

Trouver les croyances irrationnelles qui entretiennent l'angoisse

Chacun de nous commente dans son for intérieur les événements présentés par l'actualité. Nous ajoutons alors, à la dramatisation médiatique, une couche de névroses personnelles. Nos névroses nous conduisent à avoir de faux jugements sur l'information que nous rece-

1. Voir ci-dessous, le paragraphe intitulé « Trouver les croyances irrationnelles qui entretiennent l'angoisse ».

vons. Voici les principaux raisonnements erronés et des pistes pour les éviter.

La généralisation. Nous généralisons les menaces ponctuelles. À partir d'un événement isolé de l'actualité, nous tirons une conclusion globale. Nous ressentons ainsi une charge émotionnelle excessive par rapport à la gravité de l'événement. Pour y remédier, il faut accepter l'idée que l'exceptionnel existe et que toutes les menaces annoncées ne vont pas nous frapper de plein fouet dans les jours qui viennent. Nous sommes parfois surpris... en bien.

La personnalisation. Ce biais de raisonnement consiste à trop s'impliquer dans une situation et à surévaluer le lien entre notre vie et l'événement. Nous interprétons tous les drames de l'actualité comme une menace immédiate et qui nous concerne personnellement. Nous nous considérons, par exemple, comme les premières victimes potentielles du terrorisme ou de la pollution. Pour contrebalancer ce raisonnement, je travaille l'« anti-personnalisation ». Ne pas personnaliser ne revient pas à être indifférent, mais à garder une bonne distance. Un peu d'humour permet aussi de dédramatiser une situation. Un peu de mémoire aussi. Souvenez-vous de toutes les catastrophes, promises comme imminentes, auxquelles vous avez échappé.

Le raisonnement en « tout ou rien ». Ce raisonnement ne laisse pas de place aux demi-mesures. Il suggère ainsi que la situation politique ou économique est soit parfaite, soit totalement apocalyptique. Par son absence de nuances, ce type de pensée fait percevoir l'actualité comme plus menaçante et plus grave qu'elle ne l'est en réalité. Commencer à raisonner en gris, au lieu du noir et blanc, est le début de l'optimisme. Vous avez connu un échec, une déception, une difficulté ? Aucune aspérité du destin ne vous condamne de manière définitive. Une vie n'est pas aussi facilement ratée que vous le croyez. Les joueurs de tennis le savent, qui se remotivent après un premier set perdu. Comme eux, vous pouvez voir dans un événement désagréable une raison de plus pour vous battre contre un environnement hostile.

L'abstraction sélective. Nous nous focalisons sur un détail rapporté par la presse et nous y trouvons l'indice d'une situation grave. Nous sortons ce détail de son contexte et négligeons tout ce qui, autour, pourrait contribuer à le relativiser et à nous rassurer. Une intoxication alimentaire due à un produit industriel et c'est parti, la listériose et la salmonellose ont colonisé nos réfrigérateurs ! Que la sécurité alimentaire ne cesse de progresser depuis des décennies, nous n'en tenons pas compte. Pour sortir de ce faux raisonnement, adoptez un nouveau point de vue sur vous-même et regardez-vous comme si vous étiez un étranger. Vous vous rencontrez pour la première fois. Vous allez vous trouver des qualités et des charmes auxquels vous ne pensiez pas. Voilà une bonne habitude de pensée à appliquer régulièrement. Vous adoptez un point de vue plus juste et vous arrêterez ainsi de voir seulement vos défauts.

La minimalisation du positif. Il est habituel que l'actualité monte en épingle les échecs, les aléas, et passe sous silence ce qui fonctionne normalement. Elle parle, selon la formule, des trains qui déraillent et pas de ceux qui arrivent à l'heure. L'anxieux va aussi dans ce sens en maximisant les échecs. Il le fait pour tous les événements, qu'il s'agisse des nouvelles du monde ou des faits de sa vie quotidienne. Quand il dresse un bilan de sa vie, de son mariage ou de sa journée, celui-ci est toujours globalement négatif. C'est un des grands mérites de la psychologie moderne que de vous inciter à noter vos réussites et vos bons moments. Si besoin, faites-en des listes, des journaux, des recueils[1]. Tout est bon pour se souvenir de ce que l'on a réussi. Ce travail est la base de la santé de l'esprit et de l'optimisme raisonnable. Il est un cercle vertueux de la confiance en soi et de l'estime de soi. L'optimisme est de combat. Le pessimisme est une tendance naturelle dont on vient à bout, à force de lucidité et sans culpabilité.

1. Voir p. 39 et p. 314 pour plus de précisions.

LES TECHNIQUES DU *STORYTELLING*

Les storytellers *du Chivas*

Le consommateur s'approprie un objet ou une marque si l'un ou l'autre lui raconte une histoire. C'est pourquoi l'anecdote n'inspire pas seulement les médias, mais aussi la publicité. Le sociologue Christian Salmon en fournit un exemple en... racontant une histoire. À la fin des années 1990, l'entreprise de whisky Chivas Brothers avait perdu de son prestige. Le whisky avait une image ancienne, un de ces alcools que les parents buvaient, mais que les jeunes ne trouvaient pas de leur âge. Les promoteurs du whisky ont donc embauché un journaliste pour raconter « la légende de Chivas ». À lui de donner à l'alcool une actualité par des faits divers émouvants. Le journaliste a cherché à toucher les clients potentiels, c'est-à-dire les jeunes. Son histoire commence par le rappel de l'octroi du label royal au XIXe siècle, à l'occasion d'une visite de la reine à Balmoral, le berceau de la marque. Peu après, Chivas Brothers devient le fournisseur officiel de la couronne d'Angleterre. La légende continue avec le trajet du « malt originaire » issu des distilleries des Highlands construites en 1786. Puis c'est l'âge d'or du whisky dans les années 1950. Chivas Brothers débarque aux États-Unis sur fond de rock'n'roll avec une nouvelle marque : Chivas Regal. Il est alors associé par les consommateurs, aux stars de l'époque : Dean Martin, Sammy Davis Junior, Frank Sinatra. Mais une anecdote ne modifie les comportements que si elle est répétée suffisamment souvent. C'est pourquoi celle de Chivas Brothers est relayée aujourd'hui encore dans des bars et des discothèques par ceux que C. Salmon appelle « des conteurs » ou « des *storytellers* », travaillant comme ambassadeurs occultes de la marque. Ils créent une émotion collective qui détermine un comportement de consommation individuelle. La marque Chivas Regal devient plus qu'un alcool : une histoire. Il ne faut plus grand-chose pour qu'elle déclenche, chez celui qui la boit, une sensation unique. Grâce à l'anecdote, la marque est devenue une vieille amie que l'on aime à retrouver aussi souvent que possible... et les affaires de l'entreprise Chivas Brothers ont repris.

Les miracles de Steve Jobs

Dans un tout autre secteur, une marque utilise la névrose médiatique et le poids des anecdotes : Apple. Elle cultive sa différence en entretenant avec le public une connivence fondée sur la spécificité et la complicité. Son président d'alors, Steve Jobs, gérait son entreprise en racontant son histoire à ses employés et au grand public : « Je suis, disait-il devant des étudiants, très honoré d'être parmi vous aujourd'hui pour la remise de diplômes dans l'une des plus belles universités du monde. Personnellement je n'ai jamais été diplômé d'aucune université. Je vais vous faire un cadeau et une confidence. Ce que je vais vous raconter, c'est ma vie en trois histoires. »

La première histoire de Steve Jobs est celle de sa jeunesse. Enfant pauvre et livré à lui-même, il s'est inscrit un peu par hasard dans un cours de typographie. C'est ainsi que le Macintosh sera le premier ordinateur personnel doté de polices de caractères. Dans la deuxième histoire, le patron conte son succès, avec la création du premier Macintosh dans le garage de ses parents, puis, en dix ans, la réussite d'Apple. S. Jobs, toujours chanceux, rencontre sa femme et fonde une famille. La troisième histoire est plus tragique, mais elle permet de transformer l'ascension du milliardaire en légende. S. Jobs est peu à peu mis à l'écart de son entreprise. On diagnostique chez lui un cancer du pancréas. À la fin de l'histoire, l'homme a retrouvé la santé et sa place dans l'entreprise qu'il avait fondée. Il conclut par la formule : « Gardez l'appétit, restez fous. »

Le *storytelling* a fonctionné. S. Jobs a joué, à partir de faits réels, avec la peur de la mort, la peur du chômage, l'envie de richesse et les désirs de réussite sociale et sentimentale. Cette histoire, bien que vraie, est formatée très précisément pour émouvoir le plus possible, tant les collaborateurs que les investisseurs potentiels. L'histoire a même survécu à son créateur, S. Jobs en personne. De manière générale, tous les commerciaux appliquent, sans toujours en être conscients, cette stratégie à leurs clients potentiels. Ils racontent leur vie, multiplient les anecdotes, car ils pressentent – ou savent bien – que le transfert d'émotions est le premier temps du conditionnement.

Le storytelling, *moyen efficace pour influencer notre comportement*

C. Salmon décrit bien le *storytelling* comme l'utilisation de l'anecdote à des fins de manipulation. Les anecdotes sont utilisées par les généraux, les chefs d'entreprise ou les hommes politiques pour marquer leur pouvoir. Une bonne histoire (c'est-à-dire une histoire qui émeut suffisamment) fait changer d'avis, de comportement ou d'opinion tous ceux qui l'écoutent. Pour s'en convaincre, il suffit de savoir que le travail des anecdotes sert aussi à entraîner les soldats américains dans le cadre d'un institut de créativité technologique basé en Californie. Les soldats apprennent à se confronter aux dangers de la guerre en jouant sur un logiciel « conditionnant ». Ils se forment moins aux techniques guerrières, comme le tir ou le combat, qu'à la confrontation à des histoires d'ennemis ou de victimes potentiels. Ils jouent avec la fiction pour apprendre à supporter la future brutalité de l'action. Leur conduite de guerrier est modelée par une suite d'anecdotes que leurs supérieurs leur racontent : « Dans les rues d'une ville dévastée par la guerre, un groupe d'enfants rassemblés près d'un terrain de football vous prévient qu'il y a des mines dans les parages. Une femme vous accuse d'avoir tué son mari. Vous vous demandez si l'homme qui s'avance sur une charrette tirée par un âne est le même que l'individu que votre commandant recherche pour contrebande d'explosifs. Des graffitis sur les murs des immeubles vous heurtent avec leurs lettres bizarres. Comment réagissez-vous ? Il vous reste cinq minutes. »

L'état-major américain suppose que celui qui aura bien réagi à cette situation sera moins désemparé quand il aura à affronter un ennemi insaisissable dont il ne partage ni la langue ni la culture. Il apprendra, après avoir intériorisé cette fiction, à résister à la manipulation et aux imprévus de la guérilla urbaine.

Pour C. Salmon, le *storytelling* fait aussi passer le citoyen de l'engagement politique au commentaire politique.

Nous n'élisons plus des présidents de la République mais des sujets de conversation. L'Élysée devient – qui en douterait ? – un sujet inépuisable pour les médias. L'exercice du pouvoir suscite de plus en plus la passion de l'interprétation. En face de ce besoin de l'anecdote, les hommes politiques s'adaptent, retouchent d'année en année leur image et apprennent (avec des bonheurs divers) à « faire président » pour garder le contact avec leurs électeurs-spectateurs. Ils mettent par exemple en avant les étapes les plus émouvantes de leur parcours (mariages, divorces, rencontres, etc.). Ils savent qu'ils ne perdent pas leur temps en parlant d'eux-mêmes et en racontant des anecdotes. Le vote est au moins autant déterminé par leurs petites histoires personnelles et leur capacité à émouvoir que par le projet politique qu'ils proposent.

CONSEIL PSY

Comment se réapproprier la technique du *storytelling* ?

Le *storytelling* peut devenir un redoutable instrument au service de l'estime de soi. Prenez un peu de recul sur votre vie personnelle, vos amours, votre travail. Imaginez une nouvelle manière de vous raconter, comme si vous étiez pour vous-même un agent de promotion. Mettez en avant vos réussites, vos qualités. Vous en manquez ? Peu importe, ajoutez-en ! Prenez à rebours vos habitudes de reproches. Vous devenez un *storyteller* de vous-même. Et si vous consacrez suffisamment de temps à l'exercice, vous allez y croire et emporter la conviction de ceux qui vous écoutent.

DÉCROCHER, APRÈS LA NÉVROSE MÉDIATIQUE, DE LA DÉPENDANCE AU VIRTUEL

Mesurez le danger du virtuel

J'ai rencontré, il y a peu de temps, un adolescent vraiment accro au virtuel, qui ne trouve d'apaisement que grâce aux jeux vidéo. Il aime les jeux en ligne avant tout parce que personne ne lui demande qui il est vraiment. Il s'attribue un pseudonyme glorieux tiré d'une histoire du Moyen Âge qu'il n'a pas lue jusqu'au bout ; il vit une histoire où il est riche et célèbre, même si la monnaie qu'il gagne n'a pas de valeur en dehors de ses jeux. Sitôt connecté, il n'a plus de passé et les seuls souvenirs qu'il conserve sont ceux de ses exploits en ligne, dans des jeux de guerre ou d'argent. Nous avons fait un bout de chemin ensemble et je lui ai proposé de reconstituer l'histoire de sa famille, de trouver des liens entre sa généalogie personnelle et la grande Histoire. Il s'est pris au jeu (si j'ose dire) et a interrogé ses parents et ses grands-parents sur leurs vraies vies. Ils lui ont parlé de leurs guerres et pas seulement de batailles intergalactiques. C'est en découvrant ou redécouvrant qu'il avait un passé qu'il a pu accepter l'idée qu'il avait un présent à vivre et un futur à construire, même sans Internet.

Mille situations montrent le poids de plus en plus important du virtuel. Un homme marié a par exemple quitté son épouse pour « vivre » avec un personnage virtuel du site secondlife.com. Cet homme ignorait pourtant tout de la personne qui se cachait derrière l'avatar féminin. Elle ne lui avait révélé ni son identité ni son sexe, mais elle était parée du plus beau des atours : il l'avait rencontrée dans le monde virtuel. Dans cet univers parallèle, chacun est libre de fixer ses propres limites. L'utilisateur peut modifier son apparence autant qu'il le désire. Il est représenté par un avatar, de forme humanoïde, qui peut être modifié en taille et en proportions, habillé librement et animé à l'aide de fichiers spécifiques. Il peut créer des objets, des vêtements, des bâtiments, des sculptures, des véhicules de toutes sortes, des plantes, des animaux, des gadgets. Second Life est ainsi plus qu'un jeu vidéo : il marque l'emprise du virtuel sur la vie réelle.

Ces deux cas peuvent nous sembler extrêmes et loin de notre comportement. Pourtant, considérez la scène suivante, tellement fréquente qu'on ne la remarque plus – et qui exprime pourtant la même chose. Vous êtes avec des amis ou en famille. Vous recevez un appel sur votre portable ou un mail sur votre BlackBerry : vous répondez immédiatement. Mais en agissant ainsi, vous attribuez une importance plus grande aux informations transmises par la technologie qu'aux contacts réels. Vous vous intéressez davantage (il n'est pas lieu ici d'incriminer qui que ce soit) à vos SMS qu'à ce que disent vos amis, vos enfants ou votre conjoint. L'information portée par la technologie est plus importante que la communication directe.

OÙ EN ÊTES-VOUS ?

Calculez votre risque de dépendance à Internet

Donnez-vous 1 point chaque fois que vous répondez « oui » à l'une des propositions qui suivent. À partir de 5 points, vous saurez si vous êtes ou non prisonnier du virtuel ou risquez de le devenir :

1. Vous êtes un homme.
2. Vous utilisez Internet pour votre travail et vous en êtes très content.
3. Vous êtes timide et vous préférez les situations qui ne vous exposent pas trop.
4. Vous fumez ou buvez de l'alcool devant votre ordinateur.
5. Vous êtes fasciné par la technologie des ordinateurs.
6. Vous n'aimez pas sortir de chez vous.
7. Vous n'aimez pas l'exercice physique.
8. Vous vous connectez plutôt la nuit.
9. Vous ne pouvez pas passer une journée sans ordinateur.
10. Vous êtes un bourreau de travail et vos meilleurs moments sont ceux pendant lesquels vous travaillez.

L'addiction à Internet

Les exemples de dépendance à Internet sont de plus en plus fréquents. L'internaute se retrouve à un moment piégé par son besoin de connexion. Si l'on regarde son emploi du temps, on voit qu'il finit par quitter le réel au profit du virtuel. Il joue et travaille en réseau. Il se distrait en allant chercher des films ou des musiques sur la Toile. Il passe plusieurs heures par jour dans des jeux multijoueurs en ligne ou participe à des forums sur des thèmes qui le concernent particulièrement. Il perd le contrôle de son temps de connexion. Cette addiction ne fait plus sourire, mais doit être reconnue pour ce qu'elle est : une aliénation et une manière de se couper du réel.

Comme le montre le test précédent, les causes qui favorisent la dépendance à Internet sont nombreuses. L'un des principaux déterminants de l'addiction est l'acquisition d'une sociabilité en ligne faussement débridée. L'échange de profils ou de photos est plus facile pour les timides qu'une discussion en face-à-face. Il crée l'impression d'une nouvelle camaraderie. Internet assoit son emprise en faisant se rencontrer des utilisateurs qui partagent les mêmes centres d'intérêt ; c'est pourquoi les sites Internet sont, en majeure partie, des sites communautaires. On crée des alertes pour recevoir des nouvelles à partir de mots-clés choisis en commun. Dans le même temps, la création d'une communauté devient une actualité elle-même, relayée soit par les sites Internet, soit par les médias classiques. L'accès à la connaissance passe encore par le virtuel. Or, les connaissances en ligne déterminent désormais, presque autant que les livres, nos engagements et nos comportements. Les idéologues de tout poil le savent et tentent d'infiltrer dans les informations en ligne des détails qui défendent leurs convictions. Les plus extrémistes trafiquent l'histoire pour entraîner l'adhésion. Entre 2005 et 2006, le nombre d'encyclopédies en ligne comme Wikipedia a augmenté de 275 %. Les fausses informations ont augmenté dans la même mesure. Enfin, le fait de disposer d'Internet sur son lieu de travail expose encore plus à l'addiction. Il suffit de ressentir de l'ennui ou d'être mal à l'aise dans ses tâches professionnelles pour que l'accès à Internet produise une consolation aussi artificielle qu'immédiate.

OÙ EN ÊTES-VOUS ?

Où en êtes-vous avec Internet ?

Classez ces 10 possibilités de dépendance. Quelle est celle qui vous attire le plus ? Laquelle gêne votre entourage ? À laquelle pensez-vous le plus ? De laquelle n'imagineriez-vous pas vous passer ?

1. Les jeux en ligne.
2. Les jeux répétitifs sur votre ordinateur ou votre téléphone portable.
3. Les banques de données (musées, littérature, voyages, sources de connaissance).
4. Les films et la musique en ligne.
5. L'actualité ou les complots cachés révélés par le Net.
6. La communication (mails, Facebook, Skype, autres messageries).
7. Les propositions et images sexuelles.
8. Les bonnes ou mauvaises affaires des sites marchands.
9. Les loteries et les jeux d'argent.
10. La Bourse et les investissements en ligne.

L'expression « addiction à Internet » a été introduite par le psychiatre américain Ivan Goldberg en 1995, puis elle a été rendue populaire par Kimberly Young en 1996, qui a défini une nouvelle maladie : *Internet addiction disorder*. Elle l'a décrite comme un usage compulsif et excessif d'Internet et la présence d'une humeur irritable ou dépressive en cas de manque. Tous les critères de la dépendance s'y retrouvent : une consommation excessive, une envie irrépressible, un sentiment de malaise en cas de manque. Selon les cas, le virtuel est la cause ou la conséquence de la dépendance. Certains aiment avant tout la technologie, la découverte de sites, les jeux sur ordinateur, ou pianoter sur le clavier. D'autres utilisent le web pour s'informer, jouer, acheter ou encore se connecter à des sites de rencontres. L'addiction à Internet n'est pas virtuelle. Ses conséquences ne le sont pas non plus. Il peut en résulter une perte de contrôle, un isolement social, des difficultés scolaires, un chômage.

Sept idées pour guérir du virtuel

Regardez comment Internet flatte ce qui vous plaît le plus. Les joueurs d'argent trouvent en ligne des casinos ou des salles de jeu qui ne ferment jamais. Les adeptes des conduites sexuelles « originales » sont satisfaits au-delà de leur espérance. C'est par nos passions, nos faiblesses que la névrose du virtuel nous attrape. Prenez un moment pour reconnaître ce qui vous attire le plus. Vous avez l'embarras du choix : les jeux répétitifs, les bases de données et de connaissances, la communication, les sites marchands, l'information. Une fois que vous saurez par où la névrose virtuelle est entrée dans votre vie, vous saurez aussi par où l'en faire sortir.

Refusez la fausse personnalisation. Tout le métier des gestionnaires de sites ou de services est de vous faire croire que vous êtes le seul concerné par leurs offres ou leurs informations. Ils vous envoient un journal ne contenant que des informations sur les sujets qui vous passionnent. Ils vous conseillent un restaurant ou un film choisis spécialement pour vous et vous donnent, si vous êtes un gros joueur, des « points de vie » comme des cadeaux cachés. Cette personnalisation artificielle n'a pour but que de vous piéger. Les seules relations personnelles sont celles qui se vivent en groupe ou en tête-à-tête, dans des relations sans commerce ni virtuel.

Réapprenez la frustration en société. Internet permet un luxe fou. Une situation vous ennuie, une personne se répète ? Vous vous déconnectez. Internet donne le droit d'interrompre ce qui vous déplaît. Il offre aussi une fausse impression de courage. Vous pouvez, grâce au clavier, bien caché par votre écran, vous montrer séducteur, cynique ou drôle. Vous en oubliez toutes vos peurs et vos inhibitions. Mais en agissant ainsi, vous désapprenez les vraies relations. Les adolescents empêtrés dans la névrose du virtuel ne savent plus comment affronter une personne qui les séduit ou les intimide. La sociabilité en ligne leur a fait perdre le sens du contact réel. On peut sortir de cet état de fait. Je fais, avec ceux qui en sont atteints, des exercices « d'exposition sociale », où ils se mettent en danger (un peu) et réapprennent à faire la cour, à se fâcher, à dire bonjour et au revoir. Autant de petits gestes ou de petites bases de la communication qu'ils ont perdus ou oubliés.

« **Dézappez » votre pensée avec un gros roman**. Internet vous fait passer d'un sujet à un autre avec une telle facilité que vous perdez l'habitude de lire des phrases un peu longues et des histoires compliquées. De même, les séries télévisées vont de plus en plus vite pour s'adapter au zapping de la névrose du virtuel. Les livres sont un antidote parfait. Choisissez-les de plus en plus épais. Tolérez les moments d'ennui et vous redonnerez à votre pensée le rythme que lui a fait perdre l'excès de virtuel.

Préférez, à l'illusion de toute-puissance, un plaisir quotidien. Les personnes de tous âges trouvent dans les jeux en ligne un moyen de changer en apparence d'identité.

Ils s'attribuent un pseudonyme glorieux et partagent des missions avec des partenaires du monde entier. « Face à mon écran, me dit un ami, je joue au poker dans tous les pays et je parle jour et nuit avec des camarades inventés par ma machine. » Cette expérience mondialisée rend vite le virtuel indispensable. Skype et autres messageries nourrissent ce même sentiment d'ubiquité et de toute-puissance. Il est grisant de se savoir reconnu partout. Pourtant, la sociabilité en ligne est le plus souvent artificielle. Je suggère, à ceux qui essaient de s'en sortir, de consacrer un temps significatif (une heure, par exemple) à parler à un ami, à celui ou celle qu'ils aiment, et de compléter cette dégustation de l'instant présent par une satisfaction très concrète, comme une boisson ou une sucrerie, en prenant leur temps.

Faites jouer la concurrence face au virtuel. On ne renonce à ce plaisir technologique qu'en trouvant d'autres plaisirs. Aux parents qui me demandent comment les aider à « décrocher » leur adolescent de son écran, je suggère de lui organiser des vacances, des loisirs ou de l'inciter à faire du sport. Ils feront pâlir l'intérêt pour la machine qui, jusque-là, prenait toute la place. Il ne disparaîtra que face à des loisirs plus riches et plus mobilisateurs. À chacun d'imaginer son anti-virtuel préféré. Par cette technique de thérapie par concurrence, on ne se prive de rien, mais on découvre (ou redécouvre) des émotions positives. Vous avez, si j'ose dire, le choix des armes : du sport au théâtre, du cinéma au musée, sans oublier les rencontres amicales et les cercles d'improvisation.

Réhabitez votre corps. Les entreprises soucieuses d'être productives invitent leurs salariés à quitter régulièrement leur bureau pour faire du sport, se relaxer ou courir. La névrose du virtuel est une maladie de l'immobilité. Plus on reste assis face à son écran, moins on peut décrocher de la fuite inutile d'un site à l'autre. Ceux qui n'ont pas le temps de se dépenser, peuvent au moins faire des pauses loin de leur écran. Quelques pas éloignent à la fois de la routine, de la dépendance et du besoin de connexion.

5e partie

BONNES CROYANCES ET MOTIVATION

« Mourons pour des idées,
D'accord, mais de mort lente. »
Georges Brassens, « Mourir pour des idées ».

NOTRE IDENTITÉ EST UNE SOMME DE CROYANCES

L'enseignement de Cervantès

Les pensées, les croyances et les raisonnements déterminent nos comportements. Ils nous indiquent le chemin vers l'optimisme. Miguel de Cervantès a donné, dans « Le licencié de verre », un modèle classique de croyances devenant le principe organisateur d'une vie. Il raconte l'histoire de Thomas Rodaja, un étudiant qui se rend à Salamanque. Une femme de cette ville tombe follement amoureuse de lui, mais le jeune homme reste insensible à ses avances. Pour se venger, la femme de Salamanque offre à Thomas un coing empoisonné. Thomas le mange et garde le lit pendant six mois. « Son corps survécut. Il demeura, écrit Cervantès, fou de la plus étrange folie que l'on eût pu voir jusqu'alors parmi les folies. Le malheureux s'imagina qu'il était tout de verre. Lorsque quelqu'un s'approchait de lui, il poussait des cris effroyables, suppliant avec mille paroles et raisons appropriées qu'on ne l'approchât point pour ne pas le briser, jurant que réellement il n'était pas comme les autres hommes, qu'il était tout de verre, des pieds à la tête[1]. » Ses amis tentent de ramener le licencié à la raison en lui montrant qu'il ne

1. Cervantès, *Nouvelles exemplaires*, Gallimard, 1981.

se brise pas quand on le touche. Ils se jettent sur lui, le saisissent à bras-le-corps, le bousculent. Mais jamais Thomas ne se laisse convaincre. Du fait de son angoisse, il adopte de multiples précautions. Il veut qu'on lui parle de loin, il enferme son corps dans un fourreau de crainte qu'un habit trop étroit ne le brise. Il refuse de porter des chaussures, préférant des corbeilles. Toujours par peur de se briser, il s'interdit la viande et le poisson, ne boit que de l'eau de source ou de rivière avec les mains. Dans la rue, il marche au milieu, surveillant les toits de peur qu'une tuile tombe sur lui.

Une croyance suffit ainsi à conditionner l'existence. Elle peut être fonctionnelle ou gênante, réaliste ou proche du délire. Les psychologues comportementalistes suggèrent que des pensées incontrôlables, souvent fausses ou exagérées, nous astreignent à un style de vie. Il suffit donc parfois de repérer ces pensées et de les corriger pour changer son comportement. Cette observation, qui fonde les psychothérapies cognitivo-comportementales, part de trois idées :

- les pensées automatiques influencent les émotions et les comportements ;
- une pensée erronée peut être responsable d'émotions ou de comportements gênants ;
- les pensées automatiques peuvent être modifiées consciemment et directement par une thérapie agissant sur elles.

Selon ce modèle, notre personnalité se résume donc à une suite de croyances ou pensées automatiques, c'est-à-dire à des pensées qui échappent à notre volonté et se mettent en œuvre qu'on le veuille ou non. Les méfiants, par exemple, ont comme pensée automatique de considérer toute situation nouvelle comme une menace. Ils voient l'autre comme un ennemi ou une personne qui peut les tromper. Ils ne peuvent s'empêcher de douter,

CONSEIL PSY

Comment changer ses mauvaises croyances ?

Le premier temps de tout travail sur soi consiste à faire l'inventaire de ses certitudes, de ses idées fixes et de ses raisonnements à l'emporte-pièce. Il faut ensuite savoir si cette somme de croyances qui détermine ce que nous sommes nous fait du bien ou du mal. Les croyances nocives sont appelées des « cognitions erronées ». Elles persuadent l'un qu'il n'est pas assez intelligent pour réussir, un autre qu'il est trop laid pour plaire et un troisième qu'il n'a rien d'intéressant à dire et qu'il vaut mieux qu'il se taise. Ces fausses croyances ne sont en rien une fatalité. J'en fais chaque jour l'expérience, à titre personnel ou avec ceux que je rencontre. On peut, à condition de les reconnaître, en changer et en adopter d'autres qui rendent la vie plus facile et agréable. Un chapelet d'idées fausses, sur ce que l'on est, ce que l'on vaut et ce que l'on va devenir, peut être remplacé par des croyances positives qui nourrissent l'estime et la confiance en soi.

de se méfier, de vérifier la fidélité de leurs proches et moins proches. Paradoxalement, leur besoin tyrannique de certitude fait qu'ils sont parfois trompés par leur conjoint, qui se lasse de voir leur fidélité si souvent remise en question. Autre exemple : les personnalités dites « antisociales », instables ou « psychopathiques » ont des croyances qui leur font envisager leur voisin comme une proie. Ils tentent de le voler, de l'abuser ou de le corrompre. Insensibles à la culpabilité, ils sont les premiers étonnés des rigueurs de la loi quand elle vient sanctionner leurs crimes et délits.

CONSEIL PSY

Quatre idées fausses à changer pour retrouver l'optimisme

• « Je ne vaux rien. »
Cette croyance porte en elle le pessimisme et le reproche. Trouver les raisons d'avoir confiance en soi permet de mettre à distance cette idée fausse. On vient même de s'apercevoir que celles et ceux qui ont le plus confiance en eux sont mieux payés et ont de meilleures carrières...

• « Je n'intéresse personne. »
Voilà une autre croyance qui fait sacrément obstacle à la vie sociale. Elle vous persuade qu'aucun contact n'est possible avec vous, vous isole et vous plonge dans la solitude. Et c'est surtout avec les personnes qui vous intéressent le plus que cette croyance est la plus forte. Une telle erreur de jugement se combat pied à pied par de petits exercices dits « d'exposition sociale », c'est-à-dire des rencontres sans danger. Vous allez bien finir pas vous rendre compte que vous avez du charme et que vous êtes intéressant !

• « Je ne le mérite pas. »
Ici, c'est la voix de la culpabilité qui s'exprime et vous gronde. On peut reconnaître cette voix trompeuse et lui suggérer de se taire. Elle cessera bien un jour de vous reprocher les moments de plaisir et de vous faire regretter ce qui vous amuse.

• « C'est ma nature. Je suis fait comme ça. Je ne vais plus changer. »
Cette croyance en une prédestination est fausse et pourtant bien ancrée. C'est un refuge facile pour rester dans un état de pessimisme. Vous refusez les occasions nouvelles, les rencontres, les expériences au nom de votre

nature et de vos habitudes. Quand la certitude de la « mauvaise nature » se fendille, bien des opportunités apparaissent : familiales, professionnelles, amoureuses.

Relisez la liste des quatre fausses croyances que je viens de vous proposer. Dans laquelle vous reconnaissez-vous le plus ? Laquelle vous gêne le plus ? Il n'y a aucun danger à essayer de comprendre la manière dont votre esprit fonctionne, ou pas, de travers. C'est même le plus sûr moyen pour retrouver de l'optimisme à son égard.

IDENTIFIER LES IDÉES QUI FONT AGIR DE TRAVERS

Allez à la chasse aux obsessions

Au début du XXe siècle, le psychiatre français Pierre Janet a fait l'inventaire de toutes les idées et croyances qui pouvaient contrôler nos comportements. Il imagine par exemple « l'obsession sacrilège », assez répandue, qui est la peur de ne pas avoir respecté une règle familiale, religieuse ou philosophique. « Les obsessions criminelles », beaucoup moins fréquentes fort heureusement, se retrouvent surtout dans les romans policiers avec leurs tueurs en série qui ont une obsession de l'homicide à répétition. P. Janet décrit d'autres obsessions, plus proches de la vie quotidienne.

L'obsession de la honte de soi. Il s'agit d'un mécontentement, de l'impression que l'on n'a pas accompli ce pour quoi l'on était sur terre.

L'obsession de la honte du corps. On y retrouve l'impression de ne pas être assez beau, de ne pas être assez séduisant. P. Janet voit cette obsession à la base des régimes excessifs et en particulier de l'anorexie. Mais la honte de son corps se retrouve également chez bien des dépensiers frénétiques, qui expriment par là un besoin d'orner ou de cacher leur physique. Ils espèrent qu'une grande marque de vêtements ou un parfum de luxe masquera ce qui leur déplaît. Chaque vêtement nouveau est une tentative, à chaque fois déçue, de s'acheter un morceau d'optimisme.

L'obsession hypocondriaque. L'esprit considère le corps comme étant frappé par différentes maladies. Les plus répandues à l'époque de P. Janet étaient la phtisie (ou pneumonie) et la syphilis. Si les maladies modernes ont changé, l'obsession hypocondriaque est restée. Elle conduit à se soigner exagérément ou à multiplier les consultations et les examens inutiles.

Le perfectionnisme[1]. Il crée une agitation forcée du corps et de l'esprit. Le perfectionniste n'est jamais en repos. Il doit travailler en permanence et être le plus productif, le plus créatif possible. Même les loisirs doivent être parfaits. Il ne faut rater aucun film ou aucune pièce réputés indispensables. S'il s'essaie à un sport, le perfectionniste ne reste pas longtemps amateur. Il se bat, surtout contre lui-même. Et quand il ne fait rien ? Cela ne lui arrive jamais : quand il semble se reposer, le perfectionniste s'adonne à des opérations intellectuelles interminables à propos de très petites choses qui occupent une place disproportionnée par rapport à leur importance réelle. Il passe sa journée en revue, pèse le pour et le contre, se demande s'il n'a pas fait d'erreurs et finit, bien sûr, par en trouver. Le perfectionniste déployant tant d'efforts chaque jour pour s'améliorer est souvent aussi un fatigué chronique. Il n'arrive pas à assumer les épreuves physiques et morales que son sens moral lui impose.

Croire aux présages. Cette pensée est à la base de la superstition. Elle transforme l'instant présent en une énigme dont il faut trouver le sens. Le superstitieux vérifie

1. Voir p. 187-189., l'analyse du comportement perfectionniste.

qu'il est bien protégé par le sort et voit dans les actes les plus bénins des clins d'œil du destin. Il collectionne les porte-bonheur, de la patte de lapin au fer à cheval sans oublier le trèfle à quatre feuilles. Rien n'est plus naturel dans ce qui lui arrive et rien ne tient du hasard chez celui qui cherche les présages. Il s'habille non plus selon son goût, mais avec les couleurs qui lui portent chance, il choisit une date favorable pour se marier et ne se lève jamais du pied gauche. Proche de la superstition se retrouve la manie de l'au-delà, la tendance à chercher partout des symboles, des signes, des explications surnaturelles.

L'excès de précaution. Une femme intelligente qu'avait rencontrée P. Janet (mais j'en ai rencontré bien d'autres avec les mêmes angoisses) ne pouvait sortir dans la rue sans se demander : Quelqu'un va-t-il tomber d'une fenêtre à mes pieds ? Sera-ce un homme ou une femme ? Cette personne se blessera-t-elle ou se tuera-t-elle ? Si elle se blesse, sera-ce à la tête ou aux jambes ? Y aura-t-il du sang sur le trottoir ? Si elle se tue, comment le saurai-je ? Devrai-je appeler les secours, ou m'enfuir, ou réciter une prière ? M'accusera-t-on d'être la cause de cet événement ? Mon innocence sera-t-elle reconnue ? Bien d'autres domaines sont « pollués » par l'excès de précaution, de la vie amoureuse, vite chargée d'inquiétude, à la vie professionnelle.

La paresse. Un médecin anglais du XIXe siècle avait soigné un homme qui ne pouvait rien faire de ses journées. Sa paresse apparente était surtout une « panne » de volonté. Souvent, il essayait de se déshabiller et restait deux heures avant de pouvoir retirer son habit. Un jour, il demanda un verre d'eau ; on le lui présenta sur un plateau, mais il ne pouvait le prendre, bien qu'il le désirât. Il lui semblait qu'une autre personne avait pris possession de sa volonté. Paul Lafargue, en 1880, a défendu le droit à la paresse et en a démontré, non sans goût de la provocation, les bienfaits dans la vie quotidienne : « Une étrange folie possède les classes ouvrières des nations où règne la civilisation capitaliste. Cette folie traîne à sa suite les misères individuelles et sociales qui, depuis deux siècles, torturent la triste humanité. Cette folie est l'amour du travail, la passion furibonde du travail, poussée jusqu'à l'épuisement des forces vitales de l'individu et de sa progéniture. Au lieu de réagir contre cette aberration mentale, les prêtres, les économistes, les moralistes, ont sacro-sanctifié le travail[1]. »

La manie de la réparation, avec le besoin de compensation, d'expiation et de conjuration. Cette obsession se nourrit du sentiment d'incomplétude[2] (Je suis un peu raté, je ne suis pas fini) et se traduit par un comportement sans cesse hésitant : Que dois-je décider ? Ne vais-je pas compromettre mon avenir ? Ne vais-je pas gêner les autres ? Dans les opérations intellectuelles, le maniaque de la réparation doute, vérifie. Il ne se reproche pas seulement ses vraies fautes, il baigne dans la repentance perpétuelle, même quand il n'a rien fait, et y trouve du plaisir. Il veut que le péché soit chevillé à lui pour toujours comme un fidèle compagnon.

Prenez des cours particuliers ou collectifs de désordre

Les obsessionnels aiment trop l'ordre. Ils apprécient les bureaux et les chambres trop bien rangés. Ils redoutent les débordements d'émotions, de tristesse et de joie, et

1. P. Lafargue, *Le Droit à la paresse*, Allia, 2011.
2. Voir p. 337, l'analyse du sentiment d'incomplétude par C. G. Jung.

font tout pour les contenir. Ils se croient obligés d'avoir l'air sérieux, responsables, consciencieux, efficaces et ils considèrent les autres comme irresponsables et imprévisibles quand ils les comparent à eux-mêmes. Ils ont peur que les tâches qu'ils confient, même à un proche de confiance, soient mal exécutées, accomplies sans soin ou bâclées. Les croyances à l'origine de ce goût de l'ordre ont été décrites par le psychologue comportementaliste Aaron Beck (voir le tableau ci-dessous).

Les pensées et croyances qui fondent l'incertitude et le besoin de maîtrise				
Croyance en son autonomie et en sa responsabilité.	Croyance en l'infaillibilité de soi-même.	Observance stricte de la loi.	Certitude que tout manquement à la règle entraînera des catastrophes et peur de l'incontrôlable.	Focalisation sur des détails et certitude que les détails sont extrêmement importants.
« Je suis responsable de moi-même et des autres. »	« Je sais ce qui est bien. » « Ma façon de faire est la meilleure. » « Les autres devraient faire comme moi. »	« Il faut faire les choses parfaitement. » « Les fautes sont intolérables. » « J'ai besoin d'ordre, de systèmes et de règles. » « Une personne qui s'est trompée doit être punie. »	« Je dois contrôler mes émotions et mes actes. »	« Seule la perfection est mon but. » « Il ne faut pas se contenter de l'à-peu-près. »

Une fois admis que l'idée de l'ordre est utile, il faut convaincre les plus obsessionnels d'entre nous des effets nocifs d'un excès d'ordre. Si la démarche prend du temps, il est toujours possible de mettre progressivement à distance le besoin de ranger et de contrôler. Pour cela, les maniaques de l'ordre commencent par s'autoriser des petits écarts de conduite, par faire des entorses à leurs règles personnelles. Ils pourront ainsi en mesurer l'innocuité et y puiser l'énergie pour continuer à changer tant leurs comportements que leurs croyances.

Allégez vos scrupules

Comme l'a bien décrit Jung[1], le scrupule paralyse le comportement et fait préférer le doute à l'action, le reproche à l'enthousiasme. Le scrupuleux se cherche sans pouvoir se trouver. Il a des impulsions, mais elles ne s'exécutent pas. Il a parfois des hallucinations, des visions, mais elles ne lui paraissent pas réelles et il n'est pas trompé par elles. Il a des obsessions, des idées fixes, mais il sait qu'elles sont fausses. Il est le premier à les mettre en doute. Il a des périodes d'agitation et des périodes d'immobilité, mais il ne va jamais jusqu'à l'attaque de ses ennemis ni jusqu'au sommeil. Il se sent mal, ne se souvient pas bien de ce qu'il a fait et ne fait pas attention à ce qu'il est en train de faire. En un mot, il est incomplet toujours et partout, mais jamais il ne va plus loin que cet état d'insuffisance générale. À force de pessimisme, il ne croit pas que ses manques pourront un jour être comblés.

---

1. C. G. Jung, *Ma vie : souvenirs, rêves et pensées*, Gallimard, 1991.

Le sentiment d'incomplétude est une croyance qui bride la capacité d'entreprendre. T. Ribot a très bien décrit le parcours d'un de ces « malades de la volonté »[1]. Parti en vacances, il séjourne à Marseille. Après le dîner, il entreprend de visiter la ville. Il en a le plus vif désir. Cinq jours de suite, il prend son chapeau, se tient debout et se dispose à sortir ; mais, vain espoir : sa volonté ne peut ordonner à ses jambes de se mettre en marche pour le transporter dans la rue. « Je suis, dit-il, mon propre prisonnier. Ce ne sont pas mes jambes qui m'empêchent de sortir. Je ne suis pas capable de vouloir[2]. »

Le sentiment d'incomplétude se manifesterait, sous une forme moderne, chez les personnes qui ont une forte tendance à avoir des scrupules. Le docteur en philosophie Bunmi O. Olatunji a ainsi passé en revue les deux principaux registres du scrupule, que sont la peur du péché et l'angoisse religieuse. À partir de 19 questions, qu'il a posées à 362 étudiants, le philosophe a obtenu « un inventaire des principaux scrupules ». Cette échelle a été proposée à des étudiants américains. Elle identifie les étudiants qui ont le plus d'idées de culpabilité, de tendances à l'hésitation et de préoccupations morales.

Les travaux de psychologie génétique recherchent si la personnalité scrupuleuse et les symptômes de l'angoisse ont une origine dans les chromosomes. Trouvera-t-on un jour la base biologique du sens moral et du sentiment de culpabilité ? En attendant, vous pouvez mener tranquillement (mais fermement) un combat contre l'excès de scrupules. Identifiez d'abord tout ce que les scrupules vous empêchent de vivre :

1. T. Ribot, *Les Maladies de la volonté*, L'Harmattan, 2002.
2. *Ibid.*

Échelle de scrupules

1. J'ai peur d'avoir des pensées malhonnêtes.
2. J'ai peur d'être une mauvaise personne.
3. J'ai peur d'agir de manière immorale.
4. Je ressens le besoin de confesser mes péchés de manière répétée.
5. J'ai des inquiétudes sur le paradis et l'enfer.
6. Je me dis que je dois agir de manière parfaitement morale tout le temps, sinon je serai puni.
7. Le sentiment de culpabilité gêne ma capacité à profiter de la vie.
8. Des pensées immorales viennent dans ma tête et je ne peux pas les chasser.
9. J'ai peur que mon comportement soit inacceptable au regard de la religion.
10. J'ai peur d'avoir commis des actes inappropriés sans m'en rendre compte.
11. Je dois essayer d'éviter d'avoir des pensées immorales.
12. J'ai toujours peur que les choses que je fais ne soient pas honnêtes.
13. J'ai peur de ne pas obéir aux règles de la religion.
14. J'ai peur d'avoir des pensées sexuelles.
15. Je me demande si j'ai une bonne relation à l'éthique et à la religion.
16. Je me sens coupable au sujet de mes pensées immorales.
17. J'ai l'impression que j'ai fâché les puissances supérieures avec mon comportement.
18. J'ai peur d'avoir des pensées immorales.
19. J'ai peur que mes pensées ne soient pas acceptables au regard de la religion.

- ils ne vous permettent pas de prendre autant de plaisir que vous le pourriez aux situations banales de l'existence ;
- ils justifient les comportements de timidité maladive et de repli sur soi par peur d'échouer ou d'être maladroit ;
- ils vous font regretter ce que vous avez fait ou dit, même quand vous n'avez rien à vous reprocher ;
- ils ralentissent l'action, en instaurant avant toute réalisation un temps d'hésitation et de dialogue intérieur dont la tonalité est loin d'être optimiste.

Les autres scrupules, ceux qui ne vous gênent pas, vous pouvez les garder. Ils donnent à votre optimisme sa petite touche personnelle.

DU BESOIN DE SÉDUIRE AU GRAND AMOUR

Ceux qui ont un comportement de séducteur pensent qu'ils doivent se faire remarquer et apprécier de tous ceux qu'ils croisent. Aucune rencontre n'est neutre pour qui veut séduire. Elle doit impressionner l'autre, le troubler, lui faire plaisir, lui donner envie de revoir son séducteur. Celui ou celle qui a besoin de marquer son interlocuteur est, du fait de ses pensées automatiques, incapable de s'attacher longtemps à un seul homme ou à une seule femme. Il passe plus de temps à tenter de savoir ce que pense celui qui est en face de lui car son seul vrai désir est de plaire. Conséquences : ses opinions fluctuent en fonction des valeurs de la proie à séduire, ses avis ont souvent une forme exagérée et un contenu assez vague.

Le séducteur (homme ou femme) n'a ni le temps ni l'occasion de faire comme les autres un vrai apprentissage émotionnel. Il subit des ruptures répétées, tant il court de conquête en conquête pour se rassurer sur son charme. Ces ruptures renforcent chez lui l'impression qu'il a de manquer de valeur, d'être faible face à l'existence. Il n'est malgré tout pas déprimé, seulement pessimiste, défaitiste ou résigné. Il ne se replie pas sur lui-même, mais il cherche, souvent en vain, des soutiens extérieurs. Sa perception de la réalité est tellement faussée par ses idées qu'il ne peut jamais vraiment réussir à trouver l'amour. Il pense, à tort bien sûr, qu'un homme ou une femme qui semble heureux est capable d'attirer l'attention en toutes circonstances. Il croit donc devoir donner une fausse image de lui pour plaire. Sa technique de séduction n'est pourtant pas toujours aussi inefficace qu'on pourrait le penser. Dans une société fondée sur la réussite individuelle et le besoin d'être impressionné par autrui, la séduction peut structurer bien des carrières. On remarque le séducteur. Il ou elle agace, mais ne laisse pas longtemps indifférent.

Ceux qui ne vivent que pour séduire sont condamnés à un sentiment permanent d'insécurité. Mais le besoin de plaire ou de séduire ne relève bien sûr pas toujours d'une psychologie pathologique. Il est normal, et même souhaitable, de vouloir accrocher le regard et l'intérêt de ceux qui croisent notre chemin. Tout est question de mesure. C'est ce chemin du « narcissisme maladif » au « bon narcissisme » que permettent la reconnaissance et le changement des croyances. On passe ainsi du besoin de plaire à tout prix, du besoin de séduire même ceux qui ne nous intéressent pas, au plaisir d'entrer en relation avec celles ou ceux qui nous touchent vraiment.

Avez-vous dans la tête les mêmes idées que Casanova ?		
Croyances à tonalité négative qui fondent le comportement séducteur.	Pensées automatiques qui fondent le besoin d'attirer l'attention sur soi.	Pensées à l'encontre des personnes que le séducteur ne parvient pas à séduire.
« Je suis sans attrait. » « Je suis nul. » « Je suis incapable de m'en sortir seul et pourtant je dois être aimé par tout le monde. »	« Je ne peux être heureux qu'en étant admiré. » « Les gens ne vont pas me remarquer si je ne suis pas original, excentrique ou exceptionnel. »	« Les gens n'ont pas le droit de me refuser leur aide. » « Ceux qui ne m'aiment pas sont nuls. » « J'ai besoin de l'attention de ceux qui m'entourent. » « Si je n'amuse pas les gens, ils vont me laisser tomber. » « Je dois faire le plus possible ce dont j'ai envie. »

CROYEZ-VOUS OU NON QUE TOUT EST VOTRE FAUTE ?

Le locus de contrôle, composante de notre optimisme ou de notre pessimisme

Le monde se sépare en deux planètes : les fatalistes et les combattants. Quand vous arrivez en retard à un rendez-vous, accusez-vous le trafic, les aléas de la circulation ou votre manque de préparation ? Le locus de contrôle traduit ainsi la manière dont nous percevons le déterminisme des événements. Il peut être :

- interne : je perçois la performance ou l'événement comme dépendant entièrement de moi. La responsabilité de l'échec ou de la réussite n'incombe qu'à moi. C'est le cas des étudiants qui attribuent leur réussite aux examens au seul fait qu'ils ont travaillé et appris leurs cours.
- externe : je perçois les événements comme échappant totalement à mon contrôle. J'attribue ma réussite aux examens à la facilité de l'épreuve ou à l'indulgence du correcteur. La responsabilité de l'échec ou de la réussite dépend, en cas de locus externe, de circonstances extérieures censées être incontrôlables par l'individu.

Le locus de contrôle concerne – expliquons-nous bien – seulement la manière dont nous percevons notre responsabilité. Le locus de contrôle est plus déterminé par la personnalité que par la réalité objective ; c'est même une composante essentielle de notre relation au monde.

Certains s'attribuent toujours la responsabilité de ce qui leur arrive, alors que d'autres se sentent spectateurs des événements qu'ils vivent. Ce modèle oppose deux types de caractère, plutôt lutteurs (locus interne) ou plutôt passifs (locus externe). Ainsi, les sportifs ayant une organisation en locus externe ne se reprochent pas leurs défaites. Ils l'attribuent au destin, à l'arbitre, aux conditions climatiques. Ils expliquent, en toute bonne foi, qu'ils auraient gagné si la pelouse avait été moins glissante ou les poteaux plus ronds.

À long terme, les organisations en locus interne sont plus productives. Penser pouvoir agir sur les événements les rend plus supportables et renforce l'optimisme et la motivation. Les autres attendent les coups du destin avec fatalisme et une bonne dose de défaitisme. Une fois de plus, la prophétie est auto-réalisatrice. Se croire actif sur sa vie, c'est commencer à l'être.

Évaluez votre besoin de tout contrôler

Il est possible de mesurer sa tendance à intérioriser ou extérioriser les causes des événements avec l'Échelle de contrôle de Levenson-IPC[1]. C'est un questionnaire d'auto-évaluation datant de 1972. Il mesure le degré de maîtrise que vous percevez face à ce qui vous arrive. Une personne est jugée de type « locus externe » si elle croit que ce qu'elle vit dépend de la chance ou est sous le contrôle d'autrui. Elle s'accuse moins et tente moins d'influer en permanence sur son destin. Au sein du locus externe, l'échelle distingue deux types de causes : une externalité imprévisible liée au hasard et une externalité prévisible et manipulable liée à autrui.

1. Internal Powerful Others and Chance Scale. Voir p. 346-348.

Pour construire un optimisme à sa mesure, il faut chercher un équilibre entre son locus interne et son locus externe, entre dynamisme et effort sur soi. Les plus anxieux d'entre nous gagnent à muscler leur locus externe et leurs capacités à lâcher prise. Les démotivés, eux, cultiveront de manière utile leur locus interne. Ils doivent apprendre à agir sur leur personnalité et à reprendre le contrôle de leurs actes. Chacun doit donc suivre la pente naturelle de sa personnalité, mais en contrant la tendance qui relève de sa mauvaise croyance.

Questionnaire de Levenson (Loas et al., 1994)

Vous trouverez ci-dessous une série de propositions. Chacune d'elles représente une opinion ou une attitude souvent retenue. Il nous intéresse de savoir dans quelle mesure vous êtes d'accord ou pas avec de telles opinions. Lisez chaque proposition attentivement. Ensuite, indiquez le degré de votre accord ou de votre désaccord en marquant une croix dans la case correspondante. Vous pouvez choisir entre : 1 : pas du tout d'accord ; 2 : pas d'accord ; 3 : plutôt pas d'accord ; 4 : plutôt d'accord ; 5 : d'accord ; 6 : tout à fait d'accord.

	1	2	3	4	5	6
1. Le fait que je devienne ou non un leader dépend surtout de mes capacités.						
2. Ma vie est en grande partie dirigée par des événements dus au hasard.						
3. J'ai le sentiment que ce qui arrive dans ma vie est principalement décidé par les gens puissants.						
4. Le fait d'avoir ou de ne pas avoir d'accident de voiture dépend surtout de mon habileté au volant.						
5. Quand je fais des projets, je suis presque toujours sûr de les réussir.						
6. Il n'est souvent pas possible de protéger mes intérêts contre des événements malchanceux.						

7. Quand j'obtiens ce que je veux, c'est généralement par chance.						
8. Sans l'intervention de personnes bien placées, on ne me donnera pas un poste à responsabilité même si je suis capable de l'occuper.						
9. Le nombre d'amis que j'ai dépend de mon degré de gentillesse personnelle.						
10. J'ai souvent constaté que ce qui doit arriver arrive.						
11. Le déroulement de mon existence est essentiellement sous le contrôle de gens puissants.						
12. Le fait d'avoir ou de ne pas avoir d'accident de voiture est avant tout une question de hasard.						
13. Les gens comme moi ont très peu de possibilités de défendre leurs intérêts personnels contre ceux de puissants groupes de pression.						
14. Pour moi, il n'est pas toujours sage de faire des projets trop longtemps à l'avance car de nombreuses choses s'avèrent être une question de bonne ou de mauvaise forme.						
15. Pour obtenir ce que je veux, il faut que cela plaise aux personnes placées au-dessus de moi.						
16. Parvenir ou non à être un leader dépend de la chance que j'aurai d'être à la bonne place au bon moment.						
17. Si des gens importants décidaient qu'ils ne m'aimaient pas, alors je ne me ferais probablement pas beaucoup d'amis.						
18. Je peux à peu près déterminer ce qui m'arrivera dans ma vie.						
19. En général, je suis capable de protéger mes intérêts personnels.						
20. Le fait qu'il m'arrive ou non un accident de voiture dépend surtout des autres conducteurs.						
21. Quand j'obtiens ce que je veux, c'est en général parce que j'ai travaillé dur pour cela.						
22. Afin que mes projets réussissent, je m'assure qu'ils correspondent au désir des personnes qui ont du pouvoir sur moi.						
23. Ce sont mes propres actions qui déterminent ma vie.						
24. Que j'aie peu ou beaucoup d'amis, c'est avant tout une question de destinée.						

Comment calculer votre score ?

Sentiment de contrôle interne – I (items 1, 4, 5, 9, 18, 19, 21, 23).

Sentiment de contrôle par d'autres, tout-puissants – P (items 3, 8, 11, 13, 15, 17, 20, 22).

Sentiment d'une absence de contrôle (chance) – C (items 2, 6, 7, 10, 12, 14, 16, 24).

L'échelle I indique dans quelle mesure la personne établit des liens entre son comportement et ce qui lui arrive. Plus le score est élevé, plus le sujet croit que les événements de sa vie dépendent de sa propre conduite. Plus le score est faible, moins le sujet établit de liens causaux entre les deux. Les échelles P et C renseignent sur le sentiment de déterminisme du sujet. Plus le score est élevé, plus les événements sont perçus comme dépendants de la chance ou du contrôle d'autres individus. Croire en la chance, c'est croire en un déterminisme imprévisible lié au hasard. Croire en un contrôle par autrui, c'est croire en un déterminisme plus prévisible et malléable. Les scores moyens ou habituels sont : échelle I : 28,1 ; échelle P : 14,7 ; échelle C : 20,5.

LA MOTIVATION, BASE DE TOUTE BONNE ACTION

Dis-moi ce qui te motive, je te dirai qui tu es

Notre personnalité est le résultat de nos engagements, de nos choix, de nos passions, en somme, de nos motivations. Une partie de mon travail dans le champ de la psychologie consiste à réveiller la motivation de celles et ceux qui croient l'avoir perdue et à en aider d'autres à trouver des motivations qui leur procureront un vrai plaisir et donneront du sens à leur vie.

Que vous ayez envie de changer d'emploi, de faire du sport ou tout autre projet, la condition pour le réaliser est la motivation. Posez-vous la question pour savoir où vous en êtes face à un projet : En avez-vous vraiment envie ? Hésitez-vous ? Êtes-vous entré dans une phase active de préparation ? Les quelques explications qui suivent vous aideront à vous situer.

Esther Duflo, professeur d'économie à Paris et dans le Massachusetts, applique la question de la motivation à l'économie et aux loisirs. La motivation à long terme s'oppose souvent aux décisions immédiates. Nous en faisons très souvent l'expérience. Le moi présent est rarement d'accord avec le moi raisonnable qui prend les grandes résolutions du futur. Le moi raisonnable a par exemple décidé en janvier que cette année serait sous le signe de la culture. « Je vais louer, se dit-il, tous les films de Bergman et de Fellini que je n'ai toujours pas vus. » Mais, quand arrive le choix du film, le moi présent est fatigué. Il a envie de se détendre, et nous fait choisir une comédie ou une série, bien loin des motivations culturelles affichées en début d'année.

Le marketing connaît cette articulation difficile entre les projets, la motivation à long terme et la réalité de nos actions. Il exploite à la fois la faiblesse de notre moi présent et le besoin de tenir les bonnes résolutions de notre moi raisonnable. Par exemple, les clubs de sport proposent des abonnements à l'année. Ils savent que le moi raisonnable les souscrit, par un optimisme exagéré sur ses capacités. Le moi raisonnable a l'illusion qu'en payant très cher son abonnement dans un club de sport, il garantit son avenir. Il croit aussi changer d'habitude et impressionner son moi émotionnel. Pourtant, l'argent dépensé ne sert à rien. Le moi émotionnel et présent ne réussit pas à se motiver pour sauter le pas. Il ne se sent tenu à rien. Les statistiques sont terribles : ceux qui paient un abonnement annuel ne vont pas plus dans un club de gymnastique que ceux qui paient à chaque séance. La seule différence est qu'ils ont payé beaucoup plus cher. Connaître sa psychologie permet aussi de faire des économies !

Moi émotionnel	Moi raisonnable
Immersion dans le présent	Projection vers le futur
Plaisirs, loisirs Motivation immédiate Habitudes	Résolutions Motivation à long terme

Les résolutions de début d'année et autres souhaits impossibles à tenir

Les bonnes résolutions ne servent à rien, les motivations à trop long terme non plus. Elles ne sont que des déclarations d'intention. Certaines dates incitent aux bonnes résolutions Ainsi, le 1er janvier, le moi prend un engagement qui lui fait plaisir et lui donne l'impression qu'il est fort. Il est en phase avec l'époque, les conseils des journaux et les sites Internet qui incitent à faire un bilan. C'est une motivation un peu abstraite, théorique, qui laisse au moi de demain le soin de gérer la suite. À lui de se débrouiller pour apprendre à refuser les verres d'alcool qu'on lui propose, à se concentrer sans cigarette ou à quitter son bureau à une heure normale.

L'imagerie cérébrale suggère que certaines zones du cerveau sont spécifiquement stimulées quand nous prenons une décision qui engage l'avenir. Tout se passe comme si la bonne résolution stimulait dans notre cerveau des zones « calculatrices ». Prenons un exemple. Le moi raisonnable connaît les dangers du tabac. Il sait qu'il augmente son risque de cancer ou d'infarctus. Il se projette dans l'avenir et fait travailler les zones calculatrices du cerveau. Mais le moi présent n'arrive pas à renoncer à ses habitudes. Il négocie et finit par avoir gain de cause. Il demande et obtient, sans trop de mal, une dernière cigarette avant l'arrêt complet. Il convainc le moi raisonnable de se donner un jour de plus, de remettre au lendemain le changement d'habitude car la motivation immédiate pour fumer une cigarette passe par d'autres zones du cerveau contrôlant davantage l'émotion. Le travail avec un thérapeute prend en compte cette tendance. Il insiste sur des petits changements. Il demande par exemple, à qui veut changer d'habitude, d'en changer pour au moins vingt-quatre heures, d'apprendre, pour gagner la guerre, à remporter d'abord une petite bataille sur son moi présent.

La question de la motivation a été repérée comme un déterminant des comportements par James Prochaska, professeur de psychologie à l'université de Rhode Island et directeur du Cancer Prevention Research Center. J. Prochaska a étudié les stades de motivation dans la plupart des comportements quotidiens, à commencer par le tabac. Imaginons trois fumeurs accompagnant leur café d'une cigarette. Ils semblent entretenir la même relation au tabac, pourtant l'un d'eux est presque guéri de sa dépendance. Il accepte la réalité de son addiction et il a choisi de s'engager dans un soin. La cigarette qu'il fume est la dernière. Sa motivation est maximale. Il a un pris rendez-vous pour le lendemain avec un tabacologue. Le deuxième fumeur se situe dans l'ambivalence. Il pèse les avantages de la poursuite et de l'arrêt de sa consommation. Le dernier, enfin, est le plus sévèrement accroché à la nicotine. Il n'a aucune motivation pour changer de comportement. Selon J. Prochaska, la relation au tabac est une conduite complètement conditionnée par le niveau de motivation.

Les mêmes échelles motivationnelles ont été proposées par J. Prochaska pour des comportements très divers, comme consommer de l'alcool ou de la cocaïne, réaliser des mammographies selon les recommandations des experts en santé publique, faire de l'exercice, se protéger du soleil, contrôler son poids, utiliser des préservatifs pour se protéger des infections vénériennes et en particulier du sida. Tout cela dépend de la motivation.

À l'aide des échelles, le degré de motivation se précise. Nous n'avons pas seulement un niveau de motivation, mais un moi qui balance ou hésite entre ne rien changer et s'engager dans un nouveau comportement. Or, le doute pousse à l'immobilité. Le thérapeute motivationnel peut donc s'aider de ces échelles pour faire ressortir les hésitations et les contradictions, et aider le patient à faire le premier pas.

Où en êtes-vous de votre motivation ?

Les stades de motivation s'intègrent dans un modèle de changement dit « transthéorique ». Il n'appartient à aucune des grandes écoles de la psychologie, ni la psychanalyse ni le comportementalisme. Ses étapes sont maintenant bien décrites.

- La pré-réflexion ou pré-contemplation est le stade de changement le plus précoce. Les pré-contemplateurs ne sont pas conscients de leur comportement à problèmes (ou ils ne le sont que partiellement). Ils n'ont pas le désir de changer leur comportement dans le futur immédiat, c'est-à-dire dans les six prochains mois. Ils résistent à l'idée de reconnaître des difficultés et ils évitent de s'engager dans des démarches de changement.
- Le stade suivant est celui de la réflexion ou de la contemplation. À ce stade, la personne reconnaît qu'elle a un problème et commence à penser sérieusement à le modifier dans les six prochains mois. Cette étape se caractérise par une hésitation, une oscillation entre les avantages et les inconvénients du problème, qui semblent alors en quantité égale.
- Ensuite vient la préparation. À ce moment, les personnes ont l'intention de changer leur comportement dans les trente prochains jours. Ils ont réalisé au moins une tentative de changement l'année précédente. Ce stade a

aussi été appelé « stade de prise de décision » car la plupart des sujets font des tentatives sérieuses pour modifier tel ou tel aspect de leur conduite. Les hommes ou les femmes « préparés » sont sur le point de passer à l'action. Ils effectuent des petits changements, comme baisser la consommation d'un produit ou changer une habitude.

- Le stade d'action se caractérise par des modifications plus importantes du comportement. On voit apparaître des expériences authentiques. Le mode de vie change. Les fumeurs, par exemple, arrêtent de fumer quelques jours.
- Le dernier stade est celui du maintien. Il est l'étape finale du processus de changement et marque un temps de stabilité. Il suit une période d'arrêt d'une action ou d'un comportement dangereux ou nocif pour la santé. À ce stade, la difficulté tient à la tentation de retour à l'état antérieur. La bataille du maintien est importante. Chez certains, elle dure six mois et la tentation de revenir à l'état antérieur disparaît. Chez d'autres, elle peut durer toute la vie, avec son cortège de nostalgie et de rechutes. C'est pour dépasser ces obstacles que le modèle motivationnel n'est pas seulement descriptif, mais qu'il propose des stratégies de changement de comportement à partir d'une thérapie ciblant de manière spécifique chacune des étapes.

La motivation se travaille

Le thérapeute adapte son intervention au stade de motivation de celui ou celle qui le consulte. Il serait par exemple inadapté de proposer un changement radical à une personne au stade d'indétermination ou d'intention. Au stade d'indétermination, la thérapie informe, elle souligne les risques qu'il y a à ne pas changer, elle essaie de faire apparaître un doute. Au stade d'intention, le travail consiste à explorer l'hésitation, en aidant celui qui va changer à exprimer l'éventail des raisons en faveur du changement, ainsi que les risques encourus à ne pas changer. Il faut augmenter la confiance en soi de celui qui veut changer. Au stade de préparation, il s'agit plutôt de proposer un choix de stratégies de changement et de lever les derniers obstacles. Au stade de l'action, la thérapie accompagne le processus de changement de comportement : elle l'encourage et en valorise les débuts. Au stade de consolidation enfin, la thérapie aide à ne pas retomber dans la conduite qui a été modifiée. Elle accompagne longtemps, par exemple, les anciens fumeurs qui gardent l'envie de fumer ou le regret du tabac.

Cette technique, moins directive que les thérapies comportementales classiques, est aussi plus directement orientée vers la recherche d'un style de vie favorisant la santé et l'optimisme. Quelques principes la caractérisent, à tous les stades du changement :
- la motivation au changement doit émaner de la personne concernée et non pas être imposée de l'extérieur ;
- le thérapeute est directif dans l'exploration et la résolution de l'hésitation, mais il revient à l'individu et non à l'intervenant de faire ses choix et de s'engager ;
- la persuasion directe n'est pas une méthode efficace pour ôter les doutes ;
- le style de l'entretien motivationnel évite la confrontation et invite à l'exploration ;
- la motivation au changement n'est pas un trait de caractère, mais un état qui fluctue en fonction de caractéristiques personnelles ;
- la relation d'aide est plus un partenariat qu'une relation entre un expert et un client.

Cette thérapie permet de comprendre que si nous ne changeons pas, c'est parce que nous sommes ambivalents, mais c'est aussi parce que nous n'avons pas le courage de nous engager dans une démarche qui nous fait un peu peur. Enfin, la thérapie motivationnelle pointe les pièges qui pourraient la transformer en un conditionnement trop brutal, une sorte de dressage provoquant des résistances et bloquant tant la motivation que le changement[1] :

- **Le piège des questions fermées.** Les questions fermées invitent à une réponse brève (oui/non/un nombre) alors que les questions ouvertes invitent l'interlocuteur à développer un point de vue. Exemple de question fermée : « Quand avez-vous prévu d'arrêter de fumer ou de boire ? », de question ouverte : « Que pensez-vous faire pour votre consommation de cigarettes ou toute autre conduite à modifier ? »
- **Le piège de la confrontation.** Certaines attitudes n'incitent ni au dialogue ni au changement. Elles renforcent les résistances et figent l'interlocuteur en lui faisant peur ou en le culpabilisant.
- **Le piège de l'expert :** « J'ai les réponses à votre problème, je sais ce qu'il faut faire. »
- **Le piège du jugement qui ne laisse pas place à un échange d'égal à égal.**

Ces pièges rejoignent l'avis du psychanalyste alsacien Lucien Israël, qui insistait sur le travail que le thérapeute doit faire sur lui-même pour se retenir de dominer celui qui le consulte au nom d'un savoir ou d'une technique relationnelle. Il s'agit, pour qui prétend aider quelqu'un à changer, de renoncer à la conviction qu'il connaît mieux que

---

1. Henri-Jean Aubin, « Psychothérapies comportementales et motivationnelles en alcoologie et tabacologie », in M. Lejoyeux, *Abrégé d'addictologie*, éd. Masson, 2008.

CONSEIL PSY

Sans nécessairement faire appel à un thérapeute, on peut soi-même se motiver ou motiver son entourage avec quelques recettes à la limite de la manipulation « honnête » :

• **Utiliser autant que possible des questions ouvertes.** Rien de plus démotivant qu'une rafale de questions fermées qui donnent envie de ne pas répondre et laissent un sentiment de menace.

• **Pratiquer l'écoute en écho.** Le thérapeute, un parent ou vous-même, reformule sur un ton affirmatif le discours de la personne à aider. Ceci permet à celui qui refuse le changement d'entendre, de la bouche d'un autre, ce qu'il n'ose s'avouer. Le fait de l'entendre deux fois, d'abord de sa bouche, puis de celle du « motivateur », finit par donner du poids aux engagements de changement.

quiconque les chemins de la vie, du bonheur et du plaisir. Il doit au contraire découvrir avec celui qui se livre à lui, des voies et des cheminements spécifiques, probablement différents et peut-être même contraires aux siens. Il lui arrivera d'être choqué, irrité, étonné par les confidences qu'il reçoit. Sa tâche ne consistera pas alors à détruire chez le patient ce qui peut le surprendre, mais à rechercher pourquoi il s'offusque ou se fâche. Freud conseillait de même aux apprentis psychothérapeutes de ne pas répondre à toutes les questions, de ne pas donner des conseils trop précis ou trop directifs comme : « Je sais ce qui est bon pour vous » ; « Je sais ce que vous devriez choisir » ; « Faites-moi confiance », etc. La motivation se trouve auprès de celui qui ne joue pas le rôle d'une mère nourricière, qui ne maintient pas celui qui le consulte dans une position infantile en alternant menace et complaisance...

Comment se motiver vraiment ?

L'entretien motivationnel ne s'applique pas seulement aux dépendants de l'alcool et du tabac. Sachant que la motivation est un déterminant majeur de la santé, de nombreuses spécialités médicales l'utilisent. On le propose notamment pour le traitement des diabétiques, des malades infectés par le VIH ou pour inciter les hypertendus à se soigner régulièrement. L'aide motivationnelle permet de passer d'une motivation externe (« J'agis parce qu'on me le demande ») à une motivation interne (« J'ai fait mon choix et je l'assume »). Les modèles de motivation et mes rencontres avec des dépendants me montrent à quel point ces deux déterminants sont différents. Les motivations externes ne sont jamais efficaces très longtemps. Elles conditionnent sans faire changer en profondeur. Les spécialistes de la motivation classent dans les déterminants externes les récompenses, les pressions rudes ou amicales de l'entourage. Dès que le contrôle extérieur ou la pression cesse, la dépendance reprend. Celui qui arrête de fumer sous la menace n'investit pas le comportement de liberté face à la nicotine, car il lui a été prescrit de manière trop directive. Si la motivation externe agit sur les résolutions théoriques, elle est mise en échec par la moindre émotion. Une meilleure motivation est donc celle que l'on personnalise, que l'on intègre. On la fait sienne, on obéit à une injonction qui vient de nous-mêmes. N'allez pas croire que l'on a toujours besoin d'un thérapeute ou d'une aide extérieure pour se motiver. En observant par soi-même ses croyances et son comportement, on peut faire un sacré pas en avant. Encore faut-il accepter de passer du projet à la décision, puis de la préparation à l'action. Le travail sur la motivation est toujours positif. Celui ou celle qui commence à se motiver ne s'arrêtera plus. Il progressera sur le chemin qui mène à un comportement plus ouvert, plus actif, meilleur pour la santé de son esprit et de son corps.

Conclusion

« Tout ce qui ne nous arrive pas dans ce monde est un miracle. »

Claude Vigée.

« Croyez ceux qui cherchent la vérité. Doutez de ceux qui la trouvent. »

André Gide.

Vous avez découvert les cinq clés que je vous propose pour vous comprendre et peut-être mieux vous accepter. N'hésitez pas à vous en servir. Elles vous donneront des pistes vers la confiance et l'optimisme. Vous mesurerez à quel point la grammaire de nos comportements a changé. Les déterminants inconscients existent, mais nous avons bien vu qu'ils ne sont pas les seuls en cause. La biologie, malgré ses espoirs et parfois ses folies, ne permet pas non plus d'établir des liens simples entre une molécule, un gène et un comportement. Les seuls modèles réalistes font intervenir plusieurs causes. Nous sommes, pour l'essentiel de nos pensées et sentiments, conditionnés par la mémoire, l'optimisme, les croyances, le goût de l'habitude, les médias et la motivation. Ces cinq clés dessinent une nouvelle manière de comprendre les choix et les actes de chacun, qui met quelque peu à mal le principe de liberté absolue. Comment peut-on encore se croire capable, à force de volonté ou de travail sur soi, de se maîtriser en toutes circonstances ? L'indépendance, il faut l'accepter, ne va jamais de soi et le libre arbitre n'est jamais complet. L'un et l'autre se conquièrent par la révolte contre les blocages intimes (idées, pensées, états d'âme), biologiques et sociaux. H.-F. Amiel le disait bien dans son journal : « La liberté intérieure n'existe que par exception et par le fait d'une victoire sur soi-même. Même celui qui a goûté de la liberté n'est libre que par intervalles et par élans [...]. Nous sommes assujettis, mais susceptibles d'affranchissement, nous sommes liés, mais capables de nous délier[1]. » Seulement voilà : pour se délier, encore faut-il connaître les nœuds qui nous entravent, encore faut-il accepter de regarder ses chaînes pour espérer les briser.

Le premier temps de l'affranchissement est donc de renoncer – toutes les thérapies y conduisent – à l'illusion de la toute-puissance sans tomber dans le fatalisme ou le pessimisme. Chacun a la capacité de lutter contre ce qui le programme et de diriger, ou tout au moins d'infléchir, son destin. Le tempérament ou la nature peuvent ainsi soit s'opposer, soit faire cause commune avec la volonté individuelle. Il faut, pour vivre heureux avec ses limites, son code biologique et psychologique, en accepter la contrainte et savoir par quels leviers ils agissent sur les trajectoires individuelles. Tous les modèles explicatifs des comportements se retrouvent dans cette interaction entre un caractère qui oriente et un individu qui ouvre ou non la porte à ce qui l'influence.

Le poids de la biologie et de la psychologie peut vraiment être dépassé à condition d'en accepter l'existence. Les philosophes classiques nous l'avaient appris il y a bien longtemps : les seuls vrais captifs sont ceux qui croient avoir maîtrisé toutes les limites de leur condition. La liberté est à notre portée, mais c'est une difficile liberté, à conquérir et à défendre. Les hommes enchaînés dans la fameuse caverne de Platon[2] ne manifestent pas la

1. *Op. cit.*
2. Platon, *La République*, livre VII, Le Livre de Poche, 2009.

volonté d'en sortir. Ils n'ont pas compris ce qui leur arrive. Prisonniers de leurs habitudes et d'une vision biaisée du monde, ils n'imaginent pas autre chose que ce qu'ils ont toujours connu. Que l'un d'eux vienne à sortir au grand jour, il aura d'abord du mal à supporter l'éclat du soleil. Son premier réflexe sera sans doute de se réfugier dans la rassurante obscurité de la caverne. Mais, s'il persiste dans sa volonté de connaissance, s'il surmonte sa peur, quel bonheur, quelle liberté ! Combien sa vie sera plus exaltante que celle de ses camarades restés enchaînés ! Le monde s'offre à lui, riche de possibilités, de découvertes et aussi de ce que lui-même pourra y apporter.

Bien sûr, cette liberté retrouvée ne fait pas de lui un héros doté de pouvoirs fantastiques qui plierait le monde à sa seule volonté. La psychothérapie ou le travail de connaissance de soi n'est pas non plus une magie. Freud disait déjà de la psychanalyse que si elle est une magie, elle est plutôt une magie lente. Elle oppose, aux angoisses et au pessimisme, un travail sur son passé et elle propose des armes encore bien utiles pour se battre contre les limites intimes et sociales qui restent la réalité de tout homme, même sorti de la caverne. Parmi ces armes, il en est une à ne pas négliger : l'humour, la capacité – ou l'envie – de rire de soi et de ce qui nous opprime.

Les clés que je vous propose autorisent ainsi à sourire, sans moquerie ni cynisme, de ce qui semble nous déterminer. La lucidité face aux menaces et au pessimisme ne conduit ni au désespoir ni à l'abandon. Elle est le ferment des révolutions individuelles et collectives. Telle devrait être la manière d'utiliser les données récentes de la psychologie et de la science des comportements : avec un grand sérieux et une pointe de rire. Cultivons le Figaro qui est en nous, laissons-lui la parole pour finir :

« Ô bizarre suite d'événements ! Comment cela m'est-il arrivé ? Pourquoi ces choses et non pas d'autres ? Qui les a fixées sur ma tête ? Forcé de parcourir la route où je suis entré sans le savoir, comme j'en sortirai sans le vouloir, je l'ai jonchée d'autant de fleurs que ma gaieté me l'a permis ; encore je dis ma gaieté sans savoir si elle est à moi plus que le reste, ni même quel est ce *moi* dont je m'occupe : un assemblage informe de parties inconnues ; puis un chétif être imbécile ; un petit animal folâtre ; un jeune homme ardent au plaisir, ayant tous les goûts pour jouir, faisant tous les métiers pour vivre ; maître ici, valet là, selon qu'il plaît à la fortune ; ambitieux par vanité, laborieux par nécessité, mais paresseux... avec délices ! orateur selon le danger ; poète par délassement ; musicien par occasion ; amoureux par folles bouffées, j'ai tout vu, tout fait, tout usé[1]. »

Le sourire permet aussi de résister aux drames, aux pessimismes individuels ou collectifs. Adam Biro, éditeur et collectionneur des histoires juives de sa famille, porte avec lui le souvenir de plusieurs générations de révolte par la dérision contre toutes oppressions privées et publiques. Jugez plutôt. Un nouveau déluge est sur le point de détruire le monde. Que faire face à cette menace imminente ? Comment continuer à vivre ? Le Seigneur, dans l'histoire de A. Biro, appelle le Président des États-Unis pour lui faire part de ses intentions. Le monde sera sous les flots dans une semaine. Le Président ne sait que faire face à cette annonce. Faute de mieux, il renonce à sa défense nucléaire. Il prévient son état-major et demande à ce que l'information du nouveau déluge reste confiden-

1. Beaumarchais, *Le Mariage de Figaro*, acte IV, scène 3, Le Livre de Poche, 2013.

tielle. Le président de la Russie fait de même. À quoi bon stocker des armes destinées à un ennemi qui va disparaître en même temps que lui ? Les quelques militaires auxquels le chef de la Russie se confie sombrent dans le désespoir. Ils ne veulent surtout rien dire pour que le régime ne s'effondre pas. Ils se demandent s'il ne vaut pas mieux mettre fin à leurs jours pour ne pas être noyés sous le déluge. Chacun se pose malgré tout la même question : qui va annoncer cette nouvelle au monde entier ? On organise un tirage au sort dans le plus grand secret. Un épicier juif tchèque hérite de cette mission. Il est préféré à bien des sages, des philosophes et des militaires. Il fait un discours très bref et s'adresse à l'ensemble du peuple pour leur dire : « Il vous reste une semaine pour apprendre à vivre sous l'eau. »

Toutes les situations ne prêtent pas à rire, toutes les contraintes ne tombent pas sous l'effet de l'humour, certes, mais tous les asservissements peuvent être allégés par la dérision. Il y a quand même en chacun de nous une part de Figaro, qui peut opposer l'anticipation positive et la connaissance de soi aux drames annoncés ou inévitables.

BIBLIOGRAPHIE

Articles et études

Kareen K. Akiskal, Mario Savino, Hagop S. Akiskal, « Temperament profiles in physicians, lawyers, managers, industrialists, architects, journalists and artists: a study in psychiatric outpatients », *Journal of Affective Disorders*, 85, 2005, p. 201-206.

Thomas Catherine Anterion, Laure Mazzola, Bernard Laurent, « Mémoire autobiographique : aspects phénoménologiques, connaissances personnelles sémantiques, souvenirs génériques et traits de caractère », *Neurophysiologie clinique*, vol. 38, 3, juin 2008, p. 171-176.

Pascal Antoine, Rollon Poinsot, Anne Congard, « Évaluer le bien-être subjectif : la place des émotions dans les psychothérapies positives », *Journal de thérapie comportementale et cognitive*, 2007, 17, 4, p. 170-180.

Miri Arie, Alan Apter, Israel Orbach, Yael Yefet, Gil Zalzman, « Autobiographical memory, interpersonal problem solving, and suicidal behavior in adolescent inpatients », *Comprehensive Psychiatry*, 49, 2008, p. 22-29.

Chantal A. Arpin-Cribbie, Robert A. Cribbie, « Psychological correlates of fatigue: examining depression, perfectionism, and automatic negative thoughts », *Personality and individual differences*, 43, 2007, p. 1310-1320.

Moshe Bensimon, Dorit Amir, Yuval Wolf, « Drumming through trauma: music therapy with post-traumatic soldiers », *The Arts in Psychotherapy*, 35, 2008, p. 34-48.

Edward M. Bernat, Jason R. Hall, Benjamin V. Steffen, Christopher J. Patrick, « Violent offending predicts P300 amplitude », *International Journal of Psychophysiology*, 66, 2007, p. 161-167.

Dorthe Bernsten, Anne Stærk Jacobsen, « Involuntary (spontaneous) mental time travel into the past and future », *Consciousness and Cognition*, 2009.

Brad Bowins, « Hypomania: a depressive inhibition override defense mechanism », *Journal of Affective Disorders*, 109, 2008, p. 221-232.

Serge Brand, Matthias Luethi, Anina von Planta, Martin Hatzinger, Edith Holsboer-Trachsler, « Romantic love, hypomania and sleep pattern in adolescents », *Journal of Adolescent Health*, 41, 2007, p. 69-76.

Frances A. Champagne, James P. Curley, « Epigenetic mechanisms mediating the long-term effects of maternal care on development », *Neuroscience and Biobehavioral Reviews*, 33, 2009.

Julien Chappé, Jean-François Veirlhac, Thierry Meyer, « Optimisme et pessimisme comparatifs consécutifs à l'exposition à plusieurs messages menaçants », *Revue européenne de psychologie appliquée*, 57, 2007, p. 23-35.

Nathan S. Consedine, Judith Tedlie Moskowitz, « The role of discrete emotions in health outcomes: a critical review », *Applied and Preventive Psychology*, 12, 2007, p. 59-75.

Antonia S. Csillik, « Polémique actuelle autour du modèle transthéorique : ce modèle mérite-t-il d'être encore utilisé ? », *Annales médico-psychologiques*, 167, 2008.

Quentin Debray, Daniel Nollet, *Les Personnalités pathologiques. Approches cognitives et thérapeutiques*, coll. « Médecine et Psychothérapie », éditions Masson, Paris, 2011 (6e éd.).

Quentin Debray, Sophie Kindynis, Maryvonne Leclère, Anne-Sophie Seigneurie, *Protocoles de traitement des personnalités pathologiques*, coll. « Médecine et psychothérapie », éditions Masson, Paris, 2005.

Johan Denollet, « DS 14: Standard Assessment of negative affectivity, social inhibition, and type D personality », *Psychosomatic Medicine*, 67, 2005, p. 89-97.

Rebekah Diehm, Christine Armatas, « Surfing: an avenue for socially acceptable risk-taking satisfying needs for sensation seeking and experience seeking », *Personality and Individual Differences*, 36, 2004, p. 663-677.

Mairead Dolan, Rachael Fullam, « Memory for emotional events in violent offenders with antisocial personality disorder », *Personality and Individual Differences*, 38, 2005, p. 1657-1667.

Alecia C. Douglas, M. Niang, J. E. Mills, S. Stepchencova, S. Byun, J. Lee, J. Loufti, J. Ruffini, M. Atallah, M. Blanton, R. Wartell, « Internet addiction: a qualitative meta-systhesis of 1996-2006 research », *Computers in Human Behavior*, vol. 24, 6, 2008, p. 3027–3044.

Athanassios D. Doulalas, Loukianos S. Rallidis, Theodoros Gialernios, Dimitrios N. Moschonas, Michalis N. Kougioulis, Ioannis Rizos, Theophilos S. Tselegaridis, Dimitrios T. Kremastinos, « Association of depressive symptoms with coagulation factors in young healthy individuals », *Atherosclerosis*, 186, 2006, p. 121-125.

Esther Duflo, « Bonnes résolutions », *Libération*, 30 décembre 2008.

Peter Eachus, « Using the Brief Sensation Seeking Scale (BSSS) to predict holiday preferences », *Personality and Individual Differences*, 36, 2004, p. 141-153.

John M. Eagles, « Seasonal affective disorder: a vestigial evolutionary advantage ? », *Medical hypotheses*, 63, 2004, p. 767-772.

Échelle de contrôle de Levenson-IPC (« Internal Powerful Others and Chance Scales », 1981), traduction française et validation Loas et al., 1994.

Échelle LOT-R (« Life Orientation Test-Revised »), test établi par M. F. Scheier et C. S. Carver, 1994, traduction française par S. Sultan, 1999.

Richard F. Farmer, Heather M. Nash, Darci Dance, « Mood patterns and variations associated with personality disorder pathology », *Comprehensive Psychiatry*, vol. 45, 4 (July/August), 2004, p. 289-303.

Ronald Fischer, Anna Chalmers, « Is optimism universal ? A meta-analytical investigation of optimism level across 22 nations », *Personality and Individual Differences*, 45, 2008, p. 378-382.

Pierre Fossion, Mari-Carmen Rejas, Isidore Pelc, Paul Linkiwski, Sieigi Hirsch, « Résilience familiale et transmission transgénérationnelle du traumatisme de la Shoah », *Annales médico-psychologiques*, 164, 2006, p. 115-119.

Erik J. Giltay, Frans G. Zitman, Daan Kromhout, « Dispositional optimism and the risk of depressive symptoms during 15 years of follow-up: the Zutphen Elderly Study », *Journal of Affective Disorders*, 91, 2006, p. 45-52.

Aviel Goodman, « Neurobiology of addiction: an integrative review », *Biochemical Pharmacology*, 75, 2008, p. 266-322.

Angela Grippo, « Mechanisms underlying altered mood and cardiovascular dysfunction: the value of neurobiological and behavioral research with animal models », *Neuroscience and Biobehavioral Reviews*, 33, 2009, p. 171-180.

Manuel Gurpegui, Dolores Jurado, Juan D. Luna, Carmen Fernández-Molina, Obdulia Moreno-Abril, Ramón Gálvez, « Personality traits associated with caffeine intake and smoking », *Progress in Neuro-Psychopharmacology & Biological Psychiatry*, 31, 2007, p. 997-1005.

Zeena Harakeh, Jenae M. Neiderhiser, Erica L. Spotts, Rutger C.M.E. Engels, Ron H.J. Scholte, David Reiss, « Genetic factors contribute to the association between peers and young adults smoking: univariate and multivariate behavioral genetic analyses », *Addictive Behaviors*, 33, 2008, p. 1113-1122.

Thierry Haustgen, Marc Bourgeois, « L'évolution du concept de mythomanie dans l'histoire de la psychiatrie », *Annales médicopsychologiques*, 165, 2007, p. 334-344.

—, « À propos du centenaire de la psychasthénie (1903). Les troubles obsessionnels-compulsifs dans la psychiatrie française : revue historique », *Annales médicopsychologiques*, 162, 2004, p. 427-440.

Vani R. Henderson, Michael Hennessy, Daniel W. Barrett, Brenda Curtis, Marci McCoy-Roth, Nicole Trentacoste, Martin Fishbein, « When risky is attractive: sensation seeking and romantic partner selection », *Personality and Individual Differences*, 38, 2005, p. 311-325.

S. Higgs, « Cognitive influences on food intake: The effects of manipulating memory for recent eating », *Physiology and Behavior*, vol. 94, Issue 5, 6 August 2008, p. 734-739.

Yoshiyuki Hirano, Takayuki Obata, Kenichi Kashikura, Hiroi Nonaka, Atsumichi Tachibana, Hiroo Ikehira, Minoru Onozuka, « Effects of chewing in working memory processing », *Neurosciences Letters*, 436, 2008, p. 189-192.

Emily A. Holmes, Cathy Creswell, Thomas G. O'Connor, « Posttraumatic stress symptoms in London school children following September 11, 2001: An exploratory investigation of peritraumatic reactions and intrusive imagery », *Journal of Behavior Therapy and Experimental Psychiatry*, 38, 2007, p. 474-490.

Philippe Huguelet, Nadene Perroud, « L'apport d'une classification internationale des troubles mentaux dans la compréhension de la psychopathologie de Wolfgang Amadeus Mozart (1756 – 1791) », *Annales médicopsychologiques*, 163, 2005, p. 549-560.

« Interview with Eric Kandel: from memory, free will, and the problem with Freud to fortunate decisions », *Journal of Visualized Experiments*, 24 avril 2008.

Carol Joinson, Daniel Nettle, « Season of birth variation in sensation seeking in an adult population », *Personality and Individual Differences*, 38, 2005, p. 859-870.

Jacques Julliard, *Le Nouvel Observateur*, 25 mai 2008.

Heini Kelloniemi, Ellen Ek, Jaana Laitinen, "Optimism, dietary habits, body mass index and smoking among young Finnish adults", *Appetite*, 45, 2005, p. 169-176.

Christine Kennedy, Annemarie Charlesworth, Jyu-Lin Chen, « Disaster at a distance: impact of 9.11.01 televised news coverage on mother's and children's health », *Journal of Pediatrie Nursing*, vol. 19, 5, octobre 2004.

Renée Leblanc, Michel J. Dugas, Adrienne Gaudet, Julie Turcotte, Pierre Savard, « Le traitement cognitivo-comportemental d'une patiente atteinte du trouble d'anxiété généralisée », *Journal de thérapie comportementale et cognitive*, vol. 16, 2, 2006, p. 63-68.

Björn Meyer, Ruji Rahman, Robin Shepherd, « Hypomanic personality features and addictive tendencies », *Personality and Individual Differences*, 42, 2007, p. 801-810.

Thomas D. Meyer, Philipp Hammelstein, Lars-Göran Nilsson, Peter Skeppar, Rolf Adolfsson, Jules Angst, « The hypomania

checklist (HCL-32) ; its factorial structure and association to indices of impairment in German and Swedish nonclinical samples », *Comprehensive Psychiatry*, 48, 2007, p. 79-87.
Susan Mizen, « Neuroimaging and neuropsychotherapy », *Psychiatry*, 4:5, 2005, p. 10-13.
Christophe Mundt, Abigail Schroeder, Matthias Backenstrass, « Altruism versus self-centredness in the personality of depressives in the 1950s and 1990s », *Journal of Affective Disorders*, 2009.
Daniel Nettle, « An evolutionary model of low mood states », *Journal of Theoritical Biology*, 2009.
Laure Noualhat, « Antoine de Maximy, Globe-Dormeur », *Libération*, 22 et 23 novembre 2008.
Bunmi O. Olatunji, Jonathan S. Abramowitz, Nathan L. Williams, Kevin M. Connolly, Jeffrey M. Lohr, « Scrupulosity and obsessive-compulsive symptoms: confirmatory factor analysis and validity of the Penn Inventory of Scrupulosity », *Journal of Anxiety Disorders*, vol. 21, 6, 2007, p. 771-787.
Lawrence A. Palinkas, Peter Suedfeld, « Psychological effects of polar expeditions », *The Lancet*, vol. 371, 2008, p. 153-161.
Cara Peters, Charles D. Bodkin, « An exploratory investigation of problematic online auction behaviors: experiences of eBay users », *Journal of Retailing and Consumer services*, 14, 2007, p. 1-16.
Jack F. Samuels, O. Joseph Bienvenu, Marco A. Grados, Bernadette Cullen, Mark A. Riddle, Kung-yee Liang, William W. Eaton, Gerald Nestadt, « Prevalence and correlates of hoarding behaviour in a community-based sample », *Behaviour Research and Therapy*, 46, 2008, p. 836-844.
Florence Spitzenstetter, « Optimisme comparatif dans le milieu professionnel: l'influence de la fréquence et de la gravité sur la perception des risques d'accident du travail », *Psychologie du travail et des organisations*, 12, 2006, p. 279-289.
Giovanni Stanghellini, Marco Bertelli, Andrea Raballo, « Typus melancholicus: personality structure and the characteristics of major unipolar depressive episode », *Journal of Affective Disorders*, 93, 2006, p. 159-167.
Charles van Valkenburg, John C. Kluznik, Nancy Speed, Hagop S. Akiskal, « Cyclothymia and labile personality: is all *folie*

circulaire ? », *Journal of Affective Disorders*, 96, 2006, p. 177-181.

Peter G. van der Velden, Rolf J. Kleber, Marijda Fournier, Linda Grievink, Annelieke Drogendijk, Berthold P. R. Gersons, « The association between dispositional optimism and mental health problems among disaster victims and a comparison group: a prospective study », *Journal of Affective Disorders*, 102, 2007, p. 35-45.

Matthew G. Whalley, Elly Farmer, Chris R. Brewin, « Pain flashbacks following the July 7th 2005 London bombings », *Pain*, 132, 2007, p. 332-336.

Jon Wheatley, Chris R. Brewin, Trishna Patel, Ann Hackmann, Adrian Wells, Peter Fisher, Samuel Myers, « *I'll believe it when I can see it*: imagery rescripting of intrusive sensory memories in depression », *Journal of Behavior Therapy and Experimental Psychiatry*, 38, 2007, p. 371-385.

M. J. A Wohl, « Croyance en un soi chanceux : effet de la croyance en la chance personnelle sur l'émergence et le maintien des conduites de jeu de hasard et d'argent », *Psychologie française*, 53, 2008, p. 7-23.

Richard Saul Wurman, *Information anxiety*, 2, éditions QUE Indianapolis, États-Unis, 2001.

Ouvrages

Alain, *Propos sur le bonheur*, Gallimard, coll. « Folio essais », Paris, 1985.

Christophe André, *Psychologie de la peur, craintes, angoisses et phobies*, éditions Odile Jacob, Paris, 2004.

Jean Anouilh, *Le Voyageur sans bagage*, Gallimard, coll. « Folio théâtre », Paris, 2007.

Henri Atlan, *Les Étincelles de hasard*, t. 2, éditions du Seuil, Paris, 2003.

Henri-Jean Aubin, « Psychothérapies comportementales et motivationnelles en alcoologie et tabacologie », in Michel Lejoyeux, *Abrégé d'addictologie*, éditions Masson, Paris, 2008.

Michael Balint, *Les Voies de la régression*, traduit de l'anglais par Myriam Viliker et Judith Dupont, Payot, coll. « Sciences de l'homme », Paris, 1972.

Beaumarchais, *Le Mariage de Figaro*, Le Livre de Poche, coll. « Le Théâtre de Poche », Paris, 2013.

Adam Biro, *Deux Juifs voyagent dans un train*, éditions Belfond, Paris, 2007.

Smiley Blanton, *Journal de mon analyse avec Freud*, introduction et notes de Margaret Gray Blanton, traduction d'Isabelle David, PUF, coll. « Le fil rouge », Paris, 1973.

Bossuet, *Oraisons funèbres*, Gallimard, coll. « Folio classique », Paris, 2004.

Pascal Bruckner, *L'Euphorie perpétuelle. Essai sur le devoir de bonheur*, Grasset, Paris, 2000 ; Le Livre de Poche, Paris, 2008.

— *La Tyrannie de la repentance. Essai sur le masochisme occidental*, Grasset, Paris, 2006.

Miguel de Cervantès, *Nouvelles exemplaires*, Gallimard, coll. « Folio classique », Paris, 1981.

Jean Delay, *Les Dérèglements de l'humeur*, PUF, 1960 (2e éd.).

Ernest Dupré, *La Mythomanie. Étude psychologique et médico-légale du mensonge et de la fabulation moderne* (leçon d'ouverture du cours de psychiatrie médico-légale, 2e année), Paris, J. Gainche impress., 1905.

Sigmund Freud, *Malaise dans la civilisation*, Payot, coll. « Petite bibliothèque Payot », Paris, 2010.

— *Psychopathologie de la vie quotidienne*, Payot, coll. « Petite bibliothèque Payot », traduction de l'allemand par Serge Jankélévitch, 2001.

Ivan Gontcharov, *Oblomov*, traduit du russe par Luba Jurgenson, préface Jacques Catteau, éditions L'Âge d'Homme, Lausanne, 1988 ; Le Livre de Poche, coll. « Biblio », Paris, 2008.

Juan José López Ibor, *Rasgos neuróticos del mundo contemporeáno*, éditions Cultura Hìspanica, Madrid, 1964.

Carl Gustav Jung, *Ma vie : souvenirs, rêves et pensées*, propos recueillis et publiés par Aniéla Jaffé, traduits de l'allemand par Roland Cohen, Yves Le Lay, Gallimard, coll. « Folio », Paris, 1991.

Ernst Kretschmer, *La Structure du corps et le caractère. Recherches sur le problème de la constitution et la science*

des tempéraments, traduit d'après la sixième édition allemande par Samuel Jankélévith, Payot, Paris, 1930.
Paul Lafargue, *Le Droit à la paresse*, Allia, Paris, 2011.
Jean Laplanche, Jean-Bertrand Pontalis. *Vocabulaire de la psychanalyse*, Quadrige, PUF, Paris, 1998.
Michel Lejoyeux, *Le Nouveau Malade imaginaire*, éditions Hachette Littératures, Paris, 2004.
– *Du plaisir à la dépendance. Nouvelles addictions, nouvelles thérapies*, éditions de La Martinière, Paris, 2007 ; Points, Paris 2009.
– *Changer... en mieux. Les dix chemins du changement positif*, Plon, 2011 ; Le Livre de Poche, Paris, 2013.
Albert Londres, *Œuvres complètes*, Arléa, coll. « Littérature générale », Paris, 2007.
Graziella Magherini, *Le Syndrome de Stendhal*, Chiron, Paris, 1990.
André Malraux, *La Condition humaine*, Gallimard, coll. « Folio », Paris, 2011.
Thomas Mann, *Les Buddenbrook*, traduit de l'allemand par Geneviève Bianquis, Le Livre de Poche, coll. « Biblio », Paris, 2008.
Antoine de Maximy, *Avant d'aller dormir chez vous*, éditions Florent Massot, Paris, 2008.
Sándor Márai, *Les Braises*, traduit du hongrois par Marcelle et Georges Régnier, éditions Albin Michel, Paris, 2001 ; Le Livre de Poche, coll. « Biblio », Paris, 2010.
– *Métamorphoses d'un mariage*, traduit du hongrois par Georges Kassai et Zéno Bianu, éditions Albin Michel, Paris, 2006 ; Le Livre de Poche, Paris, 2008.
Robert Maury, *L'Idée du bonheur dans la littérature et la pensée françaises au XVIIIe siècle*, éditions Albin Michel, Paris, 1979.
Molière, *Le Malade imaginaire*, Le Livre de Poche, coll. « Le Théâtre de Poche », Paris, 2012.
Montaigne, *Les Essais*, Le Livre de Poche, coll. « Les Classiques de Poche », vol. I, Paris, 2008.
Nietzsche, *Le Crépuscule des idoles*, Flammarion, coll. « GF », Paris, 1985.
Blaise Pascal, *Pensées*, Le Livre de Poche, coll. « Les Classiques de Poche », Paris, 2008.

Platon, *La République*, Le Livre de Poche, coll. « Les Classiques de la Philosophie », Paris, 2009.

Marcel Proust, *À la recherche du temps perdu*, Le Livre de Poche, coll. « Les Classiques de Poche », vol. 1, Paris, 2008.

Théodule Ribot, *Les Maladies de la volonté*, L'Harmattan, coll. « Psychanalyse et civilisations. Trouvailles et retrouvailles », Paris, 2002.

Jean-Jacques Rousseau, *La Nouvelle Héloïse*, Le Livre de Poche, coll. « Les Classiques de Poche », Paris, 2008.

Antoine de Saint-Exupéry, *Terre des hommes*, Gallimard, coll. « Folio », Paris, 2007.

Christian Salmon, *Storytelling, La machine à fabriquer des histoires et à formater les esprits*, éditions La Découverte, coll. « Poche », Paris, 2008.

John C. Sommerville, *How the News Makes Us Dumb. The death of wisdom is an information society*, Downers Grove, Illinois, InterVarsity Press, 1999.

Stendhal, *Romes Naples et Florence*, édition de Pierre Brunel, Gallimard, coll. « Folio classique », t. 2, Paris, 1987.

Thomas S. Szasz, *Le Mythe de la maladie mentale*, Payot, coll. « Bibliothèque scientifique », Paris, 1986.

Voltaire, *Candide*, Le Livre de Poche, coll. « Les Classiques de Poche », Paris, 2003.

Paul Watzlawick, *Faites vous-même votre malheur*, traduit de l'anglais par Jean-Pierre Carasso, Seuil, Paris, 1984 ; 1990.

Filmographie

Alfred Hitchcock, *La Maison du Docteur Edwardes* (titre original : *Spellbound*), 1945.

Nicholas Ray, *La Fureur de* vivre (titre original : *Rebel Without a Cause*), 1955.

Stefan Ruzowitzky, *Les Faussaires* (titre original : *Die Fälscher*), 2008.

Remerciements

À mon ami de toujours, le professeur Gérard Friedlander, directeur scientifique de la collection, pour sa fidélité si précieuse et la pertinence souriante de ses avis qui m'ont accompagné à tous les temps de ce livre ;

À Muriel Beyer, pour son soutien et sa confiance ;

À Véronique Dupont pour sa patience et son efficacité dans la relecture du manuscrit ;

À Hélène Bouchoucha qui a redonné à ce texte dynamisme et actualité ;

À mon maître et ami le professeur Jean Adès qui m'a fait découvrir et appris, en plus du métier de psychiatre, les raffinements de la psychologie appliquée aux comportements ;

À mes maîtres et amis les professeurs Jean-Pierre Olié et Henri Lôo qui m'honorent de leur soutien et de leur exemple de médecins d'exception ;

À mon ami Jean-Claude Saada qui aime les livres et sait donner à ceux qui essaient d'en écrire des conseils pleins de sagesse ;

À Sylvie Dauverné qui a préparé ce manuscrit comme bien d'autres avant avec tout son professionnalisme, sa tranquillité souriante et sa compétence si généreuse.

PAPIER À BASE DE
FIBRES CERTIFIÉES

Le Livre de Poche s'engage pour l'environnement en réduisant l'empreinte carbone de ses livres. Celle de cet exemplaire est de :
750 g éq. CO_2
Rendez-vous sur
www.livredepoche-durable.fr

Composition réalisée par PCA

Achevé d'imprimer en février 2015, en France sur Presse Offset par
Maury Imprimeur – 45330 Malesherbes
N° d'imprimeur : 195079
Dépôt légal 1re publication : février 2015
LIBRAIRIE GÉNÉRALE FRANÇAISE – 31, rue de Fleurus – 75278 Paris Cedex 06